GILBERT SCHLOGEL

Mort d'un médecin

MAZARINE

Ce livre est dédié à la mémoire de tous ceux qui n'ont pas eu la chance de pouvoir résister jusqu'en 1996.

Remerciements

J'exprime ici toute ma gratitude à ceux qui m'ont aidé dans la réalisation de ce livre, notamment : le Pr Jean-Paul Escande, le commissaire Rudolphe Proust et Michèle, mon épouse, inlassable conseillère et correctrice.

Merci aussi à tous ceux qui se dévouent avec courage au traitement et au soutien des patients touchés par le VIH. Leur tâche est difficile, souvent décevante, mais leur obstination est justifiée par l'immense espoir qui a pris naissance au printemps 1996.

Honte aux personnes qui méprisent les malades dont elles ont la charge à quelque niveau que ce soit du monde médical. Avec amertume, je remercie néanmoins ceux et celles qui m'ont donné la possibilité de raconter, dans ce livre, des anecdotes épouvantables, toutes rigoureusement exactes et vécues. Si les intéressés pouvaient se reconnaître, et si, surtout, cette lecture les aidait à changer leur comportement, mon travail n'aurait pas été vain.

« Elle serait bien belle et bien utile à faire, la part du cœur, dans les progrès des sciences. »

Louis Pasteur

I

Dans l'ambulance qui file sur l'autoroute, Grégorio perçoit l'imminence de sa mort. Elle est là, toute proche. Secoué de frissons, le front moite, il sent la fièvre monter de nouveau. Arrivera-t-il au bout du voyage ?

Arrêt au péage. L'hôpital n'est plus très loin. « Triste hôpital tout rempli de murmures... », disait Baudelaire qui parlait d'expérience.

Grégorio aimerait vivre encore un tout petit peu. Pourtant, il est partagé entre l'attente impatiente du traitement salvateur et la crainte des tracasseries hospitalières. Une fois de plus, il va devoir supporter la lenteur, le désintérêt, l'incompétence d'un personnel surchargé de travail, démotivé par une administration tatillonne et impersonnelle. Il va devoir crier, se plaindre, gémir ou menacer pour obtenir les soins indispensables à sa survie, jusqu'à se demander s'il ne ferait pas mieux de renoncer — fermer les yeux et prier le Seigneur de hâter sa fin. Une fin qu'il sait inévitable quoi qu'on fasse. Inévitable mais pas immédiate. Depuis toutes ces années, il se maintient en équilibre instable au bord du gouffre et il a appris la lutte. La lutte et l'optimisme irrationnel. Même si certains matins, comme aujourd'hui, il est tenté de baisser les bras, par lassitude, par perte du goût de lutter.

Mais si les récents espoirs des spécialistes étaient motivés ? Si les nouvelles associations médicamenteuses avaient l'efficacité annoncée ? Ne serait-il pas stupide de lâcher prise juste avant le sauvetage ?

Un dernier cahot lui signale l'entrée de l'hôpital. Il reconnaît le bruit des graviers sous les roues. Encore un peu de courage pour franchir cette ultime étape. À moins qu'il ne soit déjà trop tard. Un autre frisson le fait grimacer de douleur.

L'ambulance s'arrête enfin devant l'entrée principale, dans la grande allée où les platanes commencent à se parer de vert tendre.

Le Dr Bernard Moreuil a pénétré dans le parc à la suite de l'ambulance. Il la dépasse et va garer sa moto un peu plus loin, au-delà du vaste perron. Il lève les yeux et considère avec émotion cette sinistre bâtisse où il a passé une partie de sa jeunesse. Depuis que la construction de deux ailes supplémentaires est terminée, l'hôpital Sainte-Apolline serait, dit-on, prêt à relever les défis du troisième millénaire. Reste à y faire évoluer les mentalités, tâche sans doute plus longue et difficile qu'un simple agrandissement !

Le chauffeur descend de l'ambulance.

— Je vais leur montrer le dossier et vérifier si c'est bien là qu'il faut le déposer, dit-il à son collègue. Sors le brancard en m'attendant.

Il prend une grande enveloppe marron et disparaît dans le hall. L'autre s'extrait de la voiture à son tour, bâille, se dégourdit les bras et se dirige vers l'arrière à pas lents. Il ouvre grand les deux portes et tire le malade vers l'extérieur. Mais la manœuvre cafouille. Les pieds à roulettes qui devraient se déplier automatiquement restent bloqués. L'ambulancier commence à pester entre ses dents et à secouer le brancard pour décoincer le mécanisme.

— T'es cinglé ! Qu'est-ce que tu fabriques ? hurle Grégorio, terrorisé. Tu vas me foutre par terre !

Bernard Moreuil lâche sa moto et se précipite.

— Attendez, je vais vous aider.

Adroitement, il débloque la sécurité et aide les deux jambages à tomber en bonne position. Le brancard peut continuer à glisser vers l'extérieur et sortir complètement de la voiture.

— Merci, grommelle l'infirmier. Je leur ai déjà dit qu'il fallait changer ce truc, mais tout le monde s'en tape !

Bernard ne l'écoute pas. Il regarde Grégorio et tous deux échangent un sourire. Le malade a la trentaine, le visage émacié et un bonnet de laine enfoncé jusqu'aux sourcils. Durant un bref instant, ses yeux sombres soulignés de bistre considèrent le médecin avec intérêt, puis se ferment lentement. Il paraît épuisé.

Bernard Moreuil fait alors demi-tour et s'éloigne pour grimper quatre à quatre les marches de l'entrée.

À trente-six ans, il affiche une allure juvénile et ses cheveux noirs en bataille encadrent un visage poupin marqué d'une fossette au menton. Son regard noisette se cache derrière d'épaisses lunettes de myope. En pantalon et blouson de toile, un sac à dos accroché à l'épaule et son casque de moto sous le bras, il pénètre au pas de course dans le hall d'entrée, une immense salle bruyante et encombrée comme une place de village un jour de marché. On y a installé des comptoirs, des machines à boissons et friandises, des boutiques de journaux et de fleurs qui encombrent un espace à l'évidence non prévu pour un tel usage.

Dans cette ambiance populaire, les patients en robe de chambre côtoient des employés, des consultants et des infirmières qui marquent une pause devant le distributeur de café.

Pressé, il file vers les ascenseurs mais se ravise en passant à côté du comptoir des admissions. Il s'approche de l'hôtesse assise derrière la pancarte « Accueil », une forte femme aux cheveux d'un roux agressif, penchée sur un registre. Ignorant le nouveau venu, elle ne lève même pas les yeux. Il frappe alors du plat de la main sur sa table, la faisant sursauter. Furieuse, elle s'apprête à remettre l'irrévérencieux à sa place quand son regard courroucé se transforme en sourire attendri.

— Ah! monsieur Moreuil! Quelle bonne surprise! Que faites-vous chez nous?

— Toujours aussi accueillante, madame Verpin!

— Ne vous moquez pas! Si vous saviez comme les gens sont odieux! C'est de pire en pire! Je ne les supporte plus. Vous venez nous rendre une petite visite?

— Une visite de longue durée! Je suis nommé en médecine, chez M. Graveline. Vous allez devoir me supporter de nouveau!

— Vous retournez là-haut? Je vous souhaite bien du courage! Ça fait combien de temps que vous êtes parti?

— J'ai fini mon internat il y a dix ans...

— Un bail. Mais vous n'avez pas changé, toujours aussi taquin!

— Je vous laisse. J'ai rendez-vous à 9 heures avec le patron et je ne suis pas en avance.

— Comme d'habitude!

— Et vous, madame Verpin, toujours aussi mauvaise langue!

Il se sauve en courant, sous le regard embué de la grosse dame, émue de retrouver un de ses « petits ». Elle le suit des yeux jusqu'à ce qu'il s'engouffre dans l'ascenseur.

Bernard Moreuil ne pensait pas avoir la gorge aussi serrée. Bien sûr, il est fier de se retrouver praticien hospitalier — PH, comme on dit — d'un service qu'il a quitté étudiant. Mais aura-t-il la sérénité nécessaire pour faire face à une administration dont il se rappelle les pesanteurs? Et le patron, Richard Graveline, se montrera-t-il toujours aussi tyrannique? Les années ne l'auront-elles pas calmé un peu? Son accueil, l'autre jour, a été chaleureux et amical, mais cet homme joue tellement bien la comédie... De toute façon, Bernard se dit qu'il n'a pas signé un contrat à vie. S'il ne se plaît pas à Sainte-Apolline, rien ne l'empêchera de démissionner.

Dans le miroir de l'ascenseur, il considère sans indulgence son visage qu'il trouve trop rond, trop mou, avec ces grosses lunettes sans lesquelles il se sent aveugle, et ce trou au menton dont ses copains se sont toujours moqués, mais qui attendrit les filles. D'un geste sans illusion, il tâche de remettre un peu d'ordre dans sa tignasse rebelle avant de débarquer en trombe au cinquième étage.

Il traverse le couloir et va frapper à la porte ornée d'une orgueilleuse plaque de cuivre :

Pr Richard Graveline
Chef du Service de médecine interne
Consultations sur RV

Dans une pièce au confort cossu, avec fauteuils de cuir et moquette, le patron trône derrière son bureau, une longue table Louis XIII du meilleur effet. Derrière lui, dans un cadre doré, Corvisart, premier médecin de l'empereur, une reproduction du portrait peint par Gérard, domine la scène. Les deux hommes se ressemblent.

Graveline a l'air toujours aussi imbu de lui-même. Sa blouse blanche jetée sur les épaules, les pouces enfoncés dans les poches de son gilet, comme un notable du siècle dernier, il accueille son nouvel assistant avec une amicale condescendance. Son visage mobile exprime une succession de sentiments contradictoires. À l'évidence, il joue de cette richesse d'expressions pour impressionner ses subordonnés.

Il n'a guère changé, celui que les potaches nommaient « Grav'leux », tant il aimait user d'un vocabulaire coloré pour rappeler ses origines modestes. Son visage est osseux, sa mâchoire carrée, ses lèvres bien dessinées. Quelques rides supplémentaires cernent les yeux clairs enfoncés dans des orbites profondes. La chevelure grise et frisée souligne, non sans élégance, une calvitie qui dégage un front plus large qu'autrefois. D'un geste machinal, il passe ses paumes sur ses tempes argentées.

Il s'exprime par phrases courtes, adressées tantôt à son interlocuteur, tantôt à sa secrétaire, une blonde jeune femme très sexy qui le couve d'un regard respectueux et complice. Bernard devine que les relations de ces deux-là ne se limitent pas au strict domaine professionnel. Rien d'étonnant, il se souvient que Graveline a toujours été un redoutable « pistachier », comme on dit en Provence.

L'assistant nouvellement nommé garde le silence en attendant des précisions sur le sort qui lui est réservé.

— Mon cher Moreuil, ainsi que je vous l'ai expliqué vendredi, j'ai fait appel à vous parce que vous êtes devenu un spécialiste du sida...

Sans attendre la réponse, le patron se tourne vers sa secrétaire.

— Héloïse, notez que je dois appeler le doyen à Marseille, pour cette histoire de cours. C'est Moreuil qui les donnera à ma place dès la rentrée.

Se retournant vers Bernard, il enchaîne :

— J'attends de vous une reprise en main de ces malades, disons, inhabituels que... j'ai du mal à cerner. Je veux de l'ordre. Il y a, depuis quelque temps, un laisser-aller, un laxisme, une atmosphère de licence qui me déplaisent. Je trouve cette situation absolument insupportable. Insupportable pour l'image du service, j'entends. Jusqu'ici, mon service a toujours été d'une tenue exemplaire. Le directeur me le rappelait encore l'autre jour.

Les sourcils froncés, Bernard s'efforce de l'écouter malgré une attention mise à l'épreuve par ce déluge verbal déjà entendu, presque mot pour mot, la semaine précédente. Richard Graveline a toujours été considéré par son entourage comme un redoutable raseur. Fier d'une mémoire dont il vante à tout bout de champ les mérites, il ne se gêne pas pour ressasser cent fois les mêmes histoires. Il pérore, aujourd'hui comme hier, sur la charge que lui imposent ses fonctions de maire et, par conséquent, de président du conseil d'administration de l'hôpital, fonctions qu'il assumerait plus facilement si son service ne lui causait pas autant de soucis.

Bernard, habile à simuler une attention passionnée, lance de brefs regards par la fenêtre, vers le parc de l'hôpital où des promeneurs déambulent au soleil printanier. Devant le perron, l'ambulance est toujours immobilisée et le malade, couché sur son brancard, attend qu'on lui fixe sa destination.

Sur le flot infatué du discours, des mots surnagent, pompeux, redondants, désuets : « Autorité... laisser-aller... bandes de petits cons... infections opportunistes... coûts exorbitants... conduite insupportable... attitude insupportable... insolence insupportable... »

Bernard, à bout de patience, se demande s'il ne va pas se lever et partir quand Graveline change enfin de sujet :

— Mme Wolf, la surveillante générale, est avec nous depuis peu de temps mais c'est une femme remarquable. Je suis sûr que vous vous entendrez bien avec elle.

Un moment plus tard, encore abasourdi par cet interminable monologue, Bernard se retrouve dans le couloir sans trop savoir comment. Il doit se dominer pour ne pas s'enfuir. Seule la curiosité le pousse vers le bureau de cette surveillante que le patron apprécie tant, une de ses anciennes maîtresses sans doute.

Elle n'en a pas le genre. Solidement charpentée, Louise Wolf frise la quarantaine. Très brune, avec des cheveux courts fixés sur le côté par une barrette d'écaille, elle présente un visage froid aux traits réguliers d'une beauté austère.

Au moment où Bernard la découvre en passant la tête par la porte entrouverte de son bureau, il hésite à nouveau. Va-t-il devoir, jour après jour, affronter ce dragon ? Elle est au téléphone et, sur le ton d'une femme qui ne s'en laisse pas conter, se plaint au directeur du manque de personnel. D'un geste de la main, elle invite le jeune médecin à entrer et lui désigne une chaise. Docile, il s'assoit et se rassure en pensant que si cette femme est aussi déplaisante qu'elle le paraît, il partira, voilà tout.

En attendant, il examine d'un œil curieux ces locaux qu'il a connus, autrefois, vétustes et incommodes. En ce temps-là, la vieille infirmière-chef était une mégère moustachue de l'ancienne école, la coiffe galonnée enfoncée jusqu'aux sourcils, le verbe haut mais le cœur sur la main. Elle régnait sur le service avec un mélange de terreur et de bonté qu'elle alternait au gré des circonstances.

Louise Wolf raccroche et tend à Bernard une main énergique.

— Bienvenue dans cette maison que vous connaissez déjà, n'est-ce pas ?

— C'était il y a un siècle !

— Vous étiez interne. Un excellent interne même, m'a dit le patron.

Elle sourit, tout en parcourant du regard le décor.

— La rénovation qui s'est terminée au début de l'année nous a beaucoup facilité la vie et vous trouverez du changement. Pas que dans les locaux, d'ailleurs...

Fièrement, elle ajoute :

— Nous avons un beau service !

Bernard se moque de la beauté du service. Ce sont les gens qui l'intéressent, elle, en l'occurrence. Il apprécie le ton ferme, la voix rauque, étrangement sensuelle, qui ne cadre pas avec le personnage. L'œil sombre serait séduisant s'il ne restait pas aussi glacé. L'ensemble est ambigu, mais pas antipathique.

Cette femme est le « chef » et tient à le faire savoir. Elle n'y va pas par quatre chemins :

— Ce que je vous demande avant tout, c'est de faire votre visite en début de matinée quand les malades sont dans leur chambre, pour que les prescriptions puissent partir au plus tôt. Les patients d'aujourd'hui ne respectent plus aucun règlement et le patron compte sur vous pour mettre un peu d'ordre. L'autorité devient difficile à faire admettre. Moi aussi, je compte sur vous. Vous comprenez, monsieur Moreuil, au quotidien, la tenue de ce service reposera sur nos seules épaules. Le Dr Vignat, l'autre assistant, ne s'occupe plus que de la réanimation. Seul, à l'étage en dessous, il a beaucoup trop à faire pour monter nous aider.

Bernard, une fois de plus, cesse d'écouter et s'égare dans les souvenirs de ses jeunes années. Il n'a plus revu Pierre Vignat depuis leurs stages communs d'internat. Que de souvenirs attachés à cette époque ! La bande des copains complices, leur insouciance, leurs amours d'un jour, leurs disputes violentes comme des orages, leurs folies aussi... Il ressent encore la douleur qui leur brisa le cœur quand le sida se mit à frapper. C'était dans les années 1984, 1985, 1986...

Une phrase de Mme Wolf le ramène sur terre :

— Il faut mettre de l'ordre.

Encore ! Cette expression lui rappelle tout ce qu'il déteste. Il n'est pas venu pour mettre de l'ordre mais pour se mettre aux ordres des malades. Des malades qu'il connaît bien, qui, justement, refusent l'ordre établi. Voici dix ans qu'il s'efforce, en peinant, de les soigner dans son cabinet, avec des moyens insuffisants. Ici, à l'hôpital, il va enfin pouvoir utiliser les thérapeutiques nouvelles, inaccessibles aux médecins de ville.

Mais comment convaincre cette femme ? Comment se faire entendre par des gens qui n'écoutent rien, parce qu'ils parlent trop ?

Elle continue de vitupérer :

— Cette situation est insupportable !

« Insupportable », ce mot que Graveline, lui aussi, a répété dix fois en dix minutes.

Comme beaucoup de collaborateurs zélés, elle mime son patron, sans même s'en rendre compte. Et elle parle, elle parle, elle parle... pour ne rien dire.

Soudain, Bernard est pris de panique. Il sent la peur lui monter à la gorge, une peur d'enfant qui écoute des histoires d'ogres ou de sorcières. Il se dit qu'il ne supportera jamais de travailler avec des gens dont le mode de pensée est aussi éloigné du sien. De nouveau, le doute le saisit. Il se trompe de chemin. Pourquoi céder au mirage de la vie hospitalière ? L'hôpital de sa jeunesse est mort, comme ses amis d'alors.

Il enlève ses lunettes et se réfugie dans ce monde flou où il ne voit plus ses agresseurs. Il essuie soigneusement ses verres du bord de son tee-shirt.

Inconsciente du malaise éprouvé par son interlocuteur, la surveillante continue de disserter sans retenue, tandis qu'il commence à préparer les phrases de son refus. Se montrera-t-il cinglant, ironique, méprisant ? Ou partira-t-il sans un mot, sans prendre la peine de lui expliquer ce qu'elle est sûrement incapable de comprendre ?

Il chausse à nouveau ses lunettes et, par la fenêtre, son regard tombe sur l'ambulance stoppée près du porche. Les infirmiers emportent enfin, vers l'entrée des urgences, le patient au visage émacié coiffé de son bonnet de laine, enfoui sous un amoncellement de couvertures, indifférent aux manipulations dont il est l'objet.

Bernard sourit et ne doute plus. Tous les Graveline et les Wolf du monde ne pourront rien contre sa détermination. Il sait pourquoi il est là. Cette scène est survenue à point nommé pour lui rappeler les raisons de son engagement.

Que cette infirmière dise ce qu'elle veut, elle ne le fera pas dévier de la voie qu'il s'est choisie. Il lui offre soudain un visage attentif et soumis qui la rassure.

Louise Wolf n'imagine pas une seule seconde la détermination obstinée qui habite ce jeune médecin au regard si doux de myope chaleureux. Elle ne va pas tarder à s'en rendre compte.

II

Dans la petite pièce sommairement meublée qui, désormais, lui servira de bureau, Bernard dispose quelques affaires personnelles. Il sort de son sac des livres, un stéthoscope, son carnet de rendez-vous, une calculatrice de poche et un sobre cadre de bois avec la photo de ses parents, morts l'année précédente, l'un après l'autre, de la simple incapacité à vivre séparés. Eux, si « normaux », si casaniers, comme ils auraient aimé le savoir rangé dans ce quasi-fonctionnariat, loin des incertitudes mensuelles de l'exercice libéral où — il faut le reconnaître — il n'excellait pas !

Une fois dans son monde à lui, il se sent rassuré.

Par la fenêtre, il aperçoit l'ambulance de tout à l'heure qui s'éloigne. Il est heureux que son bureau ait vue sur la façade où palpite le cœur de *son* hôpital. Tous ces gens qui entrent et sortent constituent le terreau de son métier. Ce n'est pas la médecine qu'il aime, ce sont les malades avec leur enchevêtrement de passions, de phobies et d'angoisses. Quand ils se plaignent de douleurs abdominales, de céphalées, de fatigue, quels sont en réalité les maux profonds qu'ils cachent, ou même qu'ils ignorent ? Débrouiller cet écheveau emmêlé, c'est la partie la plus excitante de son travail.

— Arrête de te branler la cervelle, le sermonnait Vignat quand ils préparaient leurs examens ensemble. Ne cherche pas la signification des symptômes. Tu les apprends par cœur pour les recracher le jour du concours. Le reste, on s'en fout!

Comment raisonne-t-il aujourd'hui? Bernard a hâte de le savoir.

Une blouse est pendue au portemanteau, avec le logo de l'hôpital imprimé sur la poche. Il accroche son blouson et enfile cet emblème de sa fonction quand on frappe à la porte.

— Entrez!

Il se retourne et marque un moment d'hésitation avant de reconnaître le visage mutin qui se présente à lui. Il n'en croit pas ses yeux.

— Juliette!

Une infirmière d'une trentaine d'années, ravissante et rieuse, fait irruption et lui saute au cou. Ils s'embrassent sur les deux joues. Plusieurs fois. Bernard paraît très ému.

— Quelle joie de te revoir!

— Il n'empêche que tu as hésité avant de me reconnaître, goujat! J'ai tellement changé?

Il bafouille :

— Mais non, tu es toujours...

De taille moyenne, bien proportionnée, on la disait accorte. Elle l'est toujours et, quand elle rit, ses yeux clairs se plissent jusqu'à disparaître sous la rondeur des pommettes. Son visage rayonne d'un perpétuel sourire.

Bégayant un peu, il reprend :

— Je ne savais pas...

Moins émue que lui, ou plus maîtresse de ses émotions, la jeune femme fanfaronne :

— Moi, je savais! Tout le monde parle de ton arrivée. Le nouvel assistant du patron, tu te rends compte...

— Et toi? Que fais-tu ici?

— J'y suis depuis cinq ans. Mon mari a été nommé chef du département de rééducation et il est chargé de diriger le gymnase qui est ouvert à la clientèle extérieure. Il était plus facile pour nous de travailler dans le même établissement.

— Parce que tu es mariée...

Elle éclate de rire.

— Bien sûr, voyons, à mon âge! Et j'ai deux garçons.

— Comment s'appelle l'heureux élu?

— Claude Verdier.

Bernard, plus bouleversé qu'il ne veut le laisser paraître, avale sa salive avec difficulté avant de reprendre :

— Juliette Verdier... Madame Verdier... Tu sais, il faut que je t'avoue quelque chose...

D'un geste tendre, elle lui pose l'index sur les lèvres pour l'empêcher d'en dire plus.

— Chut! Laisse le passé! Le présent va suffire à nous occuper.

D'un ton devenu professionnel, elle lui demande de l'accompagner.

— Nous avons besoin de toi. Il y a un entrant qui n'a pas l'air bien du tout. Il faudrait que tu l'examines pour nous dire ce qu'il faut faire puisque c'est toi qui t'occuperas désormais de... cette spécialité. Ce gars, nous le connaissons depuis longtemps. Très sympathique mais un peu... spécial, il est sorti la semaine dernière en pleine forme. Il revient aujourd'hui de je ne sais où et dans un état, je ne te dis pas...

Bernard referme à contrecœur le coffre aux souvenirs et se laisse entraîner par Juliette.

Ils entrent ensemble dans une chambre où deux élèves infirmières fluettes et maladroites essayent d'installer le nouvel arrivant dans son lit. C'est le jeune homme que Bernard a vu descendre de l'ambulance. Son corps inerte porte les stigmates du sida. La maladie est en train d'accomplir son inexorable travail de destruction. Le visage est si maigre que la peau des pommettes semble directement posée sur le squelette. Des boutons de fièvre boursouflent les lèvres délicatement ourlées. Les cheveux bruns, d'à peine un millimètre de long, ont dû être rasés quelques jours plus tôt.

Comme chez beaucoup d'autres malades qu'il a soignés, Bernard retrouve, dans le regard étrangement perdu, cette peur de la mort qui apparaît un beau matin et ne les quitte plus.

Pendant que Juliette, aidée par un infirmier au physique de catcheur, prête main-forte aux gamines affolées, Bernard ouvre l'enveloppe marron qui contient les documents médicaux, tout en jetant de fréquents coups d'œil vers le corps décharné secoué de longs frissons. Bien vite, il repose le dossier médical et s'approche du lit.

— Juliette, tu lui fais un prélèvement de sang tout de suite et tu lui poses ensuite un glucosé. Je vais noter sur le cahier de prescriptions la liste des examens à demander et ce qu'il faudra ajouter dans le flacon.

Bernard prend avec douceur l'avant-bras du patient pour examiner le pli du coude. Il est strié de marbrures et de nombreuses traces de piqûres. Il examine maintenant le dos de la main qu'il tapote pour faire saillir les veines et, s'adressant toujours à Juliette, il précise :

— Là, tu trouveras un accès dans l'immédiat, mais je pense qu'il sera nécessaire d'avoir rapidement une meilleure veine. À mon avis, il faudra lui poser un cathé central, et moi, je n'en ai pas la pratique. Je suppose qu'on demande aux chirurgiens ou aux anesthésistes... C'est toi qui t'en occupes ?

Une voix retentit dans son dos :

— Non, c'est moi !

Louise Wolf est entrée en silence et vient d'intervenir avec une autorité dont elle aurait pu faire l'économie. Choqué, Bernard ne répond pas. Il se tourne vers le patient qu'il tire de sa torpeur.

— Bonjour. Je m'appelle Bernard et je suis le nouveau médecin assistant de ce service. Vous avez...

Il hésite. Il voudrait paraître rassurant sans savoir comment s'y prendre.

— Vous avez, dans le sang, un microbe...

Le nouvel hospitalisé, qui semble revenir à la vie, ne lui laisse pas le loisir de continuer :

— Arrête ton char, toubib ! C'est une septicémie, je sais. J'ai demandé hier soir à un labo italien de me faire une hémoculture. Si tu les préviens que je suis ici, ils te faxeront le résultat. Tu trouveras leurs coordonnées dans le dossier. J'avais demandé un antibiogramme, mais je pense que ce serait mieux si tes sbires s'en chargeaient.

— Bien sûr.

— Bien sûr ? Rien n'est sûr dans cette baraque. T'es nouveau, méfie-toi. Ça fait une plombe qu'on me traîne dans les couloirs où quinze personnes sont venues me poser les mêmes questions dont les réponses sont déjà dans leurs fichiers depuis cinq ans. Je vais finir par crever... Putain, vous n'avez aucun sens de l'urgence dans cette taule. Ce service est toujours aussi merdique !

Cette dernière phrase a été accompagnée d'un coup d'œil haineux en direction de la surveillante. Puis il referme les yeux, à bout de forces, et sombre à nouveau dans sa torpeur, le corps secoué d'un long frisson douloureux.

Bernard ne s'offusque pas. Il connaît les révoltes brutales de ces patients qui surveillent pas à pas l'évolution de leur maladie, avec des sursauts d'énergie qui ne durent pas mais traduisent leur volonté de vivre. Leurs colères sont aussi exagérées que l'abattement qui leur succède, et peut-être même une part de comédie s'ajoute-t-elle à ces manifestations de désespoir.

Il se penche et murmure, sur le ton de la confidence :

— J'ai compris... Ne t'inquiète pas, nous allons nous presser et je téléphonerai moi-même au labo italien.

La surveillante touche l'épaule du médecin.

— Vous voulez venir une seconde ?

Dans le couloir, elle s'écarte de la chambre et s'adresse à Bernard d'une voix sourde :

— Il faut que nous nous mettions d'accord tout de suite, monsieur Moreuil : en dehors des soins ou des examens habituels, c'est à moi qu'il faut vous adresser. Et puis...

Elle marque un temps d'arrêt avant de lancer :

— Le patron ne souhaite pas que le tutoiement soit en usage entre les médecins, les malades et le personnel infirmier. Je sais que c'est la mode, mais ce n'est pas une raison...

Bernard l'interrompt en la fixant droit dans les yeux :

— Rassurez-vous, madame Wolf, je n'ai aucunement l'intention de vous tutoyer.

— Ce n'est pas ce que je voulais dire. Il s'agit de...

— Juliette Lemaire ?...

— Vous voulez dire Mme Verdier ?

— Juliette, je l'ai connue il y a quinze ans, quand elle commençait ses études. J'étais jeune interne et elle petite bleue. Je ne vais pas lui donner du « vous » aujourd'hui. D'ailleurs, même si je le voulais, je n'y parviendrais pas !

Cette réponse a été exprimée d'un ton suave mais qui ne laisse aucun doute sur sa détermination. Plus doucereux encore, il conclut :

— Dans ma génération, madame Wolf, on se tutoie volontiers. Ne me dites pas que vous en êtes si loin...

Choquée, la surveillante se rebiffe :

— Ce n'est pas une question de génération, monsieur Moreuil, mais de discipline et d'autorité. Si vous voulez avoir de l'autorité, il faut en adopter les manières... C'est comme avec les malades, je ne comprends pas...

Bernard est d'un naturel aimable mais la patience n'est pas son fort. Sa voix se fait cinglante :

— Que vous ne compreniez pas, madame Wolf, cela n'a guère d'importance. L'important, c'est que je puisse soigner *mes* malades comme je l'entends. Je me fous du reste !

Cette sortie a désarçonné l'infirmière qui n'a guère l'habitude d'être traitée de la sorte. Avec un geste faussement fataliste, elle se soumet :

— Comme vous voudrez, monsieur Moreuil, vous vous arrangerez avec le patron. Moi, ce que j'en dis...

Elle tourne les talons et s'en va d'un pas rapide, visiblement furibonde. Bernard la suit un instant du regard et ne peut s'empêcher d'admirer, d'un œil connaisseur, le galbe de ses jambes gainées de nylon noir.

— Bien foutue mais pas commode !

Celui qui a proféré ce jugement, juste derrière lui, est un petit homme trapu, vêtu d'un jean et d'un blouson de cuir qui masque mal sa bedaine naissante. Il a de quarante à quarante-cinq ans, des cheveux gris taillés en brosse, un visage replet où les yeux d'une vivacité extrême semblent tout voir en même temps. Il s'approche et tend la main à Bernard.

— Inspecteur divisionnaire Gérard Lechêne. Excusez mon irruption. Vous n'ignorez pas les causes de ma présence, j'imagine ?

Bernard, comme un enfant pris en faute, bafouille :

— Euh... Je ne vois pas. Je suis arrivé ce matin seulement, alors...

— Alors, vous ne connaissez encore rien, ni personne, et vous n'êtes pas au courant de l'enquête.

L'homme sourit en découvrant des dents pointues qui lui donnent soudain un air féroce. Son amabilité n'est qu'une apparence et Bernard ne s'y trompe pas.

— Eh bien, docteur, nous allons faire ensemble la connaissance de tout ce petit monde. D'accord ?

Sans réfléchir, avec un vieux réflexe d'étudiant frondeur, Bernard s'insurge et réplique du tac au tac :

— D'accord ? Non, mais vous plaisantez ! Nous n'avons pas à être d'accord, inspecteur. Moi, je suis médecin et je soigne des gens. Vous, vous êtes policier et vous enquêtez sur je ne sais qui ni quoi, ce n'est pas mon problème. Alors, nos chemins ont peu de chances de se croiser. Je vous salue.

— Pourtant, dans votre intérêt...

— Je doute que vous soyez ici pour vous occuper de mes intérêts.

Satisfait de cette réponse qui a eu le mérite de clouer le bec au policier, Bernard rentre dans son bureau et claque la porte. Il s'assoit, furieux. Décidément, ils se sont donné le mot ! Tout le monde l'agresse ! Le patron, la surveillante, et maintenant un flic ! Dans sa jeunesse, et surtout depuis qu'il a choisi de se consacrer à cette population marginale où la drogue et le sida ont fait des ravages, il a souvent rencontré des représentants des forces de l'ordre. Il ne se laisse plus impressionner et leur tourne le dos chaque fois qu'il le peut.

Pour lui, le secret professionnel est un mur infranchissable qui le protège autant que ses malades. Plus il se tait, plus ils ont confiance en lui, et mieux il peut les soigner.

Le policier est resté planté au milieu du couloir, un rictus méchant aux lèvres, les mains dans les poches de son blouson, les jambes écartées, vouant aux gémonies tous ces toubibs qui se croient investis d'une mission divine sous prétexte que des minables les prennent pour confidents. Ce Moreuil ne perd rien pour attendre !

Autour de lui, le service hospitalier mène sa vie à son rythme. Des brancards et des fauteuils à roulettes emportent des patients vers quelque consultation spécialisée. Des infirmières passent, un plateau à la main. Des visiteurs se bousculent pour entrer dans les chambres. Des patients en peignoir déambulent sans but apparent.

Dépité, Lechêne se résigne à battre en retraite. Il

va cacher sa hargne dans la salle d'attente du patron et s'enfouit derrière un magazine.

De son côté, Bernard, une fois calmé, retourne dans la chambre de l'entrant. Il se plonge à nouveau dans la grande enveloppe marron et en sort les examens biologiques, tandis que Juliette, aidée par une jeune élève infirmière, finit de poser la perfusion.

— Grégoire Vallejo, lit-il à mi-voix.

— On prononce « Valléro » et mes amis m'appellent « Grégorio », répond le patient en tournant la tête, les yeux toujours fermés.

Bernard se demande si ce visage affiche une beauté singulière en dépit ou à cause de la maladie. Les cernes mauves qui soulignent les yeux, les deux plis amers qui accentuent la moue d'une bouche douloureuse le font ressembler à un personnage du Greco.

— Tu viens d'Italie...

— Je n'y ai passé que quelques jours. À peine arrivé, j'ai été pris d'une fièvre de cheval. J'ai consulté à côté de Florence, à l'hôpital de San Fidelio, un véritable asile de vieillards. Là-bas, c'est tout juste si les infirmières savent ce qu'est le VIH. Quant aux médecins, je les ai à peine vus. À croire que je leur faisais peur ! Je n'ai pas voulu moisir dans leur mouroir et j'ai demandé à ma compagnie d'assistance de me rapatrier. Marseille m'a refusé. Ils m'ont renvoyé là où se trouve mon dossier.

Il ébauche un geste désabusé de sa main libre avant d'ajouter, résigné :

— Je sais bien que la partie se termine, mais mourir en grelottant, je te jure que c'est inconfortable.

— Allons, allons, pas de défaitisme !

— Quel défaitisme ? Je pèse moins de cinquante kilos pour un mètre quatre-vingts. Avoue qu'il n'y a pas de quoi pavoiser !

Il souligne sa phrase d'un petit rire nerveux interrompu par une quinte de toux.

On frappe à la porte. Un homme d'une cinquantaine d'années entre et se présente :

— Claude Verdier. Je suis chargé de veiller à la forme physique des malades. Bienvenue au cinquième, docteur Moreuil !

Il a un visage lisse et soigné, des cheveux bruns méticuleusement coiffés avec une raie sur le côté et une petite moustache à la Clark Gable qui lui donne un air désuet. Son sourire avenant découvre des dents parfaites.

Bernard lui serre la main avec une réticence mal dissimulée. Voilà donc le mari de Juliette ! Gêné, il se contente de sourire sans prononcer un mot. Juliette, elle, ne se retourne même pas. Elle fixe sa tubulure avec les morceaux de sparadrap qu'elle a collés à l'avance sur sa blouse. Verdier, très à l'aise, précise à Bernard qu'il est à sa disposition pour organiser les soins comme il le souhaitera. Pour lui, il sera toujours disponible. Avec un dernier sourire, il quitte la chambre.

Quant à Bernard, il fait semblant d'étudier le dossier de son nouveau patient. En réalité, il pense à Juliette et s'étonne qu'elle soit si mal assortie à son mari. Elle qu'il a connue fantaisiste et joyeuse, toujours prête à quelque folie, pourquoi s'est-elle unie à un personnage aussi compassé ? Comment a-t-elle pu lui préférer un individu d'une telle banalité ?

Il se replonge dans l'historique des antécédents médicaux de Grégorio quand un vieil homme surgit, affolé, dans la chambre.

— Docteur, venez vite, mon fils est en train de mourir.

III

Le commissaire Chotard sort de l'ascenseur en regardant sa montre. Il est d'une ponctualité maladive. De taille moyenne, sobrement vêtu, maigre et voûté, il doit sa réussite — tout le monde le sait — à une grande connaissance des rouages administratifs et à un entregent efficace. Diplomate et roué, il sait évoluer dans tous les milieux et son vieil ami Richard Graveline ne l'impressionne pas. Nés à quelques mois d'intervalle, les deux hommes ont fréquenté l'école communale ensemble et font partie de la même loge maçonnique. Mais, d'un accord tacite, ils ne se tutoient jamais en public.

Dans la salle d'attente, Chotard découvre l'inspecteur Lechêne assis dans un coin, l'air renfrogné. Il lui serre la main et le questionne aussitôt.

— Vous avez vu ce Dr Moreuil ?

— Oui. Pas du genre facile. Il m'a jeté comme un malpropre.

— Tous les mêmes, ces médecins ! Heureusement, Graveline nous donnera les informations nécessaires. C'est tout de même lui le patron !

Le commissaire hésite, se ravise et ajoute :

— Mais attention ! Je le connais bien, lui non plus n'est pas tendre. Nous avons intérêt à le prendre avec des pincettes. Enfin, c'est le métier ! soupire-t-il en frappant à la porte.

Le Pr Graveline fait entrer les deux policiers dans son bureau. Intrigué par cette visite, il ne cache pas son étonnement. Le commissaire Chotard présente l'inspecteur Lechêne et s'explique sans attendre :

— Je suis désolé d'abuser de votre temps, professeur, mais l'affaire est sérieuse. Voici de quoi il s'agit : un dénommé Olivier Bressans, vingt-cinq ans, a été hospitalisé du... (il vérifie sur un papier tiré de sa poche) du 29 mars 1996 au...

Graveline hoche la tête.

— Je sais. Il est décédé vendredi dernier, le 19 avril exactement.

Chotard prend un air innocent :

— Il est décédé de ?...

Onctueux comme un évêque, le professeur joint les mains et lève les yeux au ciel.

— Mort naturelle.

Chotard se rejette en arrière, satisfait d'en être arrivé où il voulait.

— Mort naturelle ! Seulement voilà, la famille porte plainte. Le procureur a ouvert une information judiciaire : cause du décès suspecte. Article 74 du Code de procédure pénale. Un juge d'instruction est saisi et je suis chargé de l'enquête. Autopsie, expertise et tout le tintouin !

Il constate avec une joie secrète que son ami, devenu blême, ne sait quelle contenance prendre. Quel plaisir de déstabiliser une telle montagne de certitudes !

Graveline répond d'une voix blanche :

— Qu'est-ce que vous me chantez là ? Ce gosse avait toutes les raisons de mourir. Seulement les parents n'en savent rien. L'expertise le confirmera, vous verrez. À vous je peux le dire en confidence, il était malade du sida. Alors de quoi meurt-on dans ces cas-là ? On meurt de ce que l'administration nous impose de décrire par la seule formule autorisée : mort naturelle. Le reste relève du secret professionnel.

Chotard opine du chef et s'offre la jouissance d'être rassurant :

— Ne vous inquiétez pas, professeur. Pour le moment, il ne s'agit que d'une enquête de routine. L'inspecteur divisionnaire Lechêne agira avec toute la discrétion qui s'impose. Comme vous dites, le résultat de l'autopsie permettra probablement de classer l'affaire dans le sens que vous évoquez. Le « proc » verra ensuite s'il dévoile la vérité à la famille. Ce sera à lui de décider.

Ils se lèvent tous les trois et Graveline serre la main des deux fonctionnaires quand on frappe à la porte. Claude Verdier passe la tête. Étonné de voir des visiteurs, il s'excuse :

— Pardonnez-moi. Je peux repasser à un autre moment.

Graveline lui fait signe d'entrer.

— Non, non, restez, nous en avions terminé.

Pour les policiers, il ajoute :

— M. Verdier vient me faire un massage. Même les médecins ont parfois besoin de soins !

À l'intention du kiné, il précise :

— Je vous attendais avec impatience. Depuis ce matin la douleur ne me lâche pas.

Les deux hommes sortent. Sur le pas de la porte, Chotard se fait rassurant :

— Nous filons à l'institut médico-légal. Le légiste va sans doute mettre un point final à ce dossier.

Le professeur le remercie d'un sourire empreint d'une discrète complicité et referme la porte. Il entre ensuite dans une petite salle d'examen jouxtant son bureau où une table de massage a été installée.

Graveline souffre de lombalgie chronique. Il en connaît la cause : trop de temps passé derrière un bureau ou en voiture. Quand il se met debout, une sourde douleur lui vrille les vertèbres et lui donne une démarche de vieillard qui l'exaspère. Heureusement Claude Verdier, avec ses mains d'or qui savent vaincre les contractures et assouplir les articulations, parvient à lui offrir quelques heures de paix.

Bernard a suivi le vieil homme dans la demi-obscurité d'une chambre où le store à lamelles baissé entretient une lumière blafarde striée de gris. Le maigre visage du jeune patient est d'une pâleur qui se confond avec le blanc de l'oreiller où il est enfoui.

Au premier coup d'œil, Bernard a cru qu'il ne respirait plus, mais, en lui posant la main sur le cou, il a senti le pouls carotidien. Sous l'effet de ce contact, le malade a manifesté un infime sursaut, sa respiration a repris, et il a ouvert les yeux. Son regard étrange a parcouru la pièce et s'est arrêté un instant sur le médecin. Une ébauche de sourire a parcouru ses lèvres, puis sa tête est retombée sur le côté.

Bernard essaie de se montrer rassurant auprès du père :

— Ce n'est qu'une pause respiratoire.

— Merci, mon Dieu !

C'est un homme vigoureux, âgé seulement d'une soixantaine d'années, mais qui en paraît vingt de plus, tant son dos est voûté par le poids du malheur et son visage détruit par le chagrin. Accroché au montant du lit, il se présente à voix basse :

— Je m'appelle Carboni. Je suis heureux de vous connaître, docteur Moreuil. On dit que vous êtes un spécialiste, mais je crains que vous n'arriviez trop tard... Voyez ce qu'est devenu mon pauvre petit ! Il a tellement souffert ! Avec les calmants, il reste la moitié du temps dans cet état. Mais, au moins, vous voyez, il n'a pas mal.

De multiples flacons dominent la mince silhouette du malade et la perfusion se termine par un cathéter qui pénètre sous sa clavicule. Ses traits sont presque enfantins et un anneau d'or brille à son oreille.

Dans le dossier médical, Bernard prend la mesure de la catastrophe. Les derniers chiffres du laboratoire se passent de commentaires. Ne sachant trop que dire, il referme la chemise plastifiée où l'on peut lire, tapé à la machine : « Francis Carboni, vingt-sept ans ». Ce gamin n'avait peut-être que quinze ou seize ans quand il a été contaminé. Combien sont-ils, ces gosses insouciants qui sont tombés dans la mortelle embuscade tendue par le VIH ?

Bernard hésite. Il devrait, en principe, examiner ce patient dont il ne connaît que les examens biologiques. Mais pourquoi lui faire subir cette épreuve superflue, alors qu'à l'évidence il n'aspire qu'à la paix ?

Il se penche tout de même vers le visage émacié :

— Francis !

Le jeune garçon ouvre les yeux et Bernard a la confirmation d'un symptôme qu'il suspectait : les pupilles du malade sont rétrécies malgré la pénombre, signe de l'intoxication morphinique qui explique la dépression respiratoire. Il se borne à lui caresser le front.

Avant de sortir, il entoure de son bras les épaules de ce père vieilli avant l'âge dont le regard implore un mot de soutien.

— Je vais faire en sorte que tout aille le mieux possible.

— Il ne faut surtout pas qu'il souffre, n'est-ce pas ?

— Je vous le promets.

Bernard sort dans le couloir où la lumière crue l'éblouit. Il s'appuie au mur un instant et respire profondément. Il a beau en avoir vu beaucoup parvenir au terme du chemin, il ne s'y fait pas. Jamais il n'a réussi à se forger l'armure qui lui permettrait d'aborder ces situations avec le froid détachement d'un technicien.

Devant lui passent lentement deux malabars en vêtements de cuir, la démarche chaloupée, la nuque rasée, les yeux peints comme des momies égyptiennes. Des individus qu'on n'aimerait pas rencontrer le soir, au coin d'une rue déserte...

Il entre dans la chambre suivante et va passer ainsi le reste de la journée à visiter ses nouveaux administrés, sans avoir le courage d'examiner en détail chaque dossier. Il sait que plusieurs jours lui seront nécessaires pour maîtriser parfaitement l'histoire de chacun des malheureux habitants de son domaine. Il n'est pas pressé.

En fin d'après-midi, il croise Juliette, affairée, les bras chargés de tubulures à perfusion. Il lui murmure :

— Si tu as une minute, tu peux venir dans mon bureau ?

— Bien, monsieur, répond-elle avec un sourire qui contredit son ton respectueux. Je range tout ça et j'arrive.

Il la regarde partir et se dirige vers son cabinet.

En chemin, il croise un couple de punks, célèbres dans la ville. Lui porte les cheveux hérissés en mèches laquées et teints d'une jolie couleur violette. Son visage est constellé d'anneaux, jusque sur la lèvre inférieure. Elle a les tempes rasées et une crête iroquoise orange. Leurs vêtements sont à l'avenant. Ils lui demandent où se trouve la chambre de Grégorio, puis s'éloignent en le remerciant poliment. Si ce n'était leur *look* impossible, on jurerait des rejetons de bonne famille. En fait, Bernard sait que le garçon est à la rue depuis l'enfance, quasiment analphabète et vivant d'expédients. L'été, il fait le jongleur pour les touristes. Elle a passé quelques années dans une école d'arts décoratifs avant de quitter le domicile familial. Elle cherche à choquer un peu plus chaque jour des parents qui n'ont rien compris encore, et qui la rejettent.

Bernard s'assoit derrière sa table encombrée par une pile de dossiers et commence à étudier le résultat des prises de sang du matin. Il souligne les anomalies et compare les chiffres.

Lorsque Juliette le rejoint, il ne peut s'empêcher de ressentir une émotion qui lui rappelle sa jeunesse. Il retire ses lunettes pour se réfugier dans le flou de sa myopie et lève vers elle un regard brouillé.

— Tu es gentille d'être venue. J'avais besoin de ton soutien.

— Si tu cherches un tuteur, très peu pour moi ! J'ai déjà assez de mal à tenir debout toute seule !

Il rechausse ses lunettes.

— Ne te fais pas passer pour plus faible que tu n'es !

Elle se dresse sur ses ergots :

— Garde tes réflexions, s'il te plaît ! Tu voulais me parler ? Je suis là, vas-y !

— Explique-moi pourquoi ces malades sont dans un tel état de délabrement. À ce point, ce n'est tout de même pas normal.

Elle s'assied en soupirant, épuisée. Son visage rond ne sourit plus.

— Quand personne n'en veut plus, on nous les renvoie sous prétexte qu'ils sont domiciliés dans la région, même si la vie les a promenés aux quatre coins du monde...

— Ce service a effectivement un côté dépotoir...

— C'est, hélas, le mot qui convient.

— Dis-moi, le petit Carboni m'a semblé bizarre. Je l'ai trouvé dans les vapes. Pas dans le coma, plutôt du genre défoncé. Je ne comprends pas, il est souvent comme ça ?

— Tout le temps.

— Mais avec les calmants qui lui sont prescrits, il ne devrait pas planer autant.

— Il prend sans doute des trucs qui ne lui sont pas prescrits...

Bernard fronce les sourcils.

— C'est donc bien ce que je craignais. Il se défonce sans aucun contrôle médical. Et il n'est pas le seul dans le service.

Juliette a soudain l'air excédé.

— Enfin, Bernard, je ne vais pas t'apprendre que s'il est accro, il lui faut autre chose que le Doliprane que nous pouvons lui offrir !

Bernard s'enfonce dans son fauteuil et pose ses jambes sur le bureau. D'un geste machinal, il essuie de nouveau ses lunettes sur un pan de sa blouse. Juliette se lève.

— Bon, je te laisse y réfléchir. Je ne vais pas rester une heure à te regarder nettoyer tes carreaux. Si tu n'as plus besoin de moi, monsieur l'assistant, tu permets que je me barre ? Je n'ai pas fini mon boulot.

Bernard semble sortir d'un rêve :

— Attends ! Tu veux dire qu'ici les malades se tapent de la came quand ils en ont envie, sans contrôle. C'est ça ?

— Tu débarques ou quoi ? Ne te fais pas plus naïf que tu n'es !

Au moment où elle sort, il avoue, affligé :

— Tu vas me trouver largué, je sais. Mais je ne fréquente plus l'hôpital depuis dix ans. Et il s'en est passé, des choses, en dix ans.

Elle ferme la porte, le laissant songeur. Voilà sans doute pourquoi cet inspecteur mène l'enquête. Que ce soit dans la rue ou à l'hôpital, la drogue est donc toujours omniprésente, démolissant les plus fragiles, et semant la mort. Bernard ne pensait pas avoir à lutter contre la toxicomanie au sein même du service. C'est une vieille ennemie qu'il connaît bien, mais, en quittant son cabinet de ville, il espérait s'en être débarrassé. Il pousse un profond soupir et murmure entre ses dents :

— J'aurais dû me douter que ce serait pareil ici. Saloperie !

IV

Le commissaire Chotard et l'inspecteur Lechêne sont de nouveau assis en face du Pr Graveline, qui vitupère en marchant de long en large sous le regard énamouré de sa secrétaire :

— Voilà des jours que vous fouinez dans le service, que vous traînez dans les pattes du personnel, et tout cela pour m'annoncer qu'un de mes malades a été assassiné ! Je rêve ! Ce garçon était condamné, pourquoi l'aurait-on tué ? Je vous le demande.

Il fusille du regard l'inspecteur Lechêne, jusqu'alors impassible sous la tempête, pour le forcer à sortir de son mutisme. Il finit par y réussir :

— Écoutez-moi bien, monsieur le professeur. Je ne sais pas encore pourquoi Olivier Bressans a été assassiné, j'en conviens. Mais les faits sont là. Il est mort dans son lit d'une surdose de morphine. Les toxicologues sont formels.

Graveline lève les bras au ciel.

— Je vous le répète, c'était un toxicomane notoire.

— D'après nos informations, il ne se droguait plus depuis six mois, au moins.

— Il aura rechuté, tout simplement. Permettez-moi de vous dire que, pour nous, c'est chose banale. La routine...

Malgré son agacement, Lechêne poursuit, avec une politesse contrainte :

— Sur la seringue retrouvée sous le lit, toutes les empreintes digitales ont été essuyées, à l'exception d'une seule, celle du pouce de la victime. À croire qu'il tenait sa seringue d'un doigt. Un équilibriste sans doute.

Graveline proteste :

— Faites-moi grâce de votre humour, monsieur l'inspecteur.

Sans se démonter, Lechêne continue :

— En revanche, le corps de l'intéressé portait des hématomes multiples et, un peu partout, des traces de cette poudre résorbable qui remplace le talc sur les gants chirurgicaux.

Le commissaire Chotard, malgré son malaise évident, confirme :

— Je suis désolé, cher ami. Il s'agit, sans erreur possible, d'une overdose criminelle comme si des dealers avaient décidé de faire disparaître un mouchard ou un traître.

Graveline est atterré.

— Votre enquête n'est donc pas terminée...

— Hélas, non. Elle ne fait même que commencer.

Le professeur s'affaisse dans son fauteuil.

— J'ai l'impression de vivre un mauvais film de série B. Au bout du compte, la vraie victime, ce sera ma carrière. Y avez-vous pensé ?

À ce moment, on frappe à la porte.

— Qu'est-ce que c'est ?

Il a hurlé. Le battant s'entrouvre, laissant apparaître le visage bouleversé de la surveillante, qui lance :

— Monsieur, un malade s'est enfui !

— Enfui ?

— Le 36, Garridon...

Lechêne s'est dressé d'un bond. Il récite à l'intention de Chotard :

— Garridon, Pierre-Jean, trente ans, styliste et décorateur. Hospitalisé depuis dix jours. À mon avis, au-dessus de tout soupçon.

— Vous voyez comme on peut se tromper, aboie le commissaire Chotard sur un ton destiné à montrer à son ami Graveline l'efficacité de son autorité. Vous avez son adresse ?

— Oui.

— Eh bien, appelez la voiture, et allons-y.

Lechêne se précipite vers les ascenseurs. Il tape sur les boutons, se ravise et plonge dans l'escalier qu'il dégringole quatre à quatre.

En chemin, il s'interroge sur les raisons qui poussent son supérieur à se lancer lui-même dans une enquête de ce type. Hiérarchiquement, ce n'est pas son travail. Ses relations avec le professeur expliquent sans doute ce zèle inhabituel.

Arrivé en bas, il traverse en courant le hall vide à cette heure. Il ne reste qu'un employé occupé à fermer les distributeurs de boissons et friandises. L'inspecteur stoppe à son niveau et questionne :

— Vous n'avez pas vu un malade partir ?

L'homme se retourne, la paupière lourde et le geste lent.

— Oui. À l'instant. Je l'ai aidé à monter dans un taxi.

— Vous ne vous êtes pas dit que c'était un hospitalisé en fuite ?

— Oh ! C'était évident. À cette heure-ci et dans cette tenue...

— Vous auriez peut-être pu l'arrêter, non ?

— Je suis pas là pour ça. Moi, je m'occupe des distributeurs, pas des fugueurs.

Lechêne hausse les épaules et repart en courant, rejoint par Chotard.

— Dépêchons-nous !

Tous deux montent dans la voiture de police qui démarre en trombe et disparaît dans la nuit. Ils roulent un moment à travers la ville déserte et arrivent en vue d'un immeuble cossu. Un taxi stationne devant la porte.

— Arrêtez-vous là ! tonne le commissaire.

De loin, ils voient le chauffeur qui tend un sac de voyage à une dame d'un certain âge, d'allure très convenable. Elle est en train de lui remettre le prix de la course.

Le commissaire s'avance.

— Madame, s'il vous plaît...

— Oui ? répond-elle en se retournant vers les deux policiers, tandis que le taxi s'éloigne.

— Le jeune homme qui vient d'arriver...

Elle lève les yeux au ciel, exaspérée et soupire :

— C'est mon fils, oui. Il s'est sauvé de l'hôpital.

Le commissaire sort sa carte.

— Police. Je peux vous parler deux minutes ?

Comme si elle s'attendait à une telle requête, elle le coupe :

— Mais bien entendu, vous pouvez me parler ! Suivez-moi, je vous prie.

Se dirigeant vers le hall d'entrée, elle ajoute :

— Je sais, ce n'est pas bien de s'en aller comme ça, mais il est assuré, vous savez. Je vais vous montrer ses papiers et j'irai demain régulariser sa situation.

Ils entrent bientôt tous les trois dans un salon au mobilier XVIIIe. Vêtue avec recherche et sobriété, la dame affiche une élégante soixantaine. Ses cheveux d'un gris bleuté témoignent d'un récent passage chez le coiffeur. Sur son pull gris, un simple rang de perles. De la main, elle indique des sièges à ses visiteurs. Lechêne, curieux, regarde autour de lui sans discrétion. Elle s'apprête à quitter la pièce quand le commissaire l'interpelle :

— Je peux parler à votre fils, madame ?

Bien que souriante et pleine d'urbanité, elle s'offusque :

— Je doute qu'il ait envie de vous recevoir à cette heure-ci. Il m'a paru très fatigué. Mais, n'ayez crainte, je peux vous renseigner. C'est moi qui m'occupe des papiers. Je vais les chercher.

Chotard a une pointe d'agacement :

— Je crois, madame, que nous ne nous sommes pas compris. Je suis commissaire de police, et je veux voir votre fils.

— Fussiez-vous le préfet, monsieur, que cela ne vous donnerait pas le droit d'importuner ainsi les gens au milieu de la nuit, surtout pour une simple histoire de papiers !

Le commissaire hurle :

— Il ne s'agit pas d'une *simple histoire de papiers*. Je viens arrêter votre fils pour meurtre. Ce motif vous paraît-il suffisant ?

La dame, le souffle coupé, tombe assise, la main sur la poitrine. La porte s'ouvre sur son fils, en robe de chambre de soie, qui se précipite à son côté. Lamentable, larmoyant, effondré, il supplie :

— C'est faux, mère ! Je vous jure que je n'ai rien fait !

Le commissaire, soudain calmé, reprend un ton plus civil :

— Eh bien, voilà, parlons-en ! Asseyez-vous, monsieur Garridon.

Le jeune homme, émouvant de candeur, désigne l'inspecteur Lechêne.

— Pourquoi est-il venu me questionner à l'hôpital, celui-là ? Je n'y suis pour rien, moi, dans ces histoires de drogue. Je ne me suis jamais piqué. Je ne fume même pas, ça me fait tousser.

Tournant le dos aux policiers, il continue :

— Vous rendez-vous compte, mère, si mon patron apprend ça, il va me congédier ! Je risque de me retrouver au chômage.

Chotard fronce les sourcils. Il ne comprend rien.

— Voulez-vous m'expliquer ?

Recouvrant toute sa superbe, la mère n'hésite plus :

— Monsieur le commissaire, mon fils travaille dans un grand magasin de confection où personne n'est au courant de... son état. Il est styliste. Un styliste de grand talent. Il choisit les tissus, les collections... Dans d'autres établissements, certains de ses amis, malades comme lui, ont perdu leur place. Il craint de subir le même sort.

Le commissaire s'assoit et se prend la tête dans les mains. Puis, doucement :

— Madame, serait-il possible de reprendre cette histoire par le début, calmement ?

S'adressant au fils, il continue, d'un ton presque paternel :

— Asseyez-vous là et racontez-moi pourquoi vous vous êtes sauvé.

Les deux policiers sortent de l'immeuble et se dirigent vers la voiture où attend le chauffeur. Lechêne imite le ton de la mère :

— Bon ! Si je peux me permettre de tenter une synthèse : nous fîmes chou blanc !

Le commissaire n'apprécie pas la plaisanterie :

— Je ne croyais pas vraiment à cette piste, mais je ne m'attendais pas non plus à ce délire de la mère et du fils. Allez, on rentre. J'en ai plein le dos.

Furieux de la figure hilare de son second, il prend un air finaud pour ajouter :

— Par acquit de conscience, demain matin, à la première heure, vous passerez au magasin où travaille ce jeune... styliste. Juste pour voir ce qu'il en est. Avec discrétion, n'est-ce pas ? Je ne voudrais pas qu'il perde son emploi parce que vous auriez laissé entendre qu'il est malade du sida. Et vous me ferez un petit rapport écrit, hein ?

Lechêne, vexé, regarde ailleurs et ne répond pas.

V

Bernard Moreuil prend peu à peu ses habitudes dans le service, mais elles ne sont pas du goût de Louise Wolf, dont il refuse les méthodes traditionnelles. Elle est plantée au milieu du couloir, son livre de prescriptions sur le bras, et l'observe qui bavarde, à quelques pas de là, avec un malade vêtu d'un peignoir de bain orange. Comme deux gamins, ils éclatent de rire pour des bêtises, tandis qu'elle regarde sa montre en poussant des soupirs. Quand Bernard se décide enfin à se « remettre au travail », elle ne résiste pas à l'envie de regimber :

— Écoutez, monsieur Moreuil, voilà une demi-heure que nous devons commencer cette visite...

Pas le moins du monde ému par le ton courroucé de son interlocutrice, il lui sourit et lance, paisible et un tantinet moqueur :

— *Cool,* madame Wolf, le stress, c'est très mauvais pour la santé !

— Je ne vous demande pas de vous préoccuper de ma santé, mais de celle de vos patients.

Il s'éloigne, tout en lui rétorquant :

— Je m'en préoccupe, madame, je m'en préoccupe, mais à ma manière. Que voulez-vous, je suis lent !

Puis il s'engouffre dans une chambre et se laisse tomber dans le fauteuil qui sépare les deux lits, comme un visiteur banal.

Son entrée interrompt la conversation des deux jeunes hommes hospitalisés qui, allongés, bavardent en riant. Édouard a trente-cinq ans, des cheveux châtains coupés très court et de longues rouflaquettes. Daniel a le même âge, le crâne chauve compensé par d'énormes moustaches à la gauloise qu'il lisse entre deux doigts.

— Bonjour, Édouard ! Bonjour, Daniel !

— Bonjour ! répondent-ils en chœur, avant d'éclater de rire.

— Vous me paraissez bien gais aujourd'hui.

— *Gays* ? Pas plus que d'habitude, s'écrie Édouard, celui qui est près de la fenêtre, en adoptant une intonation « homo » caricaturale.

Daniel s'esclaffe sans retenue, imité par Bernard, dont l'hilarité s'accentue au spectacle de Louise Wolf drapée dans sa dignité, manifestement scandalisée par une telle désinvolture. Plus le visage de l'infirmière se crispe de colère, plus les trois autres se pâment de joie. Furieuse, elle quitte la chambre sans se retourner.

— Cette femme m'épuise, constate Bernard en essuyant ses lunettes. J'ai beau lui expliquer que je veux prendre le temps d'écouter tranquillement mes malades, elle se refuse à comprendre. Ce qu'elle veut, c'est une visite à l'ancienne, solennelle, bavarde et vite expédiée.

— Comme celle du lundi avec le patron ! confirme Édouard. Je me suis toujours demandé à quoi cela pouvait bien lui servir de défiler ainsi devant nous au pas de charge.

— Juste à se montrer, répond Daniel en lissant ses moustaches. Il est d'ailleurs assez beau mec dans le genre bourge-arrivé-qui-veut-monter.

— Monter jusqu'où ? demande Bernard.

— Tu n'es pas au courant ? Ça ne lui suffit pas d'être maire, il veut se faire élire député. Il bataille depuis je ne sais combien de temps pour obtenir la Légion d'honneur. C'est bien plus intéressant que de s'occuper de ses malades !

— Moi, ce type, c'est pas ma tasse de thé ! s'exclame Édouard, roulant les yeux au plafond.

L'autre saisit la balle au bond :

— Je dirais même plus, ce n'est pas ma tasse d'AZT !

Ils pouffent comme des gosses sans se gêner devant Bernard, estomaqué par cet humour provocateur qu'il ne peut s'empêcher de trouver du plus parfait mauvais goût. Jamais encore il n'a vu plaisanter ainsi des hommes que la marginalité enferme d'ordinaire dans une discrétion obligée.

Les premiers malades homosexuels que Bernard a soignés se cachaient, ils avaient honte et peur d'être montrés du doigt. Puis, suivant l'exemple des communautés américaines de Los Angeles et San Francisco, ils se sont regroupés, organisés, officialisés, pour se soutenir les uns les autres au grand jour, apportant souvent au corps médical une salutaire contradiction — salutaire même si elle paraît parfois choquante dans son mode d'expression.

Dans le bureau des infirmières, la surveillante laisse exploser son ressentiment devant Juliette :

— Ce Moreuil est insupportable. Il est en train de faire le clown avec les deux folles du 14. Jamais on ne finira cette visite...

— Laissez-le, madame Wolf, c'est sa façon à lui de travailler. Il met les gens en confiance. D'ailleurs, depuis qu'il s'occupe du service, ils vont beaucoup mieux, ces deux-là. C'est l'essentiel, non ?

— Moi, je ne sais pas travailler comme ça, c'est tout ! répond-elle en jetant son cahier sur la table et en se laissant tomber sur une chaise, dégoûtée.

Juliette cherche à l'apaiser :

— Soyez patiente. Vous verrez, Bernard est un garçon charmant. Seulement il ne se presse jamais. Je l'ai toujours connu comme ça. Il suffit d'en prendre l'habitude.

— Ce n'est pas à moi de m'habituer, s'énerve-t-elle. Il pliera ou alors...

La conversation est interrompue par l'arrivée de l'inspecteur Lechêne.

— Ne vous dérangez pas pour moi ! Vous pouvez continuer à vous disputer comme chez vous !

Louise Wolf le fusille du regard.

— Je ne crois pas vous avoir donné la permission d'entrer.

— J'avais cru. Pardonnez-moi. Avez-vous, ici, un

fichier des gens qui travaillent dans le service ? Ou faut-il que je m'adresse au bureau du personnel ?

— Au bureau du personnel.

Le policier grimace un sourire méchant.

— J'aurais dû m'en douter. J'y vais de ce pas.

— C'est ça, allez-y !

Dans la chambre 14, Bernard discute toujours avec ses deux malades :

— Je ne sais pas comment procèdent mes confrères, mais moi, j'ai besoin de prendre mon temps, s'excuse-t-il.

Ses interlocuteurs le rassurent :

— Pour nous, c'est mieux. Toi, au moins, tu nous écoutes, et dans ce service tu es bien le seul. Le Graveline, lui, il plastronne, il pontifie mais, côté psychologie, il est nul. En médecine aussi d'ailleurs...

Daniel poursuit tristement :

— Hélas... On n'a pas le choix. Les autres hôpitaux ne veulent plus de nous. Crois-moi, on ne vient pas ici de gaieté de cœur : la bouffe est immonde, les infirmières bornées, les médecins incompétents — à part toi, bien entendu. Pas vrai, Édouard ?

Le dialogue entre les deux garçons continue ainsi et Bernard les observe à tour de rôle, amusé — mais navré aussi — par leurs critiques qui pourraient s'appliquer à tant d'autres établissements de santé. Édouard essaie d'atténuer les propos de son ami :

— Arrête, Daniel ! Les infirmières ne sont pas toutes nulles. Il y en a une qui est vraiment super, c'est Juliette. Elle est hypersympa. Non ?

— Sympa, ouais... quand elle est pas énervée. Le soir, faut rien lui demander. Et les aides-soignantes, je te dis pas.

Édouard opine du bonnet.

— Ça, c'est clair ! De vraies garces. On dirait que la seule chose qui les préoccupe, c'est de nous piquer nos clopes.

Le médecin s'étonne de leur hargne :

— Je ne vous comprends pas. Dans tous les hôpitaux, il est interdit de fumer...

— Bien sûr, mais dans ce service, c'est du terrorisme. La Wolf est toujours en train de nous flairer. Faut descendre dans le hall, au rez-de-chaussée. Toute une expédition... Tu te rends compte ?

— Vous y allez ?

— Pas volontiers. T'as vu la clientèle ? Au fond, dis-moi, qu'est-ce que ça peut leur foutre, à ces bonnes femmes ? On fume tous les deux, alors, qui on dérange ? Je te le demande !

— Elles ont peur qu'on foute le feu au lit !

— On a des tronches à foutre le feu ? Qu'elles viennent chez moi, c'est autrement plus soigné qu'ici. Je voudrais bien voir comment c'est chez elles !

— Oh, ben moi, j'ai pas envie d'aller y voir !

Ils rient encore. Bernard, sans en avoir l'air, s'efforce d'orienter la conversation sur le registre médical :

— En tout cas, vous avez une autre forme qu'hier, tous les deux !

Daniel répond le premier :

— Surtout Édouard...

Édouard confirme :

— Ta nouvelle perf, pour moi, c'est un vrai miracle !

Bernard cherche à en savoir plus :

— Comment pourrais-tu décrire ton amélioration ?

— Une formidable sensation de mieux-être. La boule qui me serrait l'estomac a disparu. Tu as dû me coller des tranquillisants. J'ai essayé de voir ce qui était marqué sur l'étiquette du flacon, mais elles écrivent tellement mal, ces connes, j'y ai rien compris. D'ailleurs, je m'en fous !

Bernard se lève.

— Ne cherchez pas trop à comprendre. Laissez-vous aller, mangez le plus possible, par petites prises, regardez la télé, rigolez, et si quoi que ce soit ne va pas, vous me le dites. O.K. ?

Édouard prend un ton enfantin :

— Justement, puisqu'on en parle, je peux te dire quelque chose qui ne va pas ?

Bernard fronce les sourcils.

— Vas-y !

— Docteur, s'il vous plaît, je voudrais rentrer à ma maison et ne plus jamais entendre parler de cette saloperie de virus...

Bernard admire une fois de plus le courage de ces hommes jeunes qui sentent le sol se dérober sous leurs pieds et parviennent malgré tout à conserver leur sens de l'humour.

Pour respecter la règle établie, il s'efforce de se montrer rassurant et de les encourager :

— Patientez encore un peu. On va gagner !

— On parle de trithérapie... Qu'est-ce que c'est exactement ?

Bernard hésite à répondre. Mais il sait combien ces malades ont soif de savoir. Il se lance :

— En janvier dernier, lors de la conférence américaine de Washington consacrée au sida, une équipe a démontré que si on associe à deux inhibiteurs nucléosidiques — c'est-à-dire des produits de la même famille que l'AZT — une substance nouvelle appelée antiprotéase, on obtient une amélioration spectaculaire des résultats.

— Qu'est-ce que tu appelles une amélioration spectaculaire des résultats ?

— Le nombre des virus présents dans le plasma sanguin (la « charge virale ») diminue, les T4 remontent, le poids s'améliore, le taux de mortalité baisse.

Les deux garçons le dévorent des yeux.

— Alors, qu'est-ce qu'on attend ?

Bernard sourit.

— Beaucoup de problèmes restent à résoudre. Comment sont tolérés ces traitements ? N'induisentils pas des résistances ? Quels sont les résultats des études françaises ?

— On s'en fout des études françaises !

— Il faut bien obtenir la fameuse ATU, l'autorisation temporaire d'utilisation. Ne vous inquiétez pas, j'ai déjà entamé des démarches pour être approvisionné dès que possible. Vous serez les premiers à en bénéficier.

Ils restent un moment silencieux, puis Édouard reprend :

— Et si j'ai encore mal aux reins ? J'en ai marre du Doliprane, ça me fait que dalle...

— Tu m'appelles et je te donnerai ce qu'il te faut. Tu n'auras plus mal, je te le promets.

Le patient lève les yeux au ciel, les mains jointes.

— Dieu vous entende, monseigneur !

Bernard, la gorge serrée, tente de rester dans le même registre et sort de la chambre en simulant une bénédiction de la main. Derrière la porte fermée, il entend leurs rires qui redoublent, dérisoires.

Chaque fois qu'une telle conversation se termine, il a besoin de reprendre son souffle. C'est un peu comme si, dans ces chambres, l'oxygène était plus rare qu'ailleurs. Écouter, ne pas juger, rester serein, inspirer confiance, montrer qu'on sait de quoi on parle, sans pédantisme. Comme c'est difficile ! Il serait si simple de débiter quelques oukases et de passer au suivant, sans état d'âme.

Dans le couloir, il est intrigué par des éclats de voix. Juliette arrive en poussant un chariot à pansements. Il lui demande à quoi rime ce raffut.

— C'est la Wolf qui engueule des gens, explique-t-elle sans s'arrêter. Des visites pour le petit Carboni. C'est un défilé permanent !

— Pour une fois, elle a peut-être raison. Dans l'état où il est, ses copains feraient mieux de lui foutre la paix...

Juliette bloque son chariot et se retourne :

— Dans l'état où il est, justement, je me demande

si le seul bonheur qui lui reste, ce n'est pas l'amitié de ses copains.

Touché, Bernard reste songeur pendant que Juliette s'éloigne dans un bruit de flacons entrechoqués.

Dans l'hôpital de ses souvenirs, il y avait beaucoup de cancéreux condamnés et, quel que fût leur état, il leur prodiguait des paroles d'espoir. Souvent, à la demande des familles, il leur cachait la vérité. Tous lui savaient gré de croire — ou de faire semblant de croire — à un possible avenir meilleur.

Avec l'arrivée du sida, les rapports médecin-malade-famille ont changé. Le diagnostic est souvent caché aux proches à la demande de l'intéressé, qui, seul, connaît son destin. Il sait que ses perspectives d'avenir ne s'évaluent qu'en mois ou, pis, en semaines. Quand un patient est hospitalisé avec des T4 au plus bas et des moyens de défense effondrés, quand maigreur et fatigue atteignent l'extrême limite, quelles paroles lénifiantes inventer ? Et comment continuer à mentir aux familles qui finissent par prendre les médecins pour des incapables ?

Bernard a beau savoir que la première réaction d'un vivant face à un mort en sursis est rarement la bonne, il lui arrive encore d'être pris à contre-pied, comme à l'instant. Il regarde Juliette disparaître dans la chambre de Grégorio.

Dans tout le couloir, le bruit est insupportable : la machine à nettoyer les sols ronfle comme un Boeing, une laborantine à talons hauts martèle le sol, le garçon de salle bâti comme une montagne interpelle à haute voix un patient qui n'en finit plus de s'installer dans son fauteuil roulant :

— Grouillez-vous, mon vieux, ils ne vont pas nous attendre, à la radio !

L'autre est emberlificoté dans les manches de sa robe de chambre et sa tubulure de perfusion. Il encombre le passage et gêne une femme de service qui pousse un énorme chariot isotherme contenant le déjeuner. Elle hurle comme sur un marché :

— Bordel, vous allez dégager le chemin, je n'ai pas que ça à foutre, moi ! Basile, bouge-le, ton mec !

Obéissant, le colosse s'apprête à l'attraper comme un paquet sans ménagements sous l'œil scandalisé de Bernard, qui s'interpose :

— Attendez, vous allez lui arracher sa tubulure. Je vais vous aider.

En quelques gestes rapides, il démêle perfusion et vêtements, libère le malade étonné de cette sollicitude imprévue, et se redresse vers le brancardier avec un sourire forcé.

— Je crois que nous ne nous connaissons pas encore. Je suis le nouvel assistant, Bernard Moreuil. Et vous ?

— Basile Férenski, garçon de salle, un peu l'homme à tout faire du cinquième. En général, je travaille de nuit.

— Nous aurons l'occasion de nous revoir souvent. Dépêchez-vous de l'emmener, il a froid.

Bernard les regarde s'éloigner.

La secrétaire du patron vient d'assister à la fin de la scène. Elle s'approche de Bernard en faisant cliqueter, elle aussi, ses talons aiguilles sur le carrelage. Sa blouse est grande ouverte sur une minijupe qui couronne des cuisses fuselées. Son chemisier moulant met en valeur une poitrine généreuse. Ses cheveux laqués comme ceux d'une héroïne de *Dallas* et ses yeux fardés jusqu'aux oreilles complètent un tableau que l'assistant contemple sans chercher à dissimuler son admiration. Elle apprécie cet hommage muet et lui lance d'une voix suave :

— Alors, monsieur Moreuil, vous vous faites à vos nouvelles fonctions ?

— Je ne me fais pas au bruit. Si j'étais malade, je crois que je deviendrais fou.

Elle éclate de rire et rétorque, d'une voix de tête :

— Ne croyez-vous pas, au contraire, que cette

animation est bénéfique, quelque part ? Le silence paraîtrait un peu mortuaire, non ?

L'expression « quelque part » et le ton d'un snobisme à bon marché exaspèrent Bernard qui s'apprête à la remettre en place :

— Je vais vous dire, mademoiselle... mademoiselle comment déjà ?

— Appelez-moi Héloïse.

— Héloïse, c'est vrai ! Je...

Sans lui laisser le temps de continuer, elle se penche, l'œil séducteur :

— Mes parents m'avaient appelée Gisèle. Moi, j'aime mieux Héloïse. Et vous, ça vous plaît, Héloïse ?

Désarçonné, il hoche la tête :

— Oui, bien sûr. Et où se trouve Abélard ?

Elle fronce les sourcils.

— C'est un entrant ?

Elle consulte le fichier qu'elle porte sur son bras replié.

— Personne à ce nom-là. Il n'est pas encore inscrit. Demandez à Mme Wolf.

Puis, lui décochant un sourire à damner un évêque, elle s'en va en minaudant :

— À bientôt, monsieur l'assistant.

Réprimant un fou rire, Bernard la regarde s'éloigner en se demandant comment son patron peut supporter une pareille dinde.

— Canon, la minette, non ?

Bernard se retourne. Grégorio est appuyé au chambranle de sa porte, les mains enfoncées dans les poches d'une robe de chambre mordorée brodée de noir, un foulard de soie autour du cou. Bernard ne l'avait jamais vu debout. Il admire son élégance désuète d'aristocrate du siècle dernier, tout droit sorti d'un tableau de Boldini. Le traitement de sa septicémie a fait merveille.

Conscient de l'effet produit, Grégorio sourit au médecin et poursuit :

— Moi, Héloïse ne m'intéresse pas, évidemment.

Mais sur le plan esthétique, je la trouve... intéressante. En plus, je ne la crois pas farouche. Tu devrais essayer.

— Ah bon ! Pourquoi dis-tu ça ?

— Les secrétaires du patron sont toujours sur le même modèle : tête vide, châssis de luxe, et une certaine... disponibilité, si tu vois ce que je veux dire.

— Tu es bien renseigné !

— Quand on fréquente longtemps un service hospitalier, on finit par en connaître les coulisses. Pas toujours beau, mais instructif. Ce n'était sans doute pas différent il y a dix ans. Non ?

Bernard n'aime pas entendre les malades se moquer de son patron. Cette atteinte à la respectabilité du chef de service est préjudiciable à toute l'équipe. Les défauts de Graveline, il les connaît mieux que personne pour avoir vécu durant deux ans déjà sous ses ordres. Mais il s'est toujours comporté comme s'il ne voyait pas ce qu'il ne devait pas voir. Il change de sujet :

— En tout cas, tu es en pleine forme, toi !

Grégorio s'incline, comme au théâtre. Puis, après un coup d'œil méfiant à l'environnement, il sort une main de sa poche et tire une bouffée de la cigarette qu'il tient au creux de sa paume. Il inspire la fumée si loin dans ses poumons qu'il n'en exhale pratiquement pas. La cigarette disparaît comme par enchantement dans la robe de chambre.

En le prenant ainsi à témoin, il fait son complice d'un Bernard qui n'est pas dupe :

— Si la Wolf te voit...

— Elle ne me verra pas. Je fume en cachette depuis l'âge de sept ans. Tu imagines l'entraînement !

Bernard revient sur le terrain médical :

— Avant que tu ne te remettes à fumer, j'aurais préféré te faire passer un cliché thoracique. Quand tu étais fébrile, tes bases pulmonaires respiraient mal.

— Ne te fatigue pas, elles ne respirent jamais très bien ! Elles sont fatiguées. Comme moi !

Et il ajoute, avec un grand effet de manche :

— L'infection opportuniste est vaincue, une fois de plus. La bête résiste toujours. Pour en finir, il faudra l'abattre.

Il tire une nouvelle bouffée clandestine et reprend :

— Infection opportuniste... J'adore cette formule. Les médecins ont une imagination sémantique étonnante. Sais-tu que le mot « opportuniste » désignait, sous la IIIe République, les amis de Jules Ferry et Gambetta, parce qu'ils gouvernaient intelligemment sans braquer l'opposition. S'ils avaient su quel usage feraient de cet adjectif les médicastres de notre époque !

Bernard lui pose une main amicale sur l'épaule :

— Je te laisse, j'ai encore plein de boulot. Salut !

Grégorio, l'index tendu vers le ciel, conclut sur un ton sentencieux :

— Économise tes forces, Bernard. Lao Tseu a dit : « La vertu suprême n'agit pas et n'a pas de raison d'agir. » N'es-tu pas, ici, le représentant de la vertu suprême ?

Le jeune médecin sourit.

— Un jour, je te raconterai ma vie et tu seras étonné par l'étendue de mes vertus !

Il se dirige vers une chambre et s'écarte pour en laisser sortir un immense anthropoïde tatoué, le crâne rasé, l'oreille constellée d'anneaux. Tandis que le monstre s'éloigne, Bernard va s'asseoir au chevet d'une femme enfouie sous les draps et recroquevillée en chien de fusil. Elle ne bouge pas quand il toussote discrètement. Sans se formaliser, il se met à feuilleter son dossier médical.

Étonnée de ne plus rien entendre, elle finit par écarter son drap pour scruter le visage du jeune médecin qui lui sourit.

— Bonjour, je suis Bernard Moreuil, le nouvel

assistant du service. Je n'ai pas encore eu le temps de venir bavarder avec vous.

Elle ferme les yeux et s'enfouit derechef sous le drap. Déçu, il réfléchit un instant, avant de reprendre d'une voix très douce :

— Le taux de vos T4 est stable. D'après les infirmières, vous supportez bien votre traitement AZT-DDI. C'est une bonne association, non ?

Pas de réponse. Il enchaîne :

— Quand j'aurai obtenu du laboratoire la possibilité de mesurer les charges virales, nous saurons où vous en êtes vraiment. Vous n'avez pas de nausées ?

— Des fois.

Elle se redresse lentement sur un coude et lève sur Bernard un regard fatigué qu'elle masque aussitôt par des lunettes noires.

— La nuit dernière, j'en ai eu. J'avais même plus que des nausées. Quasiment la gerbe. J'ai appelé l'infirmière. C'était une nouvelle. Elle m'a donné un haricot. Cinq minutes après il était plein. J'ai sonné. Personne n'est venu. J'ai essayé de ne pas le renverser. Et puis, je me suis endormie. Le haricot est tombé. Il y en avait partout. T'imagines ! J'ai sonné encore. J't'en fous ! Elle devait roupiller. La chambre a senti le vomi toute la nuit. Le p'tit déj, j'ai pas pu l'avaler. Après on s'plaint que j'maigris !

Bernard ne sait que répondre. L'infirmière de nuit était peut-être occupée avec un malade qui n'allait pas, un cathéter bouché, une perfusion à changer... Il essayera de se renseigner, mais il sait comme c'est difficile d'opposer le témoignage du personnel aux plaintes des hospitalisés.

Libérée, Tania continue :

— Ce qui me gêne le plus, c'est la chiasse. Je vis en couche-culotte, ça fait mal, ça me tord le bide. C'est la merde, quoi ! Dans tous les sens du terme !

— Je te donnerai ce qu'il faut pour régulariser ton transit. Ça va aller mieux.

— Te fatigue pas. Je ne crois plus à vos trucs. Je

sais que je vais crever et, à dire vrai, je m'en fous complet. Mon jules est mort, mes copains aussi, je suis seule avec mon nouveau mec, gentil mais vraiment trop con, alors...

Elle lève la main dans un geste de désespoir. Bernard se penche vers le lit.

— Il faut tenir bon, Tania.

— Va dire ça à d'autres, mon gars ! Pour moi, le rideau est tombé, et les rappels, j'y crois pas. Y'a qu'une chose qui me ferait vraiment plaisir...

— C'est quoi ?

— Quelque chose contre mes douleurs. Le mieux serait un peu de morphine. C'est bon pour le bide. J'avais un vieux toubib qui me donnait du sirop d'opium. C'était bien. Ici, ils n'en ont pas. Il me faudrait une dose de dope et j'ai pas un rond pour en acheter.

— En acheter à qui ?

Elle lui lance un regard en coin.

— Arrête, toubib ! Tu ne vas pas chercher à me tirer les vers du nez, comme le flic. Je l'ai viré, cet enfoiré.

— Il t'a demandé qui fournit de la drogue aux hospitalisés ?

Elle se retourne franchement et s'assoit dans son lit en essayant de se caler sur les oreillers. Bernard se lève et l'aide à trouver la position la plus confortable. Pour la première fois, elle sourit.

— Merci ! T'es comme une mère !

— Non, comme un médecin.

— J'en connais pas beaucoup qui te remontent les oreillers.

L'air sérieux, elle reprend :

— Moi, tu sais, je suis toxico depuis vingt ans, c'est pas un secret. Mais je manage, j'suis pas accrocinglée. Si j'avais pas eu ce problème de mégalovirus aux yeux, je ne me serais jamais perdue dans cet hosto pourri. Mais quitte à crever, j'aimerais mieux pas être aveugle. Alors, j'ai accepté de venir. Je pensais qu'ici on m'aiderait à me passer de came, qu'on me donnerait des cach'tons de substitution. Mon cul! Rien de plus que le Doliprane. Ils refusent même de me donner du Néocodion, tu te rends compte! Je leur ai dit que je tousse toute la nuit, ils m'ont fait passer une radio des poumons. « Rien ne justifie un traitement » qu'elle m'a dit, la Wolf!

Pendant tout ce discours, Bernard reste attentif et muet. Depuis qu'il traite cette clientèle, sa capacité d'écoute et sa patience sont devenues inépuisables. On dirait qu'il n'a rien d'autre à faire que de rester assis au chevet de cette femme en souffrance qui manifeste le besoin d'être entendue. Il lui prend la main. À cet instant, elle est son unique malade et elle en est consciente.

Épuisée, elle se laisse aller en arrière et ajoute, dans un souffle :

— On voit bien qu'ils ne savent pas ce que c'est qu'être en manque. Toi, tu m'comprends. Y'a des moments où j'ai envie de me foutre par la fenêtre. J'ai froid, j'ai mal partout...

Après une pause, elle murmure :

— D'ailleurs, c'est pas dit que je résisterai longtemps à cette envie. Un jour ça va m'prendre...

Bernard caresse les longs doigts décharnés, puis les serre entre ses deux mains jointes.

— Ce soir, je t'apporterai de quoi planer, Tania, et tu dormiras sans douleur, je te le promets.

Elle semble ne pas y croire. Son regard chavire et elle ferme les yeux. Ses lèvres bougent à peine quand elle chuchote :

— Pourvu que tu me mentes pas... Y'a si longtemps que je n'ai pas osé espérer souffrir moins.

Quand Bernard se retrouve dans le couloir, le brouhaha des visiteurs est remplacé par le fracas du chariot des cuisines. Les deux femmes de service qui distribuent les repas ne prennent aucune précaution pour éviter d'entrechoquer assiettes et plats métalliques, tandis que les couvercles retombent sur les récipients avec un bruit de cymbales. De plus, elles s'interpellent d'un bout à l'autre du couloir sans retenue :

— Maryvonne ! Le sans-sel du 32, tu me l'apportes ?

— Quel sans-sel ?

— Celui du 32, je te dis !

— Mais j'en ai pas, de sans-sel, moi ! Tu l'as commandé ?

— Pardi ! Regarde un peu.

Conscient de n'avoir aucune autorité sur ce personnel qui ne relève que de l'administration, Bernard retient sa colère. Une idée saugrenue lui traverse l'esprit. Il se penche vers la matrone la plus proche, et lui chuchote, comme dans une église :

— Excusez-moi, madame, auriez-vous l'amabilité de me dire où je peux trouver une bouteille d'eau minérale ?

Troublée, la gueularde hésite un instant. Il est difficile d'élever la voix en face d'une personne qui parle bas. Elle répond sur le même ton :

— Demandez à Maryvonne, elle est à l'office.

— Je vous remercie infiniment.

Avec un immense sourire de gratitude, il s'en va sur la pointe des pieds sous le regard effaré de la femme qui reprend ses plateaux en évitant de les cogner. A-t-elle compris, ou s'agit-il d'un simple mimétisme ? La même méthode obtient le même résultat avec l'impressionnante Maryvonne. Bernard quitte l'office, sa bouteille d'eau sous le bras, ravi de l'effet produit. Pendant quelques minutes, c'est le silence. Divin. Mais pour combien de temps ?

Rentré dans son bureau, il se laisse tomber dans son fauteuil, épuisé, furieux et désenchanté de ce retour à la vie hospitalière. Il avait oublié ce je-m'en-foutisme généralisé qui le scandalisait déjà quand il était jeune. Il n'était pas meilleur interne que les autres, mais il respectait plus que tout la quiétude de ses malades. Combien de fois n'avait-il pas encouru des reproches pour ne pas avoir imposé tel ou tel examen, tel ou tel traitement, que le patient redoutait et qu'il n'avait même pas osé lui proposer ?

Il en est là de ses pensées amères quand, dans l'embrasure de la porte, apparaît la silhouette de Juliette. Avec son pantalon blanc, son tee-shirt rayé bleu et blanc et sa veste de laine bleu marine, elle ressemble à un petit marin d'opérette. Ses cheveux bouclés coupés court et ses yeux clairs complètent ce ravissant tableau. Elle a terminé son service.

— Alors, docteur, on médite ?

— Non, je râle !

— Tu râles, pourquoi ?

— Parce que ce service n'est pas comme je voudrais.

— Explique-toi.

— C'est un peu long pour en parler comme ça. Tu n'as pas le temps de venir boire un verre ?

— Je n'ai pas très envie d'aller me montrer avec toi dans les bistrots du coin.

— Alors, accompagne-moi à la maison. J'habite toujours au même endroit.

Elle regarde sa montre, baisse les yeux, rougit et semble hésiter. Elle finit par accepter l'invitation :

— D'accord, mais je ne resterai pas longtemps.

— Je te montre le chemin, tu ne t'y retrouverais pas tant l'environnement a été bouleversé.

VI

La Twingo de Juliette suit la moto de Bernard dans un dédale de rues sinistres où voisinent maisons délabrées et immeubles d'un modernisme à bon marché. Ils débouchent derrière un lotissement de HLM planté en bordure d'un vaste terrain vague où quelques pavillons désuets semblent attendre l'assaut des bulldozers. Ils stoppent devant un bâtiment qui ressemble à une friche industrielle : une ancienne usine de produits alimentaires avec un portail de bois.

Un peu partout, des jeunes, en majorité des Beurs et des Noirs, jouent au ballon ou patinent sur une sorte de piste en béton. D'autres flânent, désœuvrés.

Juliette tourne sur elle-même, étonnée par le spectacle de cette « rénovation ».

— Dis donc, ton quartier, c'est Hiroshima ! Ils ont rasé tous les bâtiments d'autrefois. Tu sais ce qu'ils vont reconstruire à la place ?

— Tout le monde se pose la question, surtout nos édiles, j'imagine. Les problèmes des banlieues ne les incitent guère à multiplier les cages à lapins.

— Des lapins devenus des loups.

— Personne n'est d'accord sur la solution de remplacement.

Ils poussent le vantail grinçant et entrent dans un hall sonore d'où part un escalier pour nulle part. Au fond, une façade de brique avec une porte laquée de blanc. Bernard ouvre et s'efface devant Juliette, qui ne peut s'empêcher de pousser un cri de surprise. Elle se retrouve dans un immense loft coupé en deux par un mur bas. Le toit en verrière est soutenu par un enchevêtrement de poutrelles métalliques où ont été fixés des projecteurs. Dans un angle, un espace de vie a été organisé sous un faux plafond avec un coin chambre-salle de bains jouxtant un coin salle à manger-cuisine. Un rayonnage qui croule sous les livres monte jusqu'à la poutre maîtresse. En dessous, une longue table sert de bureau.

Le reste du volume est aménagé comme un café-théâtre, avec, dans l'angle opposé à la chambre, sur une estrade, un amoncellement d'instruments de musique, de haut-parleurs et de sonos qui entourent un piano à queue blanc, dont la laque est boursouflée, noircie, craquelée par endroits.

— Je l'ai récupéré avec le reste du mobilier dans une boîte de nuit qui a brûlé, explique Bernard. Il m'a coûté le prix du transport et quelques cordes !

En face, des sièges disparates, un vieux canapé de cuir, des coussins et des bancs de moleskine témoignent du nombre de spectateurs qui doivent venir ici. Une odeur de tabac froid imprègne l'atmosphère et des bouteilles jonchent le plancher. Un bar, également de récupération, est fixé au mur près d'un vieux frigo décoré comme une peau de zèbre.

— On a terminé tard hier soir, s'excuse Bernard, et la voisine qui vient donner un coup de balai d'habitude est malade en ce moment.

Il lance un coup d'œil inquiet à Juliette qui a l'air d'une gamine à Disneyland. Elle jette sa veste sur une chaise et, l'œil écarquillé, visite à pas lents ce monde aussi insolite qu'un night-club au grand jour.

— Mon Dieu, tu vis là ? finit-elle par murmurer, incrédule.

Bernard remplit deux verres de jus de fruits et en tend un à la jeune femme.

— Autrefois, il y avait plusieurs appartements. Les autres locataires sont partis et, en attendant la démolition, le propriétaire m'a autorisé à occuper l'ensemble, pour le même prix. Un jour de colère, j'ai tout fait casser. J'avais besoin d'espace. Et j'ai obtenu une acoustique étonnante. Écoute !

Il ouvre le piano et se met à interpréter des variations sur la *New Orleans Suite* de Duke Ellington. Tout en jouant, il ne quitte pas Juliette des yeux, conscient du trouble qu'il provoque. Des profondeurs d'un passé qui n'appartient qu'à eux surgit un flot de souvenirs.

— Arrête ! finit-elle par s'écrier. Ils sont tous morts !

Comme il joue de plus en plus fort, elle se bouche les oreilles et se sauve en courant vers la chambre à coucher.

Il égrène enfin ses derniers arpèges. Il reste un moment immobile, puis se lève lourdement, comme écrasé par le poids de sa mémoire.

Il vient la retrouver. Pelotonnée sur le lit, en chien

de fusil, elle pleure, le visage enfoui dans le creux de son bras. Catastrophé, il s'assoit près d'elle et lui caresse les cheveux.

— Oh, je suis désolé. Excuse-moi. Je ne voulais pas...

Elle écarte sa main.

— Ce que tu as fait là est impardonnable, Bernard. Tu sais fort bien qu'on ne peut pas revenir en arrière. Laisse les fantômes en paix !

Envahi par la nostalgie, il hoche la tête.

— Je peux te poser une question ?

Elle se lève d'un bond et tend les deux mains en avant comme pour se protéger d'un danger.

— Non ! Surtout pas ! Ne me pose jamais aucune question, sinon tu ne me verras plus. Nous allons travailler ensemble. Un point, c'est tout. Pour le reste, j'ai ma vie, tu as la tienne. Personne n'a le droit de regarder dans le jardin du voisin. Chacun chez soi ! Sinon...

— Sinon ?

— Sinon, je n'hésiterai pas à m'en aller. Soigner les malades avec toi, c'est un grand bonheur. Mais, s'il le faut, je saurai m'en passer.

— Tu as tant de haine contre moi ?

Elle lève les yeux au ciel.

— Comment peux-tu dire autant de bêtises ? Nous étions si jeunes...

— Alors...

— Tais-toi !

Elle lui pose un index sur les lèvres et, quand il veut parler de nouveau, elle répète :

— Je t'en supplie, tais-toi.

Il se lève, va reprendre son verre et reste loin d'elle, le dos tourné.

— Bernard, tu voulais me parler du boulot. Vas-y, je t'écoute.

Il enlève ses lunettes qu'il essuie avec un pan de sa chemise. Les yeux baissés, il remarque d'une voix sourde :

— Je t'admire de savoir aussi facilement refermer

les tiroirs. Excuse-moi, je n'ai pas ton aisance. Mais, puisque tel est ton désir...

Il rechausse ses verres, boit lentement, puis se retourne enfin :

— Je voulais te dire... Voilà ! Je suis très étonné par les méthodes thérapeutiques de ce service. Tout se passe comme si les médicaments antidouleur n'existaient pas, en dehors des antalgiques mineurs. Il a fallu que j'aille chercher de la morphine en chirurgie pour en donner à Tania.

— La 37 ?

— Oui. C'est une toxico notoire.

— Justement !

— Justement quoi ?

— Il y a une règle intangible dans le service : pas de drogue aux drogués.

Bernard se prend la tête à deux mains.

— Non, mais j'hallucine ! Toxico ou pas, elle souffre, cette fille. Pourquoi ne faudrait-il pas la calmer ?

— Donner de la drogue à un drogué, d'après Graveline, c'est devenir un dealer.

— Un drogué qui souffre, c'est d'abord un être humain qui souffre.

— S'il est en manque et que tu l'approvisionnes, tu entres dans un cercle vicieux. Plus ça ira, plus il en réclamera.

Bernard se met à marcher de long en large.

— Ce raisonnement est stupide. Si tu n'approvisionnes pas un drogué, il se flingue ou se barre.

— Je sais. Beaucoup signent leur pancarte.

— Quel échec ! C'est pourtant facile à comprendre : nous ne sommes pas là pour réformer, rééduquer, changer les habitudes des gens, mais pour les soigner. Point final. Les médecins ne sont ni des juges, ni des flics, ni des éducateurs de rue.

Juliette se lève, gênée.

— Je suis de ton avis, Bernard. Mais je ne peux pas m'insurger contre la pratique médicale du patron. J'obéis. Et la Wolf aussi se borne à exécuter les ordres. Comment faire autrement? Tu te souviens comment il est quand il se fout en rogne.

Le jeune médecin lui saisit les deux bras et lui aboie au visage :

— Mais enfin, Juliette, toi, tu ne peux pas raisonner comme ça. Comprends bien, si tu ne donnes pas de calmants aux usagers de drogue, ils vont s'en procurer Dieu seul sait comment. Si tu ne les aides pas à titre préventif, c'est là que tu deviens complice.

— Lâche-moi, crie-t-elle, tu me fais mal! Tu deviens fou ou quoi? Tu ne m'apprends rien.

Confus, Bernard s'écarte sans, pour autant, sortir de son obsession :

— Ils chercheront ce qu'ils veulent à n'importe quel prix. Ou ils voleront. Ils feront n'importe quelle connerie pour en obtenir.

La jeune femme, impressionnée par cet accès de violence, se recule et reprend sa veste.

— Bon, il faut que j'y aille. Calme-toi, Bernard, et réfléchis. L'hôpital, c'est un monde hiérarchisé. Tu acceptes ce qui s'y passe ou tu t'en vas. Quand tu seras le patron, tu imposeras tes idées. En attendant, tu t'écrases ou tu te tires. *Ciao*!

Il l'accompagne jusqu'à la porte et la laisse sortir sans essayer de la rattraper. Il reste un long moment adossé au portail de l'entrée, les mains dans les poches, le regard perdu dans la nuit qui commence à envelopper les HLM où des lumières s'allument.

Un ado beur, long et dégingandé, déboule en rollers, la casquette américaine à l'envers, un tee-shirt crasseux tombant sur ses genoux. Sans un mot, il embrasse Bernard sur les deux joues et entre dans la maison.

Puis c'est une femme, grande, maigre, vêtue d'une robe indienne et coiffée d'un turban, qui arrive, suivie d'un teckel.

— Salut, Bernard. T'as l'air à côté de tes pompes, ce soir.

— Salut, Marita. Entre, je te raconterai. J'aère un moment, ça pue là-dedans !

— Je vais nettoyer.

— Non. Ce n'est pas la peine, ils vont encore tout saloper. Vide seulement les cendriers et les canettes si tu veux, je n'ai pas eu le temps.

D'autres apparitions se succèdent : des figures de tueurs, des punks aux cheveux multicolores, des filles au crâne rasé, des représentants de toutes les ethnies qui peuplent aujourd'hui les banlieues. Vingt-cinq personnes environ sont entrées.

Deux gamins surgissent enfin. Ils prennent le médecin chacun par un bras et le tirent à l'intérieur du loft, fermant la porte d'un coup de pied.

Tandis que la zone retrouve ses allures de désert nocturne, les accords de la *New Orleans Suite* résonnent de nouveau à l'intérieur de la grande bâtisse. Le piano est maintenant accompagné par une batterie et une guitare basse. Un saxo attaque la mélodie, suivi d'une trompette soutenue par un trombone.

Sous la grande verrière, des ombres oscillent. Tout un orchestre joue derrière le pianiste qui improvise comme un dément. Dans l'immense salle mal éclairée, personne ne voit les larmes couler sur le visage de Bernard.

Chotard est assis dans son bureau du commissariat, une vaste pièce meublée de façon traditionnelle, bien en harmonie avec le style BCBG de son occupant. La table est nette. Pas de dossiers, seulement les journaux du jour.

Quand l'inspecteur divisionnaire Lechêne entre, il lui désigne un fauteuil tout en continuant à lire *La Provence.*

— Asseyez-vous. Juppé rompt le dialogue avec les

nationalistes corses. Il a raison. De quoi on a l'air devant ces mecs qui s'exhibent en cagoule ?

Il replie son journal.

— Alors, commandant ? Que venez-vous me raconter de beau ?

— Écoutez, patron ! D'abord, la nouvelle dénomination ne sera officielle qu'en septembre. Ensuite, moi, je préférerais que les gars continuent à m'appeler « chef ». Commandant ou pas, je serai toujours chef de brigade, pas vrai ? J'ai toujours bossé en civil et ces grades militaires me déplaisent souverainement.

— Mon cher, vous pouvez bien vous faire appeler comme vous voudrez, ça ne m'empêchera pas de dormir, soyez-en sûr ! Pour l'affaire de l'hosto, où en êtes-vous ?

Il passe la main sur ses rares cheveux gris collés d'une tempe à l'autre pour faire nombre. Lechêne, l'air du loubard repenti, arbore son habituel sourire carnivore et se hâte de vider son sac :

— Je trouve que la chronologie des faits est tout de même étrange : vendredi 19 avril, le Dr Moreuil rend visite au Pr Graveline, qui lui propose une place de... (il lit sur un papier) praticien hospitalier dans son service à l'hôpital. Le soir même, Olivier Bressans est assassiné. Or — fait étrange — ce Moreuil connaissait la victime depuis de nombreuses années, et entre eux deux ce n'était pas l'amour fou ! Ils s'étaient même battus un soir, jusqu'à se retrouver ensemble au trou. Vers cette même époque, Moreuil avait été impliqué dans une histoire de drogue plutôt grave, toujours à cause de Bressans.

Chotard proteste, agacé :

— Cette histoire, je la connais. Je l'ai lue dans le dossier. Elle remonte à plus de dix ans et s'est terminée par un non-lieu. Sinon il n'exercerait pas.

Lechêne grimace :

— Ouais, un non-lieu, parce que l'hôpital a retiré sa plainte. Patron, ce type est bizarre. Pourquoi s'enferme-t-il des heures avec ses malades en refusant la présence d'une infirmière ? Hein, pourquoi ? Pour un dealer, être médecin, c'est une couverture formidable !

Il se penche en avant pour assener son dernier argument :

— Le jour où j'ai fait sa connaissance, personne ne pouvait lui avoir parlé de la mort du jeune Olivier. J'ai voulu établir avec lui un contact plutôt amical. Vous me connaissez !

— Et alors ?

— Il m'a jeté comme un malpropre. Vous trouvez ça normal ? Moi, je vous le dis comme je le pense : il s'attendait à nous voir arriver et il se méfiait déjà.

— Ce n'est pas une preuve.

— Non. Mais ça y ressemble.

— Si vous aviez raison, quel merdier ce serait ! Graveline qui est si content de son nouvel assistant...

Lechêne reprend :

— Si vous êtes d'accord, patron, je vais tout de même chercher à en savoir un peu plus sur ce type. Pour m'aider, j'ai pensé à Perrier et à la petite nouvelle, Sandra Leibovici. Vous voulez bien leur en parler ?

— Faites-les venir.

Guy Perrier est un athlète aux cheveux blonds coupés court et à l'œil rigolard. Il cherche toujours le côté drôle des événements. La stagiaire de l'école de police est une jeune femme brune au visage sérieux, visiblement impressionnée d'être là.

Le commissaire les fait asseoir et entasse ses recommandations :

— Vous allez travailler en équipe avec Lechêne sur l'affaire Bressans. Je vous recommande de vous méfier. Un hôpital n'est pas un lieu comme les autres et le chef de service, le Pr Graveline, est aussi le maire de la ville. Tout impair pourrait avoir des conséquences graves. Graves pour vous, j'entends !

Les nouveaux venus observent un silence respectueux. Chotard, qui a conscience du caractère inconfortable de leur situation, n'insiste pas. Cependant, au moment où ils s'apprêtent à sortir, il ne peut s'empêcher de leur donner une dernière directive :

— Je veux une fiche signalétique sur tous les gens de ce service pourri. Le Pr Graveline ne doit pas penser que nous ne nous en prenons qu'à son assistant. Je veux savoir ce que chacun fait, avant, pendant et après l'hosto. O.K. ? Vous ne négligez personne.

Lechêne intervient, très sûr de lui :

— Ne vous inquiétez pas, patron. J'ai mon plan.

— Faites en sorte, tous les trois, d'agir dans la plus extrême discrétion, jusqu'à ce qu'on en sache plus. Travaillez sur la pointe des pieds. Compris ?

Perrier, qui n'a pas pipé mot jusque-là, répète avec un sérieux à la limite de la parodie :

— À vos ordres, patron, *sur la pointe des pieds.*

Ils quittent le bureau, Lechêne referme la porte et Perrier traverse le hall comme sur des œufs, dans le plus pur style de la Panthère rose. Ses collègues, habitués à ses facéties, éclatent de rire en le voyant passer.

La cafétéria de l'hôpital, située au rez-de-chaussée de la nouvelle construction, communique avec le grand hall. C'est une salle sonore avec un long comptoir de self-service où une foule disparate fait la queue. Personnel de bureau et infirmiers, étudiants et médecins prennent leurs repas ensemble dans une convivialité de façade. Cette structure, à l'origine destinée à faciliter la communication entre les différentes strates professionnelles, n'aboutit qu'à une juxtaposition des catégories sociales. Les infirmières mangent avec les infirmières, les médecins avec les médecins et les cadres en costume-cravate déjeunent avec le directeur à une table réservée dans l'angle de la salle, près des fenêtres, où la vue est la plus belle. Celui qui a le toupet de changer de camp, surtout pour retrouver un représentant du sexe opposé, s'expose à des commentaires salaces et malveillants.

Juliette fait exception à la règle. Chaque jour, elle s'assoit seule à une petite table, toujours la même, où son mari vient la retrouver — comme c'est le cas aujourd'hui — quand il peut s'absenter en même temps qu'elle. Les gens se méfient de ce kinésithérapeute adjoint au maire qui joue les éminences grises. C'est pourtant un homme charmant, la tenue impeccable, le cheveu bien coiffé et le sourire courtois. Il s'approche de sa femme et, sans un mot, lui baise le front. Elle lui sourit tandis qu'il s'installe.

À l'autre extrémité de la salle, Bernard Moreuil arrive, lui aussi avec un plateau, et s'arrête devant la table d'un médecin qui mange seul en lisant son journal.

— Docteur Vignat, je suppose ?

L'autre relève les yeux, surpris, et s'exclame :

— Ah ! Moreuil ! Te voilà tout de même ! Tu es ici depuis une semaine et je ne t'avais pas encore vu !

Bernard est heureux de retrouver son vieux copain, qui n'a guère changé. Sa taille s'est un peu alourdie et ses cheveux châtains déjà rares dessinent, sur le haut du crâne, une tonsure prématurée. Le regard reste vif derrière une paire de lunettes en demi-lune posée maintenant sur son long nez en biais, qui le faisait, autrefois, surnommer « Croquignol ». Comme toujours, il porte une blouse d'un blanc douteux boutonnée de travers.

— Pour tout te dire, c'est la première fois que je descends à la cafét. J'ai un peu la nostalgie de nos salles de garde d'antan.

— Finies les salles de garde, mon pote ! Les internes déjeunent ici, en vitesse, l'air triste, préoccupés par le montant de leur future retraite. Tu es content chez Graveline ?

— Disons que je suis content de m'occuper du sida. Je vais essayer d'améliorer le sort de ces pauvres gars, mais ça ne va pas être facile. Ils sont aussi marginalisés ici qu'ailleurs, et les nouveaux produits ne sont pas encore disponibles.

Pierre approuve d'un hochement de tête. Ils se mettent à manger en silence. Puis Bernard reprend la parole :

— Dis-moi !

— Ouais ?

— Tu sais qui a poussé le patron à me proposer cette place ?

— Pour sûr. C'est moi. Je savais que tu étais membre d'un cabinet de groupe à Marseille. Dans les dossiers des malades qui ont défilé en réa depuis quelques années, beaucoup d'ordonnances portaient ton nom. Et j'ai bien vu que tu connaissais ton boulot. J'avais lu aussi que tu étais inscrit sur la liste d'aptitude des praticiens hospitaliers. Quand j'en ai eu marre d'être appelé tout le temps au cinquième étage pour des problèmes concernant le VIH, je suis allé trouver Grav'leux et je lui ai parlé de toi. Tu le connais, il faut qu'il fasse tout tout seul. Jusqu'ici, aucun assistant n'a tenu plus d'un an ou deux, sauf moi, parce que je ne suis pas directement sous sa coupe. Mais, depuis quelque temps, je crois qu'il a pris conscience de son incompétence en matière de sida. Tu comprends, cette saloperie, c'est nouveau, c'est différent, ça évolue vite et ça fait peur. Il n'a pas envie de se salir les mains.

— Tu revois Juliette ?

Ce coq-à-l'âne déstabilise Vignat qui rougit, prend son verre pour boire une gorgée d'eau et s'étrangle. Bernard éclate de rire.

— Eh bien, dis-moi, le nom de notre petite camarade te fait de l'effet !

— Mais non !

Agacé par cette réflexion, Pierre repose lentement son verre, comme pour se donner le temps de réfléchir et de se justifier.

— Quand son mari a été nommé ici, il y a cinq ans environ, elle est venue avec lui. Forcément, avec le boulot qu'il fait à la mairie, Grav'leux ne peut rien lui refuser. La première fois que je l'ai revue, notre Juliette, j'ai eu un choc.

— C'est ce que je vois...

Il hausse les épaules et poursuit :

— Elle m'a coincé dans un couloir et m'a dit, sur un ton d'institutrice : « Écoute bien, Pierre. Je suis une femme mariée et le passé n'existe plus. J'ai deux enfants, un mari respectable, je ne te connais pas. On se dit bonjour, bonsoir et basta. Sinon je démissionne et je me tire. »

Bernard sourit tristement au souvenir de sa propre conversation avec la compagne des années passées. Il n'en souffle mot à son ami et se contente de marmonner :

— Elle s'est fait une autre vie, c'est son droit.

— On s'est tous fait une autre vie.

— Pas moi. Ma vie n'a pas changé.

Pierre, l'œil interrogateur, mime des doigts sur un clavier.

Bernard sourit et confirme :

— Toujours, mais plus dans les bistrots. Je joue avec une bande de loubards recyclés dans le jazz qui m'envahissent tous les soirs. Ils me squattent !

— Tu habites encore ton *usine* ?

— Ouais ! Maintenant, c'est presque le Carnegie Hall. Certains soirs, j'ai dix musiciens et cinquante spectateurs.

— Ça doit picoler sec.

— Uniquement de la bière et encore, pas des litres. Ils savent que je les ai à l'œil.

— Et la fumette ?

— Quelques joints. Personne n'y peut rien. C'est partout pareil. Mais pas plus que ça. Avant, ces types étaient camés jusqu'à la moelle. Ils savent que si j'entrevois un soupçon de poudre ou d'autre chose, je les vire à coups de pompe. C'est déjà arrivé. Je leur ai même piqué leur dope sans qu'ils m'en veuillent.

— Et toi ?

Bernard sourit.

— Moi ? Tu sais, la dope, ça n'a jamais été mon truc. J'ai eu envie d'essayer, pour voir l'effet que ça fait, mais je n'ai pas été convaincu. Peut-être parce que j'imaginais déjà quels pouvaient être les dégâts... Une sorte de prémonition ! Je ne fume même plus et je ne bois que du jus de fruits.

— Même à table ?

— Un verre par-ci, par-là.

— C'est pas gai ! Tu baises, au moins ?

— Heureusement ! Pas toi ?

— Moi ? J'habite une chambre ici, dans le bâtiment du personnel. Il m'arrive de rester un mois sans quitter l'hosto. J'ai une copine mariée qui vient se faire sauter quand elle en a envie. Ça me suffit !

— Tu veux passer un soir à la maison ?

— Avec tes loubards ? Merci bien ! Très peu pour moi !

— Ils ont un *look* pas possible, c'est vrai, mais la plupart sont vraiment super. Ils ont conscience d'échapper à la merde et ils viennent s'éclater autrement. On passe des soirées entières à bosser sur un morceau. Ils sont fiers d'apprendre à lire une partition.

Pierre Vignat se lève sans répondre, pas convaincu.

— On verra... Faut que j'y aille. J'ai du boulot. À plus !

Au moment de sortir, il se ravise :

— Tu es invité à la Légion d'honneur du patron ?

— Oui. Toi aussi ?

— Tu y vas ?

— Difficile de faire autrement.

— On va s'faire chier.

— Mais non. Ensemble, on va se marrer !

VII

Bernard Moreuil et Pierre Vignat viennent se joindre à la foule des invités. Quoi qu'ils en disent, ils sont flattés d'avoir été conviés à une telle réception, même si les mondanités ne sont pas leur fort.

Le visage du Pr Richard Graveline affiche la satisfaction d'une réussite sociale accomplie. Planté devant sa prestigieuse demeure, les mains derrière le dos, le menton levé, il considère avec un sourire patricien la cohue qui bourdonne dans le jardin. Tout ce qui compte à Meillan-de-Provence est là : des notables qui se connaissent depuis l'école, de riches propriétaires terriens mêlés à des fonctionnaires peu fortunés mais conscients de leur pouvoir, des médecins, des avocats, des notaires, tous venus célébrer la gloire de leur maire.

Le printemps tout neuf est de la fête et l'air a la douceur d'un soir de juin.

Dans le parc éclairé *a giorno,* des tentes rayées vert et blanc abritent un somptueux buffet qui fait loucher les convives. En attendant le signal de la curée, ragots et cancans vont bon train autour de l'estrade où a été planté un micro.

Graveline considère ses invités sans indulgence. Il a maintes fois constaté qu'à Paris, dans ce genre de fiesta, les messieurs se fondent dans une homogénéité de bon ton où le gris et le bleu marine dominent, tandis que les dames affichent une élégance onéreuse mais discrète. En province, au contraire, les gens font preuve d'un goût affligeant pour l'originalité. Les hommes portent des costumes improbables et les femmes des tenues d'apparat aux imprimés fleuris qui amplifient leurs formes abondantes ou tentent d'étoffer des squelettes anguleux.

Lyse Graveline s'avance. Sa robe a été tenue secrète jusqu'au dernier moment et son mari, qui la découvre enfin avec un sourire de convenance, s'abstiendra cette fois encore de tout commentaire. Gréée comme un galion de haute mer, elle assume sans complexe ses rondeurs quinquagénaires contenues à grand-peine par un savant plissé rose bonbon. Elle a passé l'après-midi chez le coiffeur pour faire réaliser un invraisemblable échafaudage d'une blondeur omelette figé dans la laque.

Fière propriétaire de ce beau domaine, Lyse a l'assurance froide des filles de famille riche qui n'ont pas été habituées à se remettre en question. Le marché implicite conclu entre les époux est respecté : elle fournit le luxe et lui les honneurs. Le couple offre ainsi l'image de la plus parfaite réussite et personne ne se demande quels sentiments les unissent. Les apparences sont sauves, n'est-ce pas l'essentiel ?

La voiture attendue fait crisser le gravier de la cour et stoppe devant le perron. Le chauffeur ouvre la porte au sénateur qui se déplie avec peine en vérifiant le bon ordonnancement de son costume. Graveline se retient pour ne pas courir au-devant de ce personnage auquel il aimerait tant ressembler et dont il envie la carrière. Empesé dans l'officialité de sa fonction, l'invité d'honneur débite sans conviction quelques paroles convenues :

— Ah, Graveline, mon ami, je suis confus...

— Ne vous excusez pas, sénateur, c'est une telle joie de vous recevoir.

— Un coup de téléphone de Paris au moment du départ m'a retardé.

Graveline n'est pas dupe : le vieux cabot a l'habitude de soigner ses entrées !

— Chère madame, je vous présente mes hommages.

Lyse, très à l'aise devant le représentant d'une famille meillanaise moins riche que la sienne, tend sa main potelée où brille un lourd diamant. Le sénateur ébauche un baisemain, puis le trio se dirige vers la foule devenue silencieuse.

Au premier rang, Verdier, Juliette à son bras,

s'avance d'un pas, le torse bombé. Graveline s'approche d'eux.

— Mon cher sénateur, je pense que vous connaissez mon premier adjoint et son épouse ?

— Bien sûr. Nous nous sommes déjà rencontrés. Ravi de vous retrouver ici, monsieur Verdier. Mes hommages, madame.

Le premier adjoint, satisfait de cette reconnaissance publique, lâche le bras de Juliette pour suivre le sénateur, entraîné dans le flot convivial par Graveline qui peaufine les présentations. Il ne ménage ni les formules flatteuses, ni les superlatifs qui fleurent bon le clientélisme électoral.

Très jolie dans un tailleur vert pâle, Juliette se sent subitement abandonnée et cherche du regard quelle direction prendre. Elle repère Bernard et Pierre qui lui font des grands signes et semblent s'amuser comme des gosses. Craignant d'être impliquée dans une de ces facéties de mauvais goût dont elle sait qu'ils ont le secret, elle préfère les éviter et se dirige vers Louise Wolf, seule aussi, en bordure de la foule. La surveillante porte un ensemble noir dont la veste boutonnée haut est cintrée comme une redingote d'officier sur un pantalon cigarette. Elle vient à sa rencontre.

— Quelle magnifique soirée, n'est-ce pas ? Cette invitation m'a fait grand plaisir. Parmi le personnel, nous sommes les deux seules...

— Ah bon ! répond Juliette d'un ton détaché.

Elle sait bien que sans son mari, elle ne serait pas là.

Louise Wolf profite de l'occasion pour lui montrer que cette faveur n'a pas été accordée à n'importe qui :

— J'ai salué le directeur de l'hôpital.

Elle baisse la voix :

— C'est un incapable, mais il faut le ménager. Il est là-bas, en grande conversation avec le sous-préfet et le commissaire Chotard. La petite dame aux cheveux blancs, que je connais bien aussi, est la directrice de l'Action sanitaire et sociale.

— Je me souviens, elle était invitée à l'inauguration du service.

— Venez, je ne vous lâche plus.

Louise Wolf a pris Juliette par le bras et continue à passer en revue les personnalités connues, tandis que Verdier suit le sénateur à courte distance en surveillant sa montre. Le moment venu, il vient chuchoter un mot à l'oreille de son patron qui lui demande si les journalistes sont arrivés.

— Oui. Ils commencent même à s'impatienter.

— Parfait ! Allons-y.

Avec doigté, Richard Graveline oriente son hôte vers l'estrade où il le fait monter sous les applaudissements. Il savoure cet instant de gloire qui compense la grisaille de son médiocre quotidien. Plus que tout, il aime être applaudi tandis que les flashes crépitent.

Le sénateur sort un papier de sa poche. Il attend le silence pour commencer à débiter la litanie des louanges prévisibles. Il relate la brillante carrière de celui qui a « consacré sa vie au combat obstiné contre la maladie »...

S'il savait comme le « fier disciple d'Esculape » en a par-dessus la tête des maladies, et surtout des malades ! Il leur consacre une partie de son temps, c'est vrai, mais bien parce qu'il ne peut pas faire autrement. S'il parvient, comme il l'espère, à décrocher un mandat national, au Palais-Bourbon ou au Sénat, on ne le verra plus guère dans son service. Ça, non ! Il continuera à parler avec émotion de *son* hôpital, mais il se contentera de le regarder de loin, soulagé de ne plus ressentir ce haut-le-cœur qui le saisit chaque matin, en franchissant le seuil de ce lieu nauséabond, haï entre tous.

Ce que le sénateur omet de raconter, c'est que Richard Graveline, issu d'une modeste famille provençale, « monté » faire ses études à Paris, n'a dû sa carrière qu'à l'épouse d'un vieux patron parisien opportunément rencontrée. Séduite, elle exigea l'agrégation pour son jeune protégé. Le mari trompé obtempéra à la condition que le professeur en herbe retourne avec son titre dans sa lointaine province.

Revenu par obligation à Meillan-de-Provence, Graveline obtint la direction de ce service de médecine endormi, qu'à la vérité personne ne lui disputa. Rattaché à l'université de Marseille, il se prétendit « interniste » — cette aristocratie un peu floue de la médecine générale — et consacra désormais son énergie à une carrière politique destinée à lui faire grimper les marches du pouvoir.

Bernard et son copain connaissent, eux, la véritable histoire. Ils s'amusent d'entendre le discours sirupeux et emphatique du sénateur. D'ailleurs qui est dupe dans cette assemblée où tout le monde sait tout de son voisin ?

Seuls dans leur coin de jardin, les deux garçons, rajeunis par leurs souvenirs communs, composent à leur manière le texte qu'ils auraient pu chanter en salle de garde, autrefois, sur l'air du *Père Dupanloup :*

Le père Grav'line à l'Assemblée
Pour épater les députés
Leur amena sa surveillante
Et l'enfila séance tenante
Ah, ah, ah, mais vraiment
Le père Grav'line est épatant.

Ils rient tellement que des convives se retournent, choqués, en leur faisant signe de se taire.

VIII

Quand Bernard arrive devant son bureau, le lendemain matin, il trouve l'inspecteur Lechêne dans le couloir, adossé au mur.

— Bonjour, docteur. Vous pouvez m'accorder deux minutes ?

Bernard hésite, le toise un moment pour bien lui montrer sa réticence et se résigne :

— Entrez. Mais j'ai peu de temps à vous consacrer.

Ils s'assoient de part et d'autre de la table encombrée de dossiers médicaux. Le policier sort de sa poche une boîte de cigarillos qu'il tend à Bernard.

— Non merci ! On ne fume pas à l'intérieur de l'hôpital, s'il vous plaît.

Lechêne rétorque, moqueur :

— Vous n'avez jamais vu les infirmières dans l'office pendant la pause ?

— Je ne vais jamais à l'office.

La réponse est sèche. Bernard manifeste son hostilité comme il le peut. L'autre n'insiste pas.

— Mon cher docteur, croyez bien que je ne viens pas ici pour sympathiser. Vous m'avez clarifié votre position et je la respecte. Seulement moi (il se penche en avant, l'air mauvais), j'ai un boulot à faire et je le ferai, que ça vous plaise ou non.

Bernard ne cille pas et rétorque, sur un ton impersonnel :

— Je ne vous en empêche pas, mais je ne vois pas en quoi je pourrais vous être utile.

— En m'expliquant, par exemple, pourquoi, le vendredi 19 avril, le soir où vous avez rendu visite au Pr Graveline, un de vos anciens amis est mort, dans le service, d'une overdose provoquée.

Bernard est abasourdi.

— Un de mes anciens amis ?

— Ne faites pas l'innocent, docteur...

— Quel ami ?

Bernard a crié. Quelque peu impressionné, l'autre répond :

— Olivier Bressans.

Bernard se rejette en arrière, suffoqué, et répète :

— Olivier Bressans... le frère de Martin. C'est vrai

que je le connaissais. De quoi est-il mort, dites-vous ?

— Vous m'avez très bien compris : d'une overdose criminelle.

— Mon Dieu ! Mais pour quel motif avait-il été hospitalisé ?

— Si vous permettez, c'est moi qui pose les questions. Que faisiez-vous le vendredi 19 avril au soir ?

Bernard reste muet un instant. Il ne parvient pas à croire au sens de cette interrogation.

— Parce que vous supposez...

— Je ne suppose rien, docteur, s'exclame le policier. Je vous prie seulement de me répondre.

Bernard réfléchit tout haut :

— Le vendredi 19... Autant que je me souvienne, j'étais chez moi.

— Quelqu'un peut-il confirmer vos dires ? s'enquiert Lechêne en tirant un carnet de sa poche.

— Une cinquantaine de personnes. Nous préparons un concert de jazz traditionnel et nous répétions ce soir-là, comme presque tous les soirs.

— Soyez gentil de m'écrire ici le nom et l'adresse de quelques-uns de vos... invités. J'irai leur demander confirmation.

Bernard repousse le carnet et éclate de rire.

— Je connais leurs prénoms ou leurs surnoms. Pour les noms de famille et les adresses, ce sera plus difficile. Je n'en ai aucune idée.

— Vous répétez, ce soir ?

Bernard se rebiffe :

— Vous n'avez tout de même pas l'intention de venir chez moi ? Les flics, vous savez, ce n'est vraiment pas le genre de la maison !

Lechêne encaisse l'affront et reste un moment silencieux. Puis il se penche en avant et souffle dans le nez de Bernard :

— C'était votre dernière chance, vous l'aurez voulu.

Et il sort sans un mot de plus.

Dans le couloir, le père Carboni pleure dans les

bras de Juliette. Le policier s'en va sans leur prêter la moindre attention.

Bernard s'approche et le vieil homme lui agrippe les mains.

— Docteur, c'est la fin, je le sens. Je vais perdre mon petit. Il a vingt-sept ans, c'est trop injuste. Vous ne pouvez vraiment rien faire ? Venez le voir, je vous en prie, venez avec moi.

Il l'entraîne.

De loin, Grégorio suit la scène, les mains enfoncées au fond des poches, le visage bouleversé.

Dans la pénombre de la chambre, on n'entend plus que le râle irrégulier du mourant.

Une R17 blanche s'arrête devant la demeure de Bernard Moreuil. Perrier et Lechêne en descendent.

— On ne peut pas dire qu'il ait choisi les beaux quartiers ! s'exclame le jeune inspecteur, interrompu par l'arrivée d'une camionnette.

Le chauffeur en sort, portant une caisse à outils.

— C'est là ?

Lechêne acquiesce. Il pousse le portail de bois et désigne la porte d'entrée laquée qui brille au fond du hall ouvert.

Pendant que le serrurier essaie ses clés, les deux policiers examinent les alentours. Perrier n'en finit pas de s'étonner :

— Difficile d'imaginer décor plus sinistre.

Soudain, la porte blanche s'ouvre et l'artisan s'écarte en lançant dans un rire :

— Ah, vous êtes forts, vous, les poulets ! C'était même pas fermé !

Les deux flics se décochent mutuellement un regard accusateur et se retournent avec un bel ensemble vers le serrurier qui se fait tout petit.

— Vous savez, moi, c'que j'en dis... Bon... faut qu'j'y aille... Vous m'payez tout de même, j'me suis déplacé !

Il prend les documents que lui signe Perrier, salue

l'index à la casquette et déguerpit sans demander son reste.

Furieux de s'être ridiculisé, Lechêne pousse la porte du pied et précède son collègue à l'intérieur du loft. Devant le spectacle, ils s'arrêtent net. Les instruments de musique, le matériel d'enregistrement, l'immense bibliothèque, les sièges disparates, le lit défait, l'odeur de tabac les clouent au sol.

Ils sont à peine remis de leur surprise qu'une voix retentit dans leur dos :

— Qu'est-ce que vous foutez là ?

Ils se retournent, stupéfaits. Un bonhomme dans la quarantaine, en bleu de travail, armé d'un fusil à pompe, les braque, l'air mauvais. Lechêne crie :

— Non mais, ça vous prend souvent ? Baissez ce flingue ! Police !

Incrédule, le fusil toujours braqué, l'inconnu raille :

— Police ? Prouve-le !

L'inspecteur montre sa carte et l'autre baisse enfin son arme, penaud.

— Excusez-moi, m'sieur l'inspecteur, j'pouvais pas savoir.

Puis, soupçonneux, il répète :

— N'empêche, qu'est-ce que vous venez faire ici ?

— Taisez-vous ! C'est moi qui pose les questions. *Primo :* puis-je savoir pourquoi vous vous baladez avec une arme ?

Laissant là son collègue, Perrier se met à explorer le capharnaüm. Il fouille les vêtements, déplace les partitions, les livres...

Pendant ce temps, l'homme essaie de se justifier :

— Je suis RMiste. J'habite le pavillon d'en face, et je surveille un peu la maison du toubib. Avec les gens du quartier, c'est pas du luxe. Et puis ce ne serait pas la première fois que...

Il s'interrompt comme s'il en avait trop dit.

— La première fois que quoi ?

— Je le connais bien, Bernard. C'est un brave mec, vous savez. De temps en temps, il jette un coup d'œil sur mes gosses quand ils sont patraques. Sans jamais demander un sou. Ma femme lui faisait un peu de ménage, avant qu'elle tombe malade. Qu'est-ce qui lui est arrivé ?

— Ça ne vous regarde pas. Il reçoit beaucoup ici ?

— Oh ! oui. (Il prend un air rigolard.) Et ses invités, j'vous dis pas !

— Expliquez-vous !

— Des punks, des Arabes, des Nègres... Ils font un bordel d'enfer. (Il rit encore.) De temps en temps même, ils se tapent dessus et Bernard les fout dehors. Quel cirque ! Il m'est arrivé d'intervenir, avec mon flingue. Il y a des fois, c'est pas pour dire, heureusement que j'étais là !

— Il a des femmes dans sa vie ?

— Forcément. Hier, c'était une nouvelle, plutôt bon genre, une blonde à bouclettes toute mignonne dans un petit costume marin. Et puis il y a Marita, celle qui habite là-bas. Un drôle de numéro !

— Marita comment ? Vous connaissez son nom de famille ?

— Non ! C'est une brune, maigre comme un clou. Elle vient souvent ici. Elle vit là-bas. (Il tend le bras dans la direction d'un immeuble genre HLM.) Elle a toujours un chien accroché à ses basques, un teckel. Demandez sur place, tout le monde la connaît. Mais je ne suis pas sûr que vous serez bien reçu !

Lechêne, convaincu que l'homme est inoffensif, montre le fusil.

— Bon. Vous pouvez rentrer chez vous. Mais que je ne vous revoie plus avec cet engin. Compris ? On vous convoquera pour faire une déposition.

Il s'aventure au fond du loft où son acolyte continue ses explorations et lui lance :

— Perrier, je te laisse fouiller ici. Moi, je vais rendre visite à une dame avec chien.

— O.K., chef ! Ne vous faites pas bouffer.

Lechêne se dirige à pied, à travers le terrain vague, vers les bâtisses délabrées. Il y grouille la faune habituelle des banlieues, colorée et cosmopolite. Sa venue ne passe pas inaperçue. Il cherche à se renseigner, mais, à son approche, chacun s'écarte. Quand enfin il aperçoit un patineur qui vient dans sa direction, il l'interpelle :

— Hé ! Toi, là-bas !

Le gosse vire sur place et détale à toute vitesse.

Lechêne ne se formalise pas, il a l'habitude. Chaque fois qu'il faut mener une enquête dans ces fichues banlieues, c'est pareil. Tout le monde se dérobe.

Il entre dans l'immeuble que l'homme au fusil a désigné. Le hall est un dépotoir, avec des murs généreusement tagués et des boîtes aux lettres éventrées. Il grimpe un escalier sordide, faisant le vide devant lui. Il n'entend qu'une cacophonie de musiques et d'émissions de télévision. Au fur et à mesure qu'il avance, les portes se ferment. Soudain retentissent des aboiements furieux qui viennent d'en bas. Il redescend quatre à quatre. Il a localisé Marita. Il frappe à la porte. Pas de réponse. Il commence à s'énerver.

— Police ! Ouvrez ! crie-t-il en secouant la poignée.

Une voix féminine répond :

— Va te faire foutre ! Celle-là, on me l'a déjà faite !

Soudain, c'est le silence. Partout, sans doute, on écoute. Même le chien, derrière la porte, ne crie plus et on l'entend renifler. Lechêne s'impatiente :

— Si vous n'ouvrez pas, ça va aller mal !

— Si t'as un mandat, glisse-le sous la porte.

Les aboiements reprennent. Lechêne fulmine :

— On n'est pas au cinéma ! Je n'ai pas besoin de mandat pour interroger un témoin.

— Le témoin, il te dit merde !

— Le témoin, il a le droit d'être grossier, mais moi, j'ai celui de faire sauter la serrure. Et je vais me gêner, vous allez voir !

Devant l'inefficacité de ses menaces, Lechêne, qui a horreur de perdre son temps, change de tactique :

— C'est votre copain Bernard Moreuil qui m'envoie. Ouvrez donc! Je ne vais pas vous tuer!

Le sésame était bon. La porte s'ouvre sur une femme en robe indienne. Elle tient dans ses bras un teckel qui aboie de plus belle. Elle le houspille en lui fermant le museau :

— Tais-toi, Virus, tu fais chier!

Excédé, Lechêne la pousse sans ménagements et entre. Le logement est pauvre, style soixante-huitard attardé. Au mur, une grande photo de Che Guevara à moitié décollée. Des patchworks de velours décorent des meubles en rotin fatigués. Le policier examine tout en détail. Marita vient se camper devant lui.

— Bon, ça va! Vous faites l'inventaire ou quoi?

— Vous vous appelez Marita?

— C'est interdit?

— Marita comment?

— Slimane, ça vous gêne?

Lechêne comprend qu'il n'arrivera à rien dans le registre autoritaire. Il se fait apaisant :

— Allons, ne vous énervez pas, je suis juste venu causer. Bernard Moreuil est votre... ami?

— Bien plus que ça! Je vivais avec son frère, avant qu'il meure. Son frère Roland.

Lechêne, qui a enregistré l'information sans sourciller, s'assoit sur le bras d'un fauteuil. Il comprend que sa méthode est la bonne et continue sur un ton amical :

— Alors, vous connaissez Bernard depuis longtemps?

— Des années! Bernard, Roland, Juliette et moi, autrefois, on faisait partie de la même bande. Des étudiants un peu jetés. Roland, c'était le plus jeune mais le plus dur. Il faisait la loi. Un mec délirant à la tête d'une bande de cinglés. Bernard, lui, il avait vite compris que l'histoire allait mal tourner. Il nous disait d'arrêter nos conneries, mais nous, on ne comprenait pas. Il essayait de sortir son petit frère de la dope. Il y est arrivé d'ailleurs. Mais trop tard.

Le sida, on ne savait pas que ça existait. Personne ne savait...

Elle se mouche bruyamment.

— Moi aussi, je suis séropo. C'est Bernard qui me soigne. Lui, il est passé à travers.

Lechêne croit tenir la preuve recherchée. Il prend un ton détaché pour demander, comme s'il s'agissait d'une évidence :

— Forcément, il se drogue aussi, non ?

— Bernard ? Vous êtes fou ! Il y a goûté, comme tout le monde, autrefois, mais ça le branchait pas. Et avec le temps, ça s'est pas arrangé. Depuis le sida, il a une haine absolue pour tout ce qui touche à la merde !

La fenêtre s'ouvre, poussée de l'extérieur, et un grand escogriffe africain apparaît. Derrière lui, d'autres silhouettes...

— Tout va bien, petite sœur ?

Marita lance un regard narquois au policier.

— Ça va. Merci, Mouloud. C'est un ami qui vient de la part de Bernard.

L'homme sourit, étonné, ébauche un geste apaisant de la main et referme la fenêtre.

— Eh bien, dites-moi, vous êtes bien protégée.

— Que voulez-vous, ce sont mes copains, ma seule famille.

Le policier revient à son interrogatoire :

— Vous vous droguez encore ?

Elle se rebiffe :

— Qu'est-ce que ça peut vous foutre ?

Agacé, l'inspecteur décide d'abandonner la manière douce et de frapper un grand coup :

— Écoutez-moi bien, Marita Slimane. Ou vous me répondez poliment et dans cinq minutes je m'en vais. Ou vous m'emmerdez et je vous embarque pour vous placer en garde à vue. Compris ?

— En garde à vue ? Ça va pas ! Pour quel motif ?

— Trafic de drogue ! Et en prime, je colle votre roquet à la fourrière !

— Mon chien ? Mais vous êtes un monstre !

— J'en ai rien à foutre, de ce clébard, moi ! Alors, répondez-moi *fissa.* Je répète : est-ce que vous vous droguez ?

Marita reprend son teckel dans ses bras et lui embrasse le museau avant de répondre :

— Mais non, c'est de l'histoire ancienne, tout ça. Quand j'ai vraiment le blues, j'appelle Bernard et il vient me faire une piquouze. Il ne me dit même pas ce qu'il y a dedans. Il y a des jours où ça va mal, c'est sûr ! Il m'apporte aussi l'AZT de l'hôpital. Vous comprenez, j'ai pas la Sécu. C'est un type formidable, Bernard. Il essaie de sortir les autres de la galère. Tous ces paumés, il leur fait faire de la musique. Moi, je suis infirmière diplômée, mais je ne travaille plus, j'peux plus !

— Si vous êtes infirmière diplômée, vous avez des droits.

— Étrangère, partie au pays et revenue, vous n'imaginez pas ma situation.

D'un geste, elle montre la fenêtre et poursuit :

— J'aide les voisins. Pour eux c'est mieux que rien. La plupart sont comme moi, sans papiers.

Lechêne reste silencieux, indécis. Il ne peut s'empêcher d'éprouver de la sympathie pour cette fille malade dont la vie ne doit pas être drôle tous les jours. Délinquante ? Paumée ? Ou simplement malheureuse ? Qui le sait ?

À son tour, elle interroge :

— Mais qu'est-ce qu'il a à voir là-dedans, Bernard ? Il travaille de nouveau à l'hosto. C'est une enquête de routine ou quoi ?

— C'est ça. Une enquête de routine. En vérité, nous recherchons un dealer qui sévit par ici. Vous n'auriez pas une idée ?

Elle hausse les épaules.

— Dans un milieu pareil, comment voulez-vous avoir des idées ? Avec ce que l'avenir me réserve, vous comprenez...

— Olivier Bressans, vous connaissiez ?

— Le petit qui est mort l'autre jour ? Bien sûr que

je le connaissais. Son frère Martin faisait plus ou moins partie de la bande. Un fêlé, ce Martin, sans doute le plus camé de tous. Son frérot lui faisait ses commissions. Drôle de moutard !

— Le moutard, comme vous dites, s'est tout de même battu avec Bernard au point de se retrouver en taule !

Elle rit avant d'ajouter :

— Vous savez ça aussi ? Quelle rigolade ! Bernard venait de prendre ses fonctions d'interne. Martin était fauché — comme toujours — et il a envoyé Olivier demander à Bernard de piquer de la dope à l'hosto. L'autre l'a viré à coups de pompe dans le train, vous l'imaginez. Mais le gamin était teignard. Le soir, il a attendu Bernard avec des copains pour le punir. Ils n'avaient pas plus de douze ou treize ans, mais c'étaient des terreurs ! Quel baston ! Les flics sont arrivés à temps. Ils ont ramassé tout le monde et les combattants ont fini la nuit au trou.

— Moreuil a porté plainte ?

— Vous pensez ! Il a refusé.

— Et l'affaire a été classée. Il y a eu récidive, non ?

Marita sourit à l'évocation de cette folle époque.

— Ouais. C'était à Marseille. Martin, il avait la rancune tenace. Une nuit que Bernard était de garde, ce con a envoyé Olivier jouer les mourants. Les flics l'ont conduit aux urgences. Pendant que Bernard soignait un autre type, le gosse lui a piqué ses clés pour vider la pharmacie de l'hosto. Puis il s'est tiré. L'infirmière a trouvé le trousseau de Bernard sur la porte et l'administration a porté plainte.

— Pourtant, il n'y a pas eu de condamnation.

— Non ! Le directeur de l'hôpital a compris ce qui s'était passé et il a retiré sa plainte. Bernard est seulement allé donner une bonne raclée à Martin. Qu'est-ce qu'il lui a mis ! Mais, à la police, il a jamais parlé, le Narbé ! C'est pas son genre.

« Je sais... » pense le policier, silencieux.

Le visage de la jeune femme s'affaisse et les sanglots lui montent à la gorge.

— Maintenant il n'y a plus que nous quatre, avec Juliette et Vignat. Tous les autres sont morts...

Elle se détourne, le teckel serré dans ses bras.

— J'ai plus que toi, mon Virus !

Lechêne ne sait que dire. Elle lève vers lui ses yeux verts baignés de larmes.

— Maintenant, tirez-vous. Vous en savez assez, non ?

Elle affiche un visage défait où le Rimmel coule. Lechêne, visiblement ému, est sur le point de s'excuser, mais il n'y parvient pas. Il sort en murmurant :

— Je comprends, je comprends !

Dans la rue, il respire profondément et reprend d'un pas vif la direction du loft. L'air frais lui fait du bien. L'immersion dans le monde du malheur lui est toujours aussi pénible. Mais c'est le métier.

Il retrouve Perrier toujours en train de fouiller.

— Ça va ?

— Venez voir, chef, ce que j'ai trouvé.

Il montre une boîte à chaussures qu'il ouvre sous le nez de Lechêne.

— Une vraie pharmacie ! Il y a de la morphine, des sachets qui doivent être de l'héro ou de la coke. Des seringues, du Temgésic, du Néocodion... Ça c'est de l'ecstasy... Bref, de quoi droguer un régiment.

Lechêne est enchanté.

— Bravo ! On la tient, notre preuve. Emporte-moi tout ça et on se tire.

Perrier hésite :

— Je croyais qu'une pièce à conviction saisie après une perquisition sauvage n'avait pas de valeur devant un tribunal ?

— Qui te parle de tribunal ? Le jour où je lui mettrai sa boîte sous le nez, au toubib, je te jure qu'il fera moins le faraud. Il me gonfle, ce mec !

Perrier est presque choqué par la hargne de son

collègue. Il se garde bien de manifester ses sentiments et l'autre s'impatiente :

— Allez ! Grouille-toi. Tu me laisseras à l'hosto. Je vais demander ses impressions à la blonde à bouclettes. Elle a un pied dans chaque camp, celle-là.

Perrier se met au volant et la voiture démarre pendant que Lechêne considère d'un œil torve la masse des HLM. Les jeunes désœuvrés suivent la voiture du regard. Un gosse lève le médius.

Arrivé à l'hôpital, Lechêne sort de la voiture.

— Attends-moi là, je n'en ai pas pour longtemps.

Il fonce vers la cafétéria. Il y a beaucoup de monde au comptoir et les tables sont presque toutes occupées. Il repère Juliette qui déjeune en face de son mari, hésite un instant, puis, sans se gêner, s'approche. Quand elle le voit, son visage se fige.

— Vous voulez me parler, inspecteur ?

— Juste deux ou trois questions... si je ne vous dérange pas.

Verdier se lève, souriant.

— J'allais partir.

— Je ne voulais pas vous chasser.

Verdier proteste d'un geste. Il embrasse sa femme sur le front, salue et s'en va.

Lechêne fixe la jeune femme et s'assoit à la place que Verdier vient de quitter. Tout autour, le personnel de l'hôpital les regarde à la dérobée. Juliette, gênée, questionne à mi-voix :

— Pourquoi vous me regardez comme ça ? Qu'est-ce que j'ai fait ? Que me voulez-vous ?

— Vous entendre parler de Bernard Moreuil.

Le visage de la jeune femme reflète l'inquiétude.

— Pourquoi ?

— Vous vous êtes rendue à son appartement hier...

Sans tenir compte de la stupéfaction qui se peint sur les traits de Juliette, il continue :

— J'attends que vous m'en disiez plus sur la vie de cet homme, que vous semblez connaître... intimement, si je ne me trompe.

Elle veut protester mais il l'arrête de la main.

— Ne vous défendez pas, cela ne servirait à rien. Je veux savoir quelle vie il mène, quelles étaient vos relations avec lui autrefois, ce qu'elles sont devenues aujourd'hui, ce qui s'est passé entre les frères Bressans et Moreuil. Bref, tout ! Allez, racontez-moi ça !

— Ici ? Maintenant ?

— Pourquoi pas ?

Juliette regarde tous ces gens attablés qui font comme s'ils ne la voyaient pas. Elle pousse un gros soupir.

— Je ne sais que vous dire, inspecteur. Je n'avais plus vu Bernard depuis dix ans. Il a été nommé PH pour assister le Pr Graveline et nous nous sommes retrouvés à ce moment-là. C'est tout.

— C'est tout ?

— Écoutez, ne soyez pas stupide. Hier, nous voulions bavarder ailleurs qu'à l'hôpital. Je suis allée boire un verre chez lui. Je n'y suis restée qu'un quart d'heure.

Sous l'œil ironique et égrillard de l'inspecteur, Juliette se mettrait à crier si elle ne sentait pas tous ces regards braqués sur elle. À voix basse, elle implore :

— J'ai un mari, deux enfants, et je tiens à préserver ma famille. Je vous prie de me croire et de respecter ma vie privée.

— Mais oui... mais oui... Au fait, votre époux est au courant de cette visite chez le Dr Moreuil, je suppose ?

Terrorisée, Juliette observe furtivement autour d'elle comme si elle cherchait à s'échapper.

— Venez, on va parler dehors. Ça vaudra mieux.

— Comme vous voudrez !

Ils passent dans le hall de l'hôpital et s'arrêtent devant la machine à café. Ils se servent tout en parlant. Juliette, loin de la curiosité de ses collègues, se sent plus sûre d'elle. Elle reprend, avec un sursaut d'autorité :

— Je vous prie de laisser mon mari en dehors de cette histoire. Il n'y est pour rien. Je vous dirai tout ce que vous voulez, encore que je ne comprenne pas en quoi mon passé vous intéresse.

— Je vous expliquerai, le moment venu, je vous le promets. Allons-y. Commençons par Olivier Bressans. Je vous écoute.

— Il était malade. Il est mort subitement...

— Subitement, parce que quelqu'un l'a tué ! Nuance qui a son importance, vous ne trouvez pas ?

— Moi, je n'en sais rien. Je sais seulement qu'il est mort en pleine nuit. Je n'étais pas de service.

— Et Moreuil ?

— Quoi, Moreuil ?

— Ils se connaissaient, Bressans et lui ?

— Oui, autrefois.

— Il se droguait ?

— Qui ?

— Bressans.

— Comment voulez-vous que je sache ?

— On a retrouvé de l'héroïne dans le tiroir de sa table de nuit.

Juliette hausse les épaules et s'interroge sur la réponse à donner. Elle a tout fait pour se sortir de la spirale infernale où l'avaient plongée ses copains d'autrefois, et voilà qu'elle est rattrapée par son passé, à cause de ce voyou de Bressans. Elle décide de ne pas se laisser entraîner sur ce terrain et de se cantonner à des généralités. C'est donc d'un ton dégagé qu'elle répond :

— Dans les services comme le nôtre, il y a parfois des drogues qui circulent, c'est certain. Allez donc expliquer à des malades en fin de vie qu'ils mettent leur santé en danger ! Et puis, nous ne sommes pas là pour faire la police. C'est un engrenage désolant, mais qu'y pouvons-nous ?

Pendant qu'elle parle, des gens de toutes sortes viennent aussi se servir. Visiteurs ou malades, elle ne les voit pas. Soudain, elle regarde sa montre.

— Oh, là, là ! Je suis en retard ! Excusez-moi, il faut que je remonte.

Lechêne la retient par le bras.

— Attendez ! Et Moreuil ?

— Moreuil, je ne sais rien de sa vie...

— Tout de même, ces types qui viennent chez lui, le soir, sous prétexte de faire de la musique...

— Je ne sais rien, je vous dis ! Quand je l'ai connu, Bernard Moreuil gagnait l'argent de ses études en jouant du jazz dans les boîtes. Mais je vous répète que je ne l'ai pas revu une seule fois depuis dix ans.

Elle recule de quelques pas :

— Il faut absolument que j'y aille. Les autres m'attendent pour descendre déjeuner. Excusez-moi !

Elle se sauve en courant, laissant le policier frustré.

Il traverse le hall, furieux, et sort. Il repère la voiture où Perrier l'attend et s'y engouffre.

— Tout baigne, chef ?

Lechêne gronde à mi-voix :

— Rien ne baigne ! Ce soir, avec Sandra, tu vas mettre en place une souricière devant le loft de notre ami Moreuil. Vous ramasserez tout ce qui se présente, tous ceux qui poussent le portail. Après, on fera le tri.

— Et le toubib ?

— Sois tranquille, il ne rentrera pas chez lui avant demain matin. Je vais lui rabattre son caquet, moi, à ce type ! Il ne va pas me narguer longtemps.

IX

Dans le commissariat de police déserté, Bernard Moreuil est assis en face de l'inspecteur principal Lechêne. Sur le bureau, des bouteilles de bière et des assiettes vides témoignent du dîner sommaire qu'ils ont partagé. Derrière la fenêtre brillent les lumières de la nuit.

Bernard est furieux. Il n'a pas pu prévenir ses copains. Ils doivent l'attendre dans l'« usine » et il a horreur de les savoir seuls chez lui. Quand Lechêne est passé le chercher à l'hôpital, il ne pouvait pas imaginer que l'entretien durerait des heures. Ce flic est irresponsable. De quel droit se permet-il de démolir la vie privée des gens ? Il proteste pour la dixième fois :

— Je persiste à ne pas comprendre les raisons de cet interrogatoire qui n'en finit pas.

— Interrogatoire ! Tout de suite les grands mots. J'avais seulement besoin de bavarder avec vous et, convenez-en, dans ce foutu hôpital, vous n'avez jamais une minute à vous.

Il tire de sa poche sa boîte de cigarillos et en choisit un avec minutie, puis ajoute, l'air narquois :

— En plus, ici, je peux fumer. Moi, sans tabac, j'ai la cogitation molle. Je n'y peux rien. Vous ne fumez pas, vous ?

Bernard sent bien qu'il s'agit d'une provocation, mais il ne peut s'empêcher d'exploser :

— Foutez-moi la paix avec vos airs patelins et vos questions à la con. Vous ne m'impressionnez pas. J'ai passé des centaines d'heures au chevet de gens qui allaient mourir. Croyez-moi, c'est autre chose qu'un inspecteur de police qui fait le mariolle. Alors dites-moi où vous voulez en venir et finissons-en. J'ai des amis qui m'attendent chez moi et rien ne justifie que vous m'empêchiez de les rejoindre. Rien ! Je n'ai rien à me reprocher.

Lechêne le considère avec l'intérêt d'un entomologiste pour un insecte rare, sans une once d'émotion. Confortablement renversé dans son fauteuil, les jambes allongées sur une chaise, il mâchouille son cigarillo avec délectation.

— Dites-moi, demande-t-il, en fermant les yeux,

pour quelle raison avez-vous décidé de vous spécialiser dans cette maladie ?

Bernard bondit.

— Maintenant, ça suffit ! Je n'ai pas l'intention de vous raconter ma vie. Ces questions m'insupportent et j'ai autre chose à faire. D'ailleurs, c'est simple, je m'en vais.

D'un pas décidé, il se dirige vers la porte quand Lechêne l'interpelle :

— Attendez et comprenez-moi bien, docteur. De deux choses l'une : ou nous bavardons comme je le veux et aussi longtemps que je le veux, ou je vous colle en garde à vue. Un formulaire à remplir, le substitut à prévenir, et vous vous retrouvez ici pour une période de vingt heures renouvelable une fois. Ensuite seulement, vous pourrez rentrer chez vous, avec nos excuses bien entendu ! À vous de choisir.

Choqué par tant de cynisme, Bernard se laisse retomber sur sa chaise, avec l'impression de vivre un cauchemar. Lechêne ne le regarde plus. Il tire sur son cigarillo, les yeux mi-clos fixés au plafond. Ce n'est qu'après un long moment de silence qu'il reprend, de sa voix la plus douce :

— Vous ne m'avez pas répondu. Pourquoi cette spécialité ?

Bernard sent qu'il n'aura pas le dessus. Il préfère abdiquer :

— J'ai commencé à travailler sur cette maladie quand des proches, des amis et mon propre frère ont été atteints. Le virus est apparu au moment où je terminais mes études. Pour les gens de ma génération, il était tout naturel de s'y intéresser.

— Je comprends, l'opportunité... Parlez-moi de vos copains, ceux de cette époque.

— Je crains de ne pouvoir vous en dire grand-chose. Ils appartiennent au passé. De plus, vous n'êtes pas sans ignorer que je suis lié par le secret professionnel.

Lechêne, levant les bras au ciel, s'exclame :

— Ah ! Nous y voilà ! Le fameux secret professionnel ! La tarte à la crème du corps médical, le paravent des fausses vertus. Et cette chère Mme Verdier, elle est couverte — si j'ose dire —, elle aussi, par le secret professionnel ? Elle vous rend visite dans votre tanière — je devrais dire votre bauge — pour vous exposer ses maux ? Secret professionnel, bien sûr.

Bernard a compris. À aucun prix il ne doit entrer dans le jeu de ce sadique qui cherche à le faire craquer en soufflant le chaud et le froid. Il répond sur un ton glacial :

— Quand je l'ai connue, elle était élève infirmière et moi interne. Je donnais des cours dans son école. Point final. Je ne savais pas qu'elle travaillait dans le service lorsque le patron m'a proposé la place.

Lechêne change de cible :

— Et les Bressans ?

— Des amis d'autrefois. Rien de plus.

— Des amis.

Bernard hésite et décide de ne pas changer de politique :

— Oui, des amis. Des amis avec lesquels j'ai eu des hauts et des bas. Mais des amis quand même.

Lechêne manie la diversion avec délectation :

— Croyez-vous, docteur, qu'un vaccin va être trouvé ?

— Un vaccin ? Peut-être, mais pas encore. En revanche, de nouveaux médicaments, actuellement à l'essai, ont, paraît-il, une efficacité incontestable quand ils sont utilisés en association. Nous allons les employer dans le service dès que j'aurai obtenu les autorisations nécessaires.

— Que la majorité de vos malades soient des pédés ou des camés, souvent les deux, ne vous gêne pas ?

Bernard, piqué au vif, se retient de hurler. Il grince :

— Moi, j'aime mieux soigner ces gens-là que... des flics, par exemple.

Lechêne reste de marbre.

— Expliquez-moi ça.

Bernard masque sa rage sous un air doucereux :

— Avec plaisir, inspecteur. Les homosexuels sont tout simplement des gens malheureux. Avoir des pulsions différentes de ce qu'il est convenu d'appeler la normalité est très difficile à vivre dans un monde intolérant comme le nôtre. C'est un grand malheur d'être né ainsi. Quant aux drogués, ils ont été pour la plupart victimes de traumatismes affectifs ou éducatifs graves dans leur enfance. Le Pr Olievenstein a écrit un excellent livre sur ce sujet, *Il n'y a pas de drogués heureux.* Je vous le recommande. Il n'est jamais trop tard pour s'éduquer et réformer ses préjugés.

Et comme Lechêne le toise avec cet air méprisant qui a le don de le mettre hors de lui, Bernard laisse enfin éclater sa colère :

— Oui, inspecteur, je le dis et je le répète. Je préfère mille fois m'occuper de ces pédés et camés, comme vous les appelez, plutôt que de machos complexés qui ont besoin d'un uniforme, d'un flingue ou d'un commissariat pour s'affirmer !

Un long silence suit cette sortie. Soulagé par son éclat, Bernard se cale plus confortablement dans son fauteuil et met ses deux pieds sur le bureau de Lechêne. Les mains croisées sur le ventre, il attend.

Le policier écrase son cigarillo dans le cendrier et, contre toute attente, éclate de rire.

Devant le loft de Bernard, deux habitués arrivent en bavardant. Ils poussent le portail et disparaissent dans le hall. À l'intérieur, ils sont happés en silence par des agents en tenue qui les menottent et les poussent sans ménagements contre le mur. Ils subissent une fouille en règle et sont invités à rejoindre quatre « hôtes » déjà assis sur les marches, dans l'escalier condamné. Perrier et Sandra dirigent l'opération.

Trois nouveaux arrivants subissent successivement le même sort.

Dehors, le jeune Beur à casquette et tee-shirt trop

long déboule à toute vitesse en rollers. Il stoppe à une trentaine de mètres du bâtiment et, inquiet, regarde sa montre. Indécis, il s'interroge sur ce qu'il doit faire, quand un de ses copains le rejoint.

— Qu'est-ce que tu fous, Ahmed ? On est déjà en retard !

— Bouge pas ! Y a un lézard !

— Un lézard ? Quel lézard ?

— T'entends pas qu'il y a pas de musique ?

— Ben oui. Et alors ?

— Je viens de voir un keum entrer. Je crois que c'est « la Foudre ». Regarde la verrière, y a pas de lumière. À c't'heure, dab, le Narbé, il a allumé. Y reste pas dans le noir.

— Peut-être il est fatigué ?

— Tu délires ou quoi ? Jamais il est fatigué, Narbé ! En plus, j'ai repéré une caisse que je connais pas, planquée dans la rue d'à côté... Attends-moi là et bouge pas. Je reviens.

Il fait demi-tour et se dirige à toute vitesse vers l'immeuble voisin. Trois minutes plus tard, il est de retour, un gamin d'une dizaine d'années juché sur ses épaules. La nuit est tombée et le silence est pesant.

Le patineur pose l'enfant à dix mètres du loft et lui chuchote à l'oreille :

— Tu entres chez Narbé, Momo ! Si tout est clean, tu ressors et tu nous fais signe. Sinon tu restes dedans. O.K. ?

— Je reste dedans et qu'est-ce que je fais, dedans ?

— C'que tu veux, j'm'en fous. J'te filerai un paquet de clopes. Ça t'va ?

— Des Marlboro ?

— Des Marlboro !

Ils se frappent la paume de la main et le gosse se rue chez Bernard.

Il ne ressort pas ! Au bout de deux minutes d'attente, Ahmed se rapproche de son copain. Il constate, soucieux :

— Tu vois bien ce que j'te disais. Y a un os.

À ce moment, Marita arrive à grands pas. Ahmed se précipite, l'arrête et la met au courant. Leur plan de bataille est vite établi. Ils s'écartent à bonne distance du loft, chacun sur une voie d'accès, et guettent. En un quart d'heure, ils ont stoppé douze visiteurs.

Lechêne prépare du café, tout en racontant sa vie à Bernard :

— Mes grands-parents étaient fonctionnaires, mes parents étaient fonctionnaires, mes frères aînés, mes oncles... Chez moi, personne ne s'est jamais posé de question. Douaniers, enseignants, flics. On n'avait pas d'autre choix.

— Une sorte d'atavisme.

— C'est ça !

À voir bavarder les deux hommes, on les prendrait pour de vieux amis. En réalité, la haine qui les anime est presque palpable. Bernard, les traits tirés par la fatigue, conserve un ton sarcastique que le policier fait semblant de ne pas remarquer. Ils boivent leur café lentement, en soufflant sur le liquide trop chaud. Par la fenêtre, l'aube commence à poindre. L'horizon se teinte de rose. Lechêne regarde sa montre et lance en chantonnant :

— Il est 5 heures, Paris s'éveille...

— Et moi, j'irais bien me coucher.

— Je vais vous dire une bonne chose...

La sonnerie du téléphone l'interrompt. Il décroche.

— Lechêne, ouais !... Très bien... Combien vous dites ?... C'est pas beaucoup... On en reparlera. Bon, laissez tomber. Rentrez, je vous attends.

Il raccroche et sourit. Soudain paternel, il s'adresse à Bernard :

— Vous avez raison, docteur, il est temps d'aller vous coucher. Vous l'avez bien mérité. Je vous suis très reconnaissant de m'avoir accordé cette interview instructive.

— Foutez-vous de ma gueule, inspecteur ! Vous avez été le plus fort, cette fois-ci, mais vous ne l'emporterez pas au paradis.

— J'en prends bonne note. De vous, mon cher, je sais bien que je n'ai pas de cadeau à attendre. Dommage ! Que voulez-vous, à chacun son boulot ! C'est bien ce que vous m'avez dit l'autre jour, n'est-ce pas ? Je fais le mien du mieux que je peux. Regardez !

Il ouvre l'armoire métallique du bureau et en sort la boîte à chaussures de Bernard, remplie de drogues. Il la lui montre de loin.

— Rien qu'avec ça, je pourrais vous faire coffrer. Mais c'est un peu tôt. Nous aurons le temps d'en reparler tranquillement, un jour ou l'autre. Par exemple le jour où... — comment avez-vous dit ? — le jour où je voudrai l'emporter au paradis...

Bernard se lève, interloqué et lui coupe la parole :

— Vous êtes allé fouiller dans ma maison ? De quel droit ? Vous savez bien que tout ça, c'est que dalle ! De la drogue que j'ai piquée à des toxicos. Autant qu'ils n'ont pas consommée. Je n'en utilise ni pour mon usage personnel, ni pour la revente.

— C'est ce que vous dites ! Reste à le prouver et à l'expliquer au juge.

— Tout de suite, si vous le voulez. Je n'ai pas peur, vous savez !

— Patience, mon cher, patience. J'ai d'abord quelques petites énigmes à élucider.

— Fumier !

Lechêne, furieux, s'approche et lui souffle dans le nez :

— Assez ! Moi, je n'ai jamais été grossier. Seulement, ça pourrait venir. Apprenez que mes collègues sont passés chez vous et ont ramassé quelques-uns de vos petits camarades musiciens. Nous allons ainsi pouvoir vérifier vos affirmations et voir un peu qui vous hantez... à seule fin de savoir qui vous êtes vraiment.

Bernard éructe de rage :

— Avec votre air mielleux, vous n'êtes, en définitive, qu'une vraie merde ! Un pourri !

Lechêne ne bronche pas sous l'insulte. C'est même d'un ton d'une grande jovialité qu'il conclut :

— Si vous vous étiez dispensé de ce couplet ordurier — et qui m'étonne, venant de la part d'un garçon aussi bien élevé —, je vous aurais fait raccompagner en voiture. Seulement voilà, vous allez devoir rentrer tout seul, histoire de calmer votre bile et d'apprendre la politesse.

— Mais ma moto est restée à l'hôpital.

— Je sais. C'est bien ce que je disais. Une petite heure de marche, à la fraîche, c'est excellent pour la santé. Ce n'est pas vous qui me contredirez, n'est-ce pas, docteur ?

— J'exige que...

Lechêne le coupe et hausse le ton :

— Vous n'avez rien à exiger ici et je n'ai pas l'intention de dépenser l'argent des contribuables en mettant un fonctionnaire à votre service. Je vous ai offert un café — sur mes deniers personnels, ne me remerciez pas — mais une voiture et un chauffeur, *niet* ! Bonne nuit, docteur.

Il a ouvert la porte et, d'un geste large, courbé en avant, il lui montre le chemin. Vexé, blessé dans son amour-propre, furieux de son impuissance, Bernard sort sans gloire. Il cherche la formule brillante qui lui laisserait le dernier mot. En vain.

Il se retrouve dans la rue, remâchant son amertume. Qu'est-il venu faire dans cet hôpital ? Pourquoi le mauvais sort s'acharne-t-il contre lui avec autant d'obstination ? Bien sûr, exercer dans le privé n'était pas rose tous les jours. Sans doute n'était-il pas très doué non plus. Les factures d'honoraires, les problèmes de personnel, les fins de mois difficiles, les relations professionnelles avec ses associés lui causaient bien du tracas. Mais le prix à payer pour le statut de fonctionnaire hospitalier se révèle lourd. Un patron parano, une surveillante cerbère, une Juliette qui ranime un feu qu'il croyait éteint, et, en plus, ce flic débile qui lui reproche des délits imaginaires. Quelle faute originelle est-il en train d'expier ?

Dans le petit matin humide, il croise une benne d'éboueurs et entend, au loin, une sirène. Il réprime un frisson et relève le col de son blouson. Puis, les mains dans les poches, abruti de fatigue, déprimé, fou d'une rage impuissante, il accélère le pas.

Depuis le seuil du commissariat, Lechêne le regarde s'éloigner. Il rentre et saisit son téléphone.

— Oui, patron, je l'ai laissé repartir... On ne risque pas de le perdre. En revanche, Perrier arrive avec le produit de sa pêche nocturne... Très bien, je vous attends.

Il raccroche. La sirène qui a attiré l'attention de Bernard s'amplifie, puis s'éteint. Le panier à salade est de retour.

Le planton tient la grille d'entrée grande ouverte, tandis que le car de police se vide de son contenu : deux femmes aux cheveux orange, cinq hommes, dont un Noir et deux Beurs en révolte. Au moment d'entrer, l'un d'eux manque de s'échapper. Les gardiens le rattrapent de justesse et parviennent à le maîtriser. Ils le poussent dans la cage où les autres sont déjà enfermés.

Perrier, épuisé, trie ses notes prises pendant la traque.

— Putain, ces mecs, ils sont pas possibles ! marmonne-t-il, excédé.

Un de ses collègues passe, un dossier sous le bras.

— Alors ? Comment ça s'est passé ?

En mimant un danseur de rap à l'accent prononcé, Perrier improvise :

Nous avons passé la nuit en pleine galère.
Ils m'ont dit : Ta gueule, poulet, va niquer ta mère !
On va le faire rigoler, notre cher patron.

L'autre arbore un sourire réjoui et enchaîne :

— Je viens de voir sa voiture entrer au parking, il a dû tomber du lit pour t'accueillir !

Perrier imite la voix et la démarche du commissaire :

— Bonjour, les enfants !

Puis, passant devant la standardiste :

— Rien pour moi, Clémentine ?

La jeune femme rit de bon cœur pendant que l'inspecteur disparaît en direction de la machine à café. À ce moment, Chotard entre, conformément à la parodie de Perrier :

— Bonjour, les enfants ! Rien pour moi, Clémentine ?

La jeune femme ne répond pas. Elle a beaucoup de mal à retenir un fou rire. Le commissaire n'est pas dupe :

— Vous avez l'air bien gaie aujourd'hui, ma chère enfant !

Se tournant vers Perrier qui regarde ostensiblement ailleurs, il grince :

— C'est encore vous, Perrier, qui faites le clown ?

— Moi, patron ? s'étonne l'inspecteur, le visage rayonnant d'innocence.

Le commissaire éprouve des sentiments mitigés à l'égard de son subordonné. Agacé, il lui fait signe de le suivre dans son bureau.

— Vous allez être content, patron. On a fait du bon travail cette nuit ! claironne le jeune inspecteur en montrant la cage où les prisonniers s'entassent, le visage haineux.

Le commissaire les regarde à peine. Lechêne arrive lui aussi et les deux hommes se serrent la main.

— Tout le monde vient de chez Moreuil ?

— Exact, répond Perrier, la poitrine gonflée d'importance. Ils sont arrivés les uns après les autres. Nous n'avons eu qu'à faire le tri. Parmi eux, nous avons gardé deux dealers recherchés, un taulard permissionnaire en cavale et deux putes sans papiers. Ils sont tous là, pérore-t-il d'un air supérieur.

— Moins nombreux que je l'imaginais, s'étonne Lechêne.

— C'était un jour de petit comité, sans doute. À moins que Moreuil se vante quand il parle de son « orchestre ».

— Il n'y a rien eu de particulier? Tout s'est passé simplement?

Perrier joue les blasés :

— Tout s'est passé « simplement »...

Il lit dans son carnet, d'un ton suave :

— Outrages à agents, voies de fait, rébellion... La routine, patron, rien de grave!

Le commissaire balaie de la main ces réflexions dont il ne goûte pas l'humour.

— Vous pensez qu'ils sont pour quelque chose dans l'affaire Bressans?

— Je ne peux pas vous dire, patron. Il faut vérifier leurs emplois du temps. Mais, en les interrogeant, vous allez surtout pouvoir comprendre dans quel milieu évolue le toubib.

— C'est bon. Installez-m'en un, j'arrive.

Perrier retourne dans le bureau des inspecteurs tandis que Lechêne précise au commissaire :

— J'ai gardé Moreuil ici pendant tout le temps de la planque, mais je n'en ai pas tiré grand-chose. Je commence à penser qu'il n'est pour rien dans cette histoire. Malgré tout, il existe forcément un lien entre les faits d'aujourd'hui et le passé commun de tous ces gens, mais lequel?

Perrier sort de la cage un premier « client » et le fait asseoir devant une table. Les cheveux à la Depardieu, des tatouages plein les bras, un gilet de cuir sur une chemise matelassée à carreaux qui pend sur son pantalon, le bonhomme considère les policiers d'un air farouche.

Chotard s'approche et Perrier fait les présentations :

— Émile Joudre, dit « La Foudre », permissionnaire en cavale, trois condamnations pour coups et blessures.

— Pourquoi ce surnom ?

La Foudre lève les épaules en signe d'incompréhension.

— Que voulez-vous, c'est pas ma faute, j'suis un violent.

— Surtout avec un verre, ou un peu de poudre dans le nez... précise Perrier.

La Foudre reste paisible pour répondre :

— Allez inspecteur, me charriez pas, je vous ai dit que la dope, c'est fini. Je suis sérieux.

Il se penche en avant, goguenard, pour ajouter :

— Je suis devenu artiste...

Il se redresse fièrement et son sourire découvre quelques chicots noirâtres. Perrier hausse les épaules :

— Moreuil a monté une petite formation de jazz avec eux, explique-t-il au commissaire. Il a promis de leur faire enregistrer un disque... La Foudre est batteur — obligé !

Chotard se penche vers le tatoué.

— Parlez-moi de Moreuil.

— Narbé, c'est mon pote. Un vrai mec qu'en a dans la tronche. La dope, il a connu. Mais il n'a pas accroché, et il aide les copains à s'en tirer aussi. Parmi ceux que vous avez alpagués cette nuit, vous-z-y trouverez pas un camé.

Perrier corrige :

— Pas un camé... aujourd'hui !

La Foudre se retourne vers lui et, candide :

— C'est déjà pas mal, inspecteur. Avant, c'était tous camés et tout le temps camés. Aujourd'hui, on s'en est sortis... Mais si on plonge, c'est sûr que ce s'ra reparti pour un tour. (Il se retourne vers Chotard.) Vous savez, en taule, c'est dur de pas se shooter.

Le commissaire hausse les épaules et s'éloigne.

— Attendez, patron, intervient l'inspecteur, j'en ai un autre qui vaut la peine.

— Ah bon ?

Perrier fait asseoir le grand type au crâne rasé et à l'anneau dans l'oreille qu'il a vu, la veille, sortir de la chambre de Tania. Le commissaire l'observe, cherchant dans sa mémoire d'où il le connaît. Perrier fait les présentations :

— Lambretti, Dino, bien connu de nos services, plusieurs fois condamné. Il est arrivé cette nuit chez Moreuil, mais lui, il s'est attaqué à la serrure avec un jeu de fausses clés !

Le commissaire s'étonne :

— Tu cherchais quoi ?

— Qu'est-ce que vous croyez ? De la dope, évidemment ! Personne ne m'avait dit que la porte reste toujours ouverte.

— Pourquoi chercher de la dope chez Moreuil ?

— Il en confisque à ses potes. C'est ce que tout le monde dit. J'espérais en trouver pour Tania, ma copine. Elle peut plus tenir. (Il fait une grimace.) Elle est entrée à l'hosto il y a un mois et elle n'y a eu droit qu'une fois. Il fallait que j'en trouve coûte que coûte. Elle est mal en ce moment, et moi j'ai pas une thune ! Vous percutez ?

Chotard s'éloigne en entraînant Perrier et baisse la voix :

— Vous aviez raison ! Je commence à comprendre qui est ce Moreuil. Un type courageux mais qui joue avec le feu. Cela ne va pas nous faciliter la tâche !

Lechêne s'approche :

— Je vous l'ai dit, patron, quelque chose relie tout ce petit monde. Je ne sais pas encore quoi, mais, faites-moi confiance, je le découvrirai.

X

Le Pr Graveline pérore dans le couloir, entouré d'un groupe de jeunes étudiants. À ses côtés, Juliette Verdier et Louise Wolf écoutent, impassibles. Derrière elles, Bernard Moreuil traîne les pieds. Ce discours — déjà cent fois entendu — l'intéresse moins que l'arrivée d'un nouveau patient qui provoque une agitation inhabituelle au fond du couloir.

Le chef du service s'adresse à ses élèves sur ce ton docte dont il se délecte :

— La pénétration du virus dans les lymphocytes T4 entraîne leur déprogrammation, puis leur destruction. D'où l'importance de leur dosage pour connaître le stade évolutif de la maladie.

L'homme qui arrive là-bas est couché sur un brancard et sa tête dodeline au gré des secousses du transport. Bernard s'éloigne discrètement. La voix de Graveline le cloue sur place :

— Monsieur Moreuil, vous n'êtes pas de mon avis ?

— Certes, monsieur. Comment pourrait-il en être autrement ? Excusez-moi, il y a une entrée au 46, et je crains de devoir intervenir sans délai. Je reviens dans un instant.

Sans plus attendre, il se dirige à grands pas vers la chambre où les ambulanciers ont pénétré et s'arrête sur le pas de la porte pendant qu'ils essaient d'installer le malade dans le lit en prenant garde de ne pas débrancher la perfusion.

Il s'empare du dossier médical, une grande enveloppe marron sur laquelle figure en grosses lettres rouges « Simon Bérelman », et s'appuie au mur pour lire. Il s'agit d'un homme âgé de quarante-sept ans, professeur d'arts plastiques, dont l'état s'est brusquement aggravé avec l'apparition de signes neurologiques en rapport avec une atteinte cérébrale, vasculaire ou virale. Il est porteur du VIH depuis onze ans, ses T4 sont à zéro, il a arrêté tout traitement à la suite d'un épisode dépressif. « Nous sommes en présence, conclut le médecin traitant, d'une attitude suicidaire caractérisée. »

Tandis que les ambulanciers quittent la chambre, Bernard se rapproche du lit. Le patient est nu, grelottant, d'une maigreur extrême, le bassin emmailloté d'une couche-culotte déjà souillée. Son côté gauche est complètement paralysé et il peine à respirer. Quand il sent la présence du médecin à son côté, il soulève une paupière.

— Ma pauvre carcasse, murmure-t-il, le souffle court, elle est foutue !

— Ne désespérez pas, Simon, répond Bernard, essayant de paraître optimiste. C'est solide, une carcasse. Et puis, la médecine évolue.

— J'ai froid, couvrez-moi vite. Aux urgences, ils n'ont même pas voulu me donner une couverture. Ils m'ont traité comme un pestiféré.

Basile, le garçon de salle, et une élève infirmière entrent à ce moment dans la chambre avec des draps et s'empressent de le recouvrir tandis que Bernard vérifie le bon fonctionnement des perfusions et cherche à lire leur contenu sur les étiquettes. Il précise, pour Juliette qui vient d'arriver aussi et attend ses directives :

— Sa voie centrale paraît bien fonctionner. Demande le bilan habituel en urgence, puis enlève ce flacon presque terminé. Je vais t'écrire dans le cahier de prescriptions ce que tu mettras dans le suivant.

S'adressant au malade, il ajoute :

— Il faut augmenter la dose de corticoïdes. On saura ainsi quelle est la part de l'inflammation dans ce phénomène déficitaire. Après, vous irez passer un scanner.

— Un scanner ? Pas tout de suite ! J'aimerais me reposer. La route a été longue. Au point où j'en suis, rien n'est plus vraiment urgent...

Bernard lui caresse la joue et ressort dans le couloir. À l'élève infirmière il fait ses recommandations à voix basse.

— Quand il sera réchauffé, n'oubliez pas de le changer. Mais laissez-le tranquille un moment.

La visite du patron est terminée. Il est rentré dans son bureau. Du hall sortent le commissaire et l'inspecteur Lechêne. Bernard leur tourne le dos ostensiblement et se réfugie dans une autre chambre.

Chotard n'est pas dupe, mais il ne fait pas de commentaire. Il s'adresse à Lechêne :

— Dites-moi, avez-vous vu l'employeur de ce jeune qui s'était sauvé ?

— Garridon ? J'ai dicté un rapport à la secrétaire.

— Ah bon ! Elle ne me l'a pas encore remis. Alors ?

— Le directeur du grand magasin m'a dit, sur le ton d'une dame patronnesse : « Que se passe-t-il ? Rien de grave, j'espère ? » Moi : « Rien de grave, je voudrais juste vous poser quelques questions. » Lui : « Parce que, vous savez, ce pauvre Pierre-Jean est malade du sida et il n'imagine pas que nous sommes au courant. Nous avons toujours peur qu'il lui soit arrivé quelque chose. Ça nous ferait tellement de peine. »

Chotard hoche la tête, philosophe.

— Dans cette affaire, rien ne se passe comme on l'avait prévu.

Puis, changeant de sujet :

— J'ai lu les fiches sur le personnel du service. C'est du bon travail. Hélas, question trafic, il n'y a pas grand-chose à en tirer. Pas le moindre suspect, là-dedans. Tout le monde paraît clair.

Lechêne hésite :

— À part, peut-être, l'infirmière chef.

Le commissaire prend la fiche et lit :

— Louise Wolf, immeuble cossu, célibataire sans enfant, vie régulière... Ce n'est pas vraiment le général Noriega, votre surveillante !

Lechêne ne relève pas, il paraît soucieux.

— Je ne l'ai pas écrit, mais j'ai un doute sur cette bonne femme. Il y a quelque chose qui cloche. Elle habite un immeuble trop beau, dans un quartier trop chic, je veux dire : trop chic pour une infirmière. Vous savez combien ça gagne, une infirmière ? J'ai essayé d'en savoir plus avec la gardienne portugaise qui sortait les poubelles. Je n'ai rien pu en tirer. Elle m'a parue évasive, gênée, pas assez bavarde. Les concierges, d'habitude, ont la langue bien pendue.

— Elle ne parlait peut-être pas le français ?

— Mais si ! Ce n'est pas ça. À mon avis, patron, il faudrait y regarder de plus près. Je n'ai pas de soupçons, mais un certain malaise. Comme on n'a pas d'autre piste...

Le commissaire hésite. Les élucubrations de Lechêne lui semblent un peu fantaisistes. Il finit par se ranger à son avis, sans conviction :

— O.K., mettez-vous sur l'affaire. Pendant ce temps, ici, on va monter l'opération « appât ». Je me débrouillerai seul. Excusez-moi, Graveline m'attend et ça ne va pas être du gâteau !

Graveline est assis à sa table, en train d'écrire. Il ne lève même pas la tête quand Chotard entre. Il maugrée :

— Je vous en prie, je n'ai pas que ça à faire. Que me voulez-vous encore ? Laissez-nous, Héloïse.

La secrétaire, toujours aussi aguichante, sort en ondulant et sourit au commissaire qui détourne les yeux. Une fois la porte fermée, il attaque de front :

— Excuse-moi de te déranger. Note bien, je te comprends. Un professeur de ton importance ne va tout de même pas perdre son temps pour de sombres histoires de malades assassinés.

— Oh ! S'il te plaît, épargne-moi ce genre de réflexions. Ce n'est pas le moment.

— Écoute, Richard, l'affaire est sérieuse. On ne

peut pas laisser un trafic de drogue envahir cet hôpital. Tu n'es pas seulement médecin, tu es aussi le maire de cette ville.

L'autre s'est levé et marche de long en large, selon son habitude, en examinant ses ongles. Il s'arrête soudain devant son ami et lui expose sa façon de penser sans se gêner :

— Tu dérailles complètement, mon pauvre vieux ! Un trafic de drogue ? Dans mon service ? Et puis quoi encore ? Essaie donc de comprendre que c'est tout simplement im-pen-sable. Si cela était, j'en serais le premier informé. Je sais tout ce qui se passe chez moi, tu m'entends, tout !

Le commissaire insiste, imperturbable :

— Il n'empêche que je préférerais en avoir le cœur net.

— Comme tu voudras, mais sache que tu vas perdre ton temps. Cela dit, le temps d'un fonctionnaire de police...

— Tes sarcasmes ne m'émeuvent pas. Je fais mon boulot, et c'est dans ton intérêt, que tu le comprennes ou non ! Nous avons, mes hommes et moi, un projet qui ne va peut-être pas te plaire, mais tant pis. J'utilise mon temps de fonctionnaire à ma façon.

Graveline ne s'intéresse plus à ses ongles. Il lance, excédé :

— Quoi ? Qu'est-ce que vous mijotez encore ?

— Eh bien, voilà. Nous avons l'intention de tendre un piège.

Le professeur s'immobilise, les sourcils froncés, tandis que le commissaire continue, une nuance provocatrice dans la voix :

— Nous allons hospitaliser un jeune inspecteur qui sera censé venir pour un bilan de sida et qui jouera le rôle d'un drogué en manque. Nous avons besoin de ton accord, évidemment.

Graveline n'en revient pas.

— Non, mais vous êtes cinglés !

— Ne t'affole pas, je vais t'expliquer.

L'autre lève la main comme un homme qui ne veut pas en savoir davantage et s'exclame, le visage rouge de colère :

— Non, non et non ! Ne m'explique surtout rien ! À la rigueur, vois ça avec la surveillante. Moi, je ne veux rien savoir de vos manigances. Sache que je suis opposé à cette mascarade et gare à ton cul si ça se termine mal. Nous avons beau être de vieux copains, je ne te raterai pas si tu déconnes.

Vexé, Chotard se lève et quitte le bureau sans faire de commentaires. Il se retient de claquer la porte.

XI

L'agitation au cinquième étage s'est quelque peu calmée. Deux malades bavardent devant leur chambre, une infirmière revient à l'office, où elle va mettre ses registres à jour.

Le commissaire Chotard est assis sur un banc, dans le couloir, et fait semblant de lire le journal. Du mouvement se produit du côté des ascenseurs et le faux malade entre dans le service.

C'est Perrier. Il s'est fait la gueule de l'emploi. En jean vert pâle et blouson à fleurs, les cheveux décolorés rabattus en frange sur le front, un anneau à l'oreille, un sac à dos à ramages fluo sur l'épaule, il marche en se déhanchant. L'aide-soignante qui l'accompagne jusqu'à sa chambre le force à entrer, malgré ses protestations. Chotard ne lève pas le nez, mais l'œil rigolard, écoute de loin la conversation. Le jeune inspecteur parle avec un « accent homo » discret, sans forcer la dose. « Du grand art », pense le commissaire.

— Pourquoi ne me fait-on pas mes examens tout de suite ? On m'a demandé de rester à jeun, je suis à jeun.

— On vous a dit à jeun mercredi matin, pas mercredi soir, répond la jeune femme d'une voix irritée.

— Pardon! On m'a dit 8 heures. Il est 8 heures moins le quart, je suis en avance. Faudrait savoir! Et le Dr Moreuil, où est-il? Pourquoi m'a-t-il donné rendez-vous s'il n'est pas là? C'est insensé. Si je me conduisais comme ça dans mes affaires...

L'aide-soignante s'en va, furibonde. Perrier sort juste derrière elle, et allume une cigarette. Il prend le commissaire à témoin, comme s'il ne le connaissait pas :

— Il paraît qu'on n'a même pas le droit de fumer dans cette taule. C'est du terrorisme! lâche-t-il à haute voix, sans aucune gêne. Mais moi, j'en ai rien à secouer!

Chotard plonge le nez derrière son journal sans répondre, au bord du fou rire.

Le vieux Carboni, attiré par ces éclats sonores, sort de la chambre en ébauchant un sourire poli à l'attention du commissaire et entraîne Perrier un peu plus loin.

— Bonjour, monsieur, lui murmure-t-il. Je m'appelle Carboni. Mon fils est hospitalisé. Je vous conseille d'aller fumer au rez-de-chaussée, dans le hall. C'est autorisé. Mais pas ici, vous allez vous faire enguirlander.

Baissant encore la voix, il ajoute, émouvant :

— S'il vous plaît, ne faites pas trop de bruit devant cette chambre. Mon fils est au plus mal et il se repose. Un rien le fait sursauter.

Perrier prend un ton complice :

— Moi, vous savez, je me fous de ce qui est autorisé ou pas. Mais, pour votre fils, je vais faire attention. C'est promis.

Plus confidentiel, il ajoute :

— Vous ne savez pas comment je pourrais trouver un peu de dope? Je suis en manque... J'ai du fric!

Le vieux Carboni s'éloigne sans répondre. Perrier

lance un regard au commissaire, signifiant « c'est raté ».

Lechêne dévore un sandwich dans sa voiture, tout en écoutant de la musique à la radio. Garé à proximité d'un immeuble bourgeois, il surveille une fenêtre allumée. Cette planque l'agace. Dans un quartier comme celui-ci, les gens s'inquiètent de voir un type guetter au volant d'une voiture. Ils ont peur des cambrioleurs.

La fenêtre s'éteint. Il pousse un soupir de soulagement.

— Bonne nuit, ma poulette. On va tous faire dodo...

Il finit son sandwich, jette le papier froissé, met son moteur en marche et s'apprête à partir quand il voit la surveillante sortir de chez elle, enveloppée dans un grand ciré noir. Elle se dirige vers sa voiture, une Clio framboise, et s'y engouffre. Lechêne s'est rencogné derrière son volant en jurant. Elle démarre et passe devant lui sans le remarquer.

Il la prend en filature à bonne distance.

Les deux voitures pénètrent, l'une derrière l'autre, dans un quartier chaud où de nombreuses enseignes lumineuses évoquent des activités que la morale réprouve.

L'infirmière se gare, imitée par Lechêne. Elle descend de son véhicule et se dirige d'un pas vif vers une rue proche où le policier, à sa remorque, a juste le temps de la voir entrer dans un night-club dont le nom clignote en lettres de feu sur la façade : *Lesbos.*

Chotard, seul dans le bureau des infirmières, surveille son faux malade par la porte entrouverte. Avec son instinct de chasseur, il sent que le dénouement approche.

Perrier a enfilé un kimono japonais fuchsia du plus bel effet. Il aborde un patient qui vient de sortir dans le couloir. Il se penche vers lui et lui parle à l'oreille, mais l'autre s'éloigne en secouant négativement la tête. Il continue d'arpenter les lieux, énervé, quand le vieux Carboni intervient à nouveau pour le convaincre de se coucher et de faire silence. Il obtempère et le service semble s'endormir.

« Encore un coup pour rien », pense Chotard, dépité.

Mado, l'infirmière de nuit, sort de l'office sans faire de bruit et s'arrête derrière le policier, penché en avant vers l'entrebâillement de la porte.

— Ça alors ! Vous matez les filles, maintenant, monsieur le commissaire ?

Furieux d'être surpris dans une position aussi ridicule, il se redresse, ankylosé.

— Je m'instruis sur la vie d'un service hospitalier, madame. Mais j'en ai assez vu pour ce soir et je m'en vais.

— Vous avez bien raison. Rentrez chez vous. Pour nous, hélas, la nuit ne fait que commencer. Bonsoir, monsieur le commissaire.

Lechêne est fasciné par l'enseigne lumineuse qui clignote sur la façade sombre au-dessus de lui. Une boîte de gouines ! Louise Wolf est homosexuelle ! Il rit intérieurement et frappe à la porte. Il doit parlementer au travers d'un judas et montrer sa carte de police avant qu'un immense Noir, habillé comme un amiral, accepte de le laisser entrer.

À l'intérieur, la musique est telle que les conversations sont inaudibles. Le portier, obséquieux, arbore un large sourire plein de dents et entraîne l'inspecteur derrière un rideau, dans une sorte de réduit servant de vestiaire. Il lui montre un tabouret de bar et, juste au-dessus, un fenestron qui permet de suivre le spectacle.

Lechêne s'installe à ce poste d'observation tandis que l'amiral va répondre à de nouveaux coups de sonnette. La salle est dans l'obscurité et il n'y distingue d'abord qu'une foule de spectateurs anonymes. Louise Wolf est invisible. Sur la scène, dans un pinceau de projecteurs, une fille superbe achève un strip-tease suggestif. Le visage en extase, elle arrache une à une ses dernières écharpes de voile et les jette aux spectateurs, déclenchant à chaque fois les hurlements stridents d'un public enthousiaste. Complètement nue enfin, elle salue, hiératique, et s'évanouit dans l'obscurité.

La lumière revient. Il cherche en vain la silhouette de Louise Wolf pendant ce bref moment de clarté, puis l'assistance est de nouveau noyée dans la pénombre, tandis qu'un autre numéro est annoncé par une présentatrice pailletée d'or.

— Voilà maintenant celle que vous attendez tous, Hildegarde et ses mignons !

Lechêne se demande ce qu'il fait là. Il a un peu honte de se rincer l'œil pendant le service. Quand il était aux mœurs, c'était monnaie courante. À présent, il a rarement l'occasion de se trouver confronté à de telles situations. Mais quoi ! Un moment de plaisir est toujours bon à prendre, surtout quand il pense à Perrier qui aimerait tant être à sa place.

Apparaît, sous les projecteurs, une superbe créature gainée de cuir glacé, genre loubard, le visage caché par une casquette, de cuir également. Elle chante, avec un accent germanique prononcé et une voix de basse, le succès bien connu de Jacques Dutronc, *J'aime les filles*. À ses côtés l'accompagnent en chœur deux minettes déguisées en garçons, vêtues seulement d'une veste trop grande qui ne cache rien. Elles s'accrochent aux basques de la chanteuse qui les repousse avec un mépris de comédie.

Derrière le fenestron, le visage de l'inspecteur affiche un air toujours aussi réjoui, quand, soudain, l'incrédulité se peint sur ses traits. La chanteuse vient d'enlever sa casquette. Sous une perruque flamboyante, il a reconnu la surveillante ! Stupéfait, il ne peut s'empêcher d'apprécier la qualité du chant, l'élégance des mouvements, la sensualité des attitudes... Dans la salle, les serveurs sont toutes des femmes habillées en hommes et elles reprennent le refrain en chœur.

Lechêne est muet de stupeur et d'admiration. Le portier écarte le rideau et passe la tête. Il croit son invité enchanté du spectacle et lève le pouce en signe de connivence, puis il ressort pour accueillir de nouveaux clients. L'inspecteur regarde autour de lui et découvre, parmi des photos épinglées au mur, un portrait de l'infirmière en tenue de scène. Profitant de l'absence du chamarré, il arrache subrepticement le cliché qu'il enfouit dans sa poche. Des applaudissements saluent la fin de la chanson. Puis le silence se fait, et la voix reprend un autre vieil air : *Elle était si jolie.*

Le policier remercie le portier d'un billet et sort. Il remonte dans sa voiture et reste un moment immobile, suffoqué par ce qu'il vient de découvrir. Cette histoire est décidément surprenante. Il prend son portable et appelle le commissaire.

XII

Au poste de police règne l'activité fébrile habituelle du matin. Le commissaire Chotard arrive et, selon le rituel, salue tout son monde :

— Bonjour les enfants...

Puis, à la standardiste :

— Rien pour moi, Clémentine ?

Lechêne est devant le distributeur de café, un gobelet à la main. Il s'approche.

— Bonjour, patron. Vous avez des nouvelles de Perrier ?

— Aucune. Nous en saurons plus tout à l'heure, mais je crains le fiasco. Et vous ? Après le spectacle ?

— À 3 h 30, Louise Wolf a quitté la boîte de nuit, accompagnée d'une petite qu'elle a embarquée. Je les ai suivies. D'en bas, j'ai vu les fenêtres de son appartement s'allumer... et s'éteindre. Mais pas le moindre indice sur un éventuel trafic de came. Du moins d'après ce que j'ai vu. Aussi bien à l'intérieur qu'à l'extérieur.

Le commissaire ne peut cacher son dépit :

— Insensé ! Nous ne débouchons que sur des culs-de-sac. Cet hôpital est un monde complètement opaque. Pas le moindre indice, aucun informateur, rien sur qui que ce soit. Une infirmière gouine, ça ne nous mène pas loin !

Il reste un moment plongé dans ses pensées amères, avant de se résigner enfin :

— Allez voir où en est Perrier et téléphonez-moi. Je suppose que nous aurons encore perdu notre temps.

Lechêne prend le volant.

Contrairement à ses jeunes collègues qui ne savent rouler qu'en musique, lui préfère le silence. Il considère les temps de solitude en voiture comme des moments privilégiés. Une sorte de parenthèse. Il peut enfin réfléchir en paix, loin du brouhaha professionnel. Il lui arrive même de débrancher son téléphone de bord. Les opératrices le savent et font mine de déplorer sa distraction.

En chemin, il pense au Dr Moreuil. Quel drôle de personnage ! Une famille de petite-bourgeoisie médicale, une scolarité banale dominée par un goût immodéré pour le piano-jazz, des études de médecine de bonne qualité, commencées sagement à Paris et terminées plus follement à Marseille, avec une bande de copains joyeux lurons livrés à eux-mêmes. Et maintenant cette vie hybride, moitié bohème, moitié monastère. Dix à douze heures par jour de présence à l'hôpital ! Il arrive le premier et n'est jamais pressé de partir — sauf quand il a rendez-vous avec sa Juliette. À l'évidence, il n'est pour rien dans ces histoires de drogue.

Cette constatation agace le policier, car cela signifie que l'enquête doit repartir à zéro.

Il gare sa voiture dans le parking et aborde Sainte-Apolline dans une humeur noire.

Lechêne pénètre au cinquième étage de l'hôpital avec un malaise qui s'accentue au fil des jours. Il ne comprend rien à ce monde et cela ne va pas s'arranger, il le pressent.

Bernard Moreuil sort de son bureau et l'aperçoit. Il tourne les talons. En chemin, il croise la surveillante.

— Si on me demande, je suis à la pharmacie, grince-t-il.

Elle hoche la tête sans répondre, préoccupée de voir le policier se diriger vers la chambre de l'« appât » et disparaître à l'intérieur.

Perrier, enfoui sous ses draps, dort à poings fermés.

— Salut, collègue ! La nuit a été bonne ?

L'autre sursaute et se dresse d'un bond, l'air égaré.

— Excusez-moi. J'ai fait des cauchemars — je vous dis pas ! Avec ces malades cadavériques qui rôdent, et la dope que je suis censé m'être envoyée dans les veines, rien d'étonnant !

— La dope ? Quelle dope ?

— Celle que le vieux m'a refilée.

De son tiroir il sort un sachet de poudre blanche et une seringue qu'il tend à Lechêne, incrédule.

— Mais de quel vieux parles-tu ?

Le jeune inspecteur s'assoit sur son lit et savoure à l'avance l'effet que ne va pas manquer de provoquer sa révélation.

— Le père Carboni, pardi !

Lechêne blêmit.

— C'est pas vrai ?

— Eh oui ! Il m'a même dit que je n'aurai qu'à la payer aujourd'hui. Il va être étonné du prix !

Lechêne reste muet de stupeur. C'est le moment que choisit Graveline pour entrer, toujours aussi pontifiant et narquois, suivi de son inévitable secrétaire.

— Alors ? Rien de neuf, je suppose ?

Lechêne, glacé, ménage ses effets :

— Presque rien, en effet, professeur. Cette nuit, M. Carboni, le père de votre patient, a tout simplement vendu un sachet d'héroïne à l'inspecteur Perrier.

— De l'héroïne ? Carboni ? Vous dites n'importe quoi !

Juliette, arrivée entre-temps, renchérit :

— M. Carboni ? C'est impossible ! Un si brave homme. Il distribuerait de la drogue ? Je ne peux pas y croire.

Graveline l'interrompt :

— Mme Verdier a raison, vous délirez ! Tout cela n'est qu'une lamentable méprise.

L'exaspération de Lechêne s'accentue et il a du mal à conserver son sang-froid.

— C'est ce que nous allons vérifier tout de suite, monsieur le professeur. Madame Verdier, soyez gentille d'aller chercher M. Carboni.

Pendant que Perrier s'habille à la hâte, tout le monde se tait.

La porte s'ouvre et Juliette s'efface devant le vieil homme. Il entre, la tête basse, le visage ravagé, suivi par la surveillante, qui affiche un air incrédule.

S'adressant à Lechêne, sans s'occuper des regards braqués sur lui, il supplie :

— Inspecteur, mon fils se meurt. Je vous en prie, laissez-moi à son chevet. Après... je vous dirai tout ce que je sais, j'en fais le serment. Je vous jure que je ne me déroberai pas. Tout ça, c'était pour mon petit et aussi pour ces pauvres gosses qui sont plus victimes que coupables, croyez-moi.

Son visage se transforme et devient haineux.

— Quand mon Francis sera parti (il ravale un

sanglot), je vous expliquerai ce que j'ai découvert. Vous serez surpris d'apprendre ce qui se passe ici !

Il sort de la pièce sans que personne songe à l'en empêcher. En passant, il bouscule Basile venu aux nouvelles. Les deux policiers se regardent en silence, gênés.

Juliette se reprend la première et s'apprête à sortir quand la surveillante lui recommande à l'oreille :

— S'il vous plaît, n'en parlez pas au reste du personnel. Nul n'a besoin de savoir. Retournez auprès des malades. Il faut changer la perfusion du 23. Je vous retrouve dans un instant.

La jeune femme, les larmes aux yeux, acquiesce et s'en va. Lechêne s'approche de Louise Wolf, sur le pas de la porte et l'aborde.

— Puis-je vous dire deux mots, en particulier ?

Elle s'incline tandis que la chambre se vide. L'inspecteur referme la porte et reste seul avec elle. Il s'assoit pesamment sur le bord d'un lit. Ménageant ses effets, il considère le visage serein et austère de la femme qui se tient droite en face de lui, belle, sûre d'elle. Il ne peut s'empêcher de se remémorer le spectacle de la veille, cette prestance sous la perruque rousse, cette voix sensuelle, cet art du geste. Gourmand, il savoure sa victoire à l'avance.

Avec une lenteur mesurée, il tire de sa poche la photo volée dans la boîte de nuit et, d'un geste théâtral, la lui tend en silence. Louise Wolf la prend et exprime un bref étonnement, vite remplacé par une moue haineuse. La jetant avec dégoût, elle crache :

— Le salaud !

Lechêne, troublé par cette accusation anonyme, prend le parti de se taire. Il la regarde droit dans les yeux et ne dira pas un mot pendant tout le temps de cette confession imprévue.

— Je savais que ça finirait par arriver. Ce portrait lui avait été confié par une de ses malades. Un jour d'engueulade il me l'a mis sous le nez. C'est malin, de vous l'avoir donné !

L'inspecteur, qui ne comprend toujours pas de

qui il s'agit, affiche un sourire ambigu. La surveillante avoue enfin :

— Que voulez-vous, c'est lui le patron, je suis bien obligée de le supporter. C'est vrai que je ne peux pas le sentir et il le sait, mais j'ai toujours été une collaboratrice zélée. Personne ne peut dire le contraire. Si son service marche, c'est quand même bien grâce à moi. Il en est d'ailleurs conscient et ça l'agace. Au début, il m'a draguée, comme ces traînées qui lui servent de secrétaires. Il ne m'a jamais pardonnée de lui avoir résisté. Jusqu'à ce qu'il comprenne. Maintenant il me méprise.

Elle baisse ses yeux sombres où des larmes apparaissent.

— Je ne suis pour rien dans ces histoires. Je vous le jure. C'est trop injuste de m'accuser. Je fais même de la prévention au... là où je travaille. Vous ne me croyez sans doute pas. Je m'en moque. C'est pourtant la vérité. Moi aussi, je suis dégoûtée par ce trafic, mais ce n'est pas à moi de... Je suppose que je vais devoir donner ma démission. J'y vais de ce pas.

Le policier la retient, apaisant :

— Restez là, madame Wolf ! Il n'est nullement question de démission. C'est par une simple surveillance de routine que j'ai découvert votre activité... disons, nocturne. Graveline n'y est pour rien. Personne ne vous a trahie et je n'ai pas l'intention de donner à cette information la moindre publicité.

Cette fois, c'est l'infirmière qui a du mal comprendre, tandis que Lechêne déguste le plaisir de la tenir à sa merci. Après une seconde de suspense, il continue :

— Ici, vous faites votre métier, et moi le mien. Je dois enquêter sur la mort d'un malade et, par conséquent, savoir comment s'organise le marché de la drogue dans cet hôpital. Vous l'imaginez, ce n'est pas l'aveu de M. Carboni qui règle le problème. Il y a, dans cet établissement, une personne qui règne sur la toxicomanie. Une ou plusieurs. Et je découvrirai qui ! (Il prend un ton doucereux.) Mais reconnaissez que la hargne que vous manifestez à l'égard de votre chef de service est troublante.

Elle se mord les lèvres, obligée de se justifier à propos d'un homme qu'elle exècre, auprès d'un policier qu'elle déteste tout autant. Lechêne sent qu'elle se force pour répondre :

— Il ne supporte pas que j'aie deux vies. Le jour, ici, c'est la chiourme. J'obéis et j'impose l'obéissance. Je fais en sorte que ce service fonctionne, sans me poser de questions. Les prescriptions du patron sont ma seule loi. Le reste, ce n'est pas mon affaire. Que les gars se droguent ou pas, je m'en fiche. Je n'ai pas à les juger, pas plus que quiconque n'a le droit de juger ce que je fais de mon temps libre.

Elle se tait un instant, et reprend, l'air triomphant :

— La nuit, je suis libre et j'existe dans un monde qui est vraiment le mien. Un monde qu'il n'imagine même pas et dont il rit grassement. En bon macho, il m'accable de ses sarcasmes grotesques. Peu m'importe ! Un jour, j'aurai ma revanche.

Le visage de Lechêne affiche cet air ironique qui a mis Bernard Moreuil hors de lui pendant sa nuit d'interrogatoire. L'infirmière insiste, hautaine et de nouveau sûre d'elle :

— Je suis une chanteuse professionnelle, monsieur, et ma vie privée ne vous regarde pas. Elle ne regarde personne. La sexualité est du domaine de l'intime. Je ne vous demande pas ce que vous faites de vos nuits, n'est-ce pas ? Sur ce, je vous salue.

Elle s'apprête à partir quand l'inspecteur la rattrape au passage une nouvelle fois.

— Ne vous énervez pas, madame Wolf, je me contrefous de votre vie privée. En revanche, je veux savoir ce qui se passe à l'intérieur de cet hôpital. *Tout* ce qui s'y passe. En échange de votre collaboration, je saurai me montrer discret. Vous me comprenez, j'espère.

— Tout à fait. C'est du chantage !

— Quelle grandiloquence ! Disons un échange de bons procédés. Pour la bonne cause. Je ne vous veux aucun mal, soyez-en bien persuadée. Alors, d'accord ?

Elle se dégage de l'emprise du policier et lui jette à la figure :

— Je n'ai pas l'habitude de céder à des marchandages. Laissez-moi passer. J'ai du travail.

Au moment de franchir la porte, elle se ravise :

— N'exagérez pas l'idée que vous vous faites de votre puissance, inspecteur. J'ai deux métiers. S'il faut abandonner celui-ci (et du doigt, elle montre le sol), je n'hésiterai pas un instant. Le Pr Graveline le sait aussi. Ma soumission a des limites.

Lechêne la regarde sortir, méditatif. Au fond, il est assez satisfait de cette conversation. Satisfait et rassuré. Louise Wolf est sûrement quelqu'un de bien, qui pourra, le moment venu, devenir une alliée.

Assis à son bureau, Bernard est abasourdi par le récit de Juliette.

— Ainsi, après m'avoir fait passer une nuit au commissariat et avoir mis le souk chez moi, ils ont organisé ici un véritable guet-apens. Ce sont des sauvages. Ils appellent ça mener une enquête !

Tout, dans cette histoire, le révulse. Sa mise à l'écart, la provocation organisée par la police, le mépris pour des personnes en fin de vie, le piège tendu à un père qui veille son fils à l'agonie. Il n'est pas venu exercer à l'hôpital pour participer à de telles ignominies. La conclusion s'impose d'elle-même :

— Je vais donner ma démission.

Juliette sursaute.

— Pour aller où ?

— Retourner à la médecine de ville. Tout compte fait, j'y étais plus libre qu'ici. Personne n'entravait mon travail.

— Tu ne peux pas nous faire ça !

Cette phrase a été lancée comme un appel au secours.

— Pourquoi? Personne n'est irremplaçable.

— Tu as donné naissance à un espoir que tu n'as pas le droit de décevoir. C'est la première fois qu'un médecin compétent vient dans cet hôpital s'occuper des malades du sida. Ils attendent tout de toi.

— Mais comment veux-tu que j'exerce mon métier dans ces conditions?

Juliette se lève.

— Je t'en supplie, Bernard! N'abandonne pas au premier obstacle. Ne nous laisse pas! Les flics n'ont rien contre toi. Ils cherchent dans toutes les directions, c'est leur métier. La preuve: qui aurait suspecté Carboni?

Il la prend par le bras et l'oblige à se rasseoir.

— Bon! Alors, jouons cartes sur table.

Il a changé de ton. Sa voix se fait brutale:

— Pourquoi ne m'as-tu rien dit à propos d'Olivier Bressans? Que s'est-il passé exactement?

Juliette vacille sous le choc et baisse la tête.

— Je m'étais engagée à ne rien dire.

— Auprès de qui?

— La Wolf. Elle a peur pour la réputation de son service.

— Son service! Laisse-moi te dire que sa réputation est bien entamée. Alors, Bressans?

— Je l'avais perdu de vue comme tous les autres. Il est revenu se faire hospitaliser le mois dernier. Il arrivait de Thaïlande.

— Pourquoi ici?

— À cause de moi. Du moins, c'est ce qu'il m'a dit.

— Il était?...

— Séropo, non avoué, depuis 1985, et il lui restait à peine une dizaine de T4. Aucun traitement sérieux ne lui avait jamais été prescrit. Il était sous l'influence d'un gourou africain qui lui donnait des herbes et le nourrissait de décoctions magiques. Des bêtises ! Je n'ai jamais reçu un malade aussi maigre, et pourtant j'en ai vu...

— Et la dope ?

— Plus rien.

— Pourquoi était-il venu ?

— Par peur. Il voulait savoir où il en était. Combien de temps il lui restait à vivre. Je lui avais conseillé d'aller te consulter en ville, mais c'était une tête de bois, tu sais. Il ne t'avait pas pardonné... Pierre Vignat a essayé de lui faire entendre raison, mais devant son refus il a pensé que toi, tu parviendrais à le convaincre. C'est à ce moment-là qu'il est allé voir le patron en lui conseillant de te faire entrer dans l'équipe.

— Voilà donc pourquoi j'ai été embauché !

— Oui. Olivier ne t'a pas attendu.

— Il est mort juste le jour où je me suis présenté dans le service. Le pauvre gosse ! Alors il est resté là, sans traitement.

— Il n'en voulait pas. À part le Bactrim, pour ses poumons.

— De quoi est-il mort ?

— Les flics disent que c'est une overdose... provoquée.

— Tu les crois ?

Elle hausse les épaules.

— Olivier, tu le connaissais. Fouineur et teignard comme pas deux. Il avait sans doute découvert des choses qu'il n'aurait pas dû voir.

Elle regarde sa montre et se lève.

— Excuse-moi, il faut que j'y aille.

Sur le point de sortir, elle se fait suppliante :

— Ne nous quitte pas, Bernard, nous avons besoin de toi ici.

— Je comprends bien. Mais, tu vois, trop de gens s'ingénient à me pourrir la vie. Si la mise en évidence des trafics du père Carboni met un terme à l'enquête et si le service retrouve une certaine sérénité, on verra. Sinon, je ne tiendrai pas le coup. Je ne peux pas travailler avec les flics dans les pattes.

Elle sort en lui lançant un regard où se mêlent espoir et tristesse. Il reste assis, la tête entre les mains, soudainement incapable de faire face à la situation.

Le père Carboni, décomposé par le chagrin, est debout dans la pénombre au chevet de son fils sans connaissance et dont la respiration est anarchique. Il lui applique des compresses fraîches sur le front, lui arrange ses oreillers et lui parle à voix basse. La scène est poignante. Lechêne le surveille à distance, dans le couloir, un peu honteux d'être là.

Il voit entrer l'aumônier, puis quelques copains venus embrasser le mourant. Lechêne scrute le visage de chacun, comme s'il se mettait un fichier en mémoire.

Le soir venu, au moment où Bernard va quitter le service, le père Carboni, au bord des larmes, vient au-devant de lui et lui serre les deux mains en murmurant des phrases de gratitude. Il l'attire dans la chambre.

— Vous avez fait tout ce que vous avez pu. Grâce à vous, sa fin a été plus douce. Je ne vous remercierai jamais assez.

Les mouvements respiratoires de Francis sont tellement espacés qu'on se demande chaque fois s'ils vont reprendre. Le vieil homme s'approche du médecin :

— Permettez-moi...

Il l'embrasse et retourne vers le lit.

Bernard, le cœur gros, se dirige vers les ascenseurs, son casque sous le bras, quand il voit la porte du patron ouverte. Il s'arrête un instant. Le Pr Graveline arbore un visage grave et le commissaire, debout en face de lui, semble attendre son verdict.

— Écoutez, Chotard, je ne veux pas de scandale. Voilà comment vous allez procéder : nous étions convenus, avec M. Carboni, qu'au moment où son fils rendrait l'âme... je veux dire, dans les derniers instants, il le ramènerait à son domicile, pour que les obsèques puissent se dérouler à partir de la maison familiale.

Il hésite et, devant sa secrétaire qui ne le quitte pas des yeux, garde son ton officiel :

— Je vous en prie, laissez ce pauvre homme accomplir cette tâche ultime et vous l'interrogerez ensuite. S'il doit être arrêté, vous pouvez faire en sorte que ce soit en dehors du service. Il n'y a pas d'urgence à la minute. Ce vieil homme, quoi qu'il ait fait, a droit à notre compassion.

Chotard, vexé, se rebiffe :

— Vous avez raison. Dans ce service, un peu d'humanité ne fera pas de mal !

Les deux hommes s'affrontent du regard.

Bernard en a assez entendu. Il s'éloigne sans bruit.

XIII

Au pied d'un immeuble bourgeois, une ambulance s'immobilise dans la nuit. Deux infirmiers en descendent.

Une voiture de police se gare à distance. À l'intérieur, Perrier et Lechêne sont silencieux. Ils surveillent les ambulanciers qui sortent la civière et disparaissent dans le hall d'entrée.

Trois minutes plus tard, l'un d'eux revient chercher une valise et s'apprête à remonter quand Perrier l'interpelle :

— Police ! Il y a de la famille, là-haut ?

— Les deux frères du... malade.

Lechêne sort de l'ombre à son tour :

— Et le père ?

— On l'a laissé pour qu'il puisse remplir les formalités de sortie. Il a dit qu'il nous suivait.

— Je vous remercie.

L'homme disparaît avec le bagage et les deux policiers rentrent dans l'ombre. Le temps passe et le père Carboni n'arrive toujours pas. Lechêne s'impatiente :

— Mais qu'est-ce qu'il fout ? Continue à surveiller un moment ici. Moi, je retourne là-bas.

Sa voiture démarre dans un crissement de pneus et traverse la ville en trombe. Une ville vide, comme elles le sont souvent en province la nuit. Il pile devant l'entrée de l'hôpital. Tout est calme. Il s'engouffre dans l'établissement et prend un ascenseur.

Au cinquième, silence absolu.

— Mais où donc est-il passé ? grommelle-t-il entre ses dents.

L'équipe de nuit est à son poste. Grégorio sort un plateau intact de sa chambre. Appuyé au chambranle de la porte, oscillant sur ses longues jambes maigres, il hésite un instant. Basile, le garçon de salle costaud, entendant du bruit, passe la tête depuis la salle des infirmières.

Le malade paraît soulagé de le voir.

— Tenez, je vous rends tout ça. Je n'avais pas faim.

L'employé, sans un mot, prend le plateau et le vide dans une poubelle.

Lechêne, scandalisé, s'approche.

— Vous jetez tout ? Même les yaourts et le fromage sous plastique ? Il n'y a pas touché.

— Pour moi, répond Basile, impassible, tout ce qui vient de ces chambres va à la poubelle !

Mado, sortant de l'office, lance en passant :

— Dommage qu'on ne mette pas aussi la connerie à la poubelle !

Le garçon se contente de ricaner. Lechêne arrête l'infirmière.

— Dites-moi, vous ne savez pas où se trouve le père Carboni, par hasard ?

— Je l'ai vu prendre les affaires de son fils. Il a dû s'en aller, depuis.

Le policier ne sait plus que penser, quand on entend un cri venant du fond du couloir. Il se précipite, suivi de Mado et de Basile. Une aide-soignante, bouleversée, sort du vestiaire :

— Mon Dieu ! Venez voir !

Ils se précipitent derrière elle et s'arrêtent, figés par le spectacle.

Le vieux Carboni est pendu par le cou à un tuyau de chauffage. Le policier l'attrape à bras-le-corps et, avec l'aide de Basile, le décroche. Avec mille précautions ils l'allongent sur le sol.

Fébrile, Lechêne lui palpe le pouls à la carotide.

— Il est tout chaud. Le cœur ne bat plus, mais il n'est peut-être pas trop tard. Allez, Basile, faites-lui du bouche-à-bouche pendant que je lui masse le cœur. Mademoiselle, appelez le Dr Vignat !

Avec une vélocité et une adresse que sa corpulence ne laisse pas soupçonner, Lechêne se jette à califourchon sur le patient et commence à lui faire un massage cardiaque, houspillant son acolyte :

— Ne restez pas planté là comme un cierge, voyons ! Vous savez faire du bouche-à-bouche ?

Basile, penaud, secoue la tête.

— Alors, allez chercher du secours ! Vite ! Dépêchez-vous, nom de Dieu !

Interrompant le massage thoracique, Lechêne insuffle le patient, puis revient au thorax, alternant les deux fonctions selon le rythme enseigné dans les cours de secourisme.

Vignat apparaît et, sans demander d'explications, se précipite au sol sur la tête du père Carboni, toujours inerte. Il entreprend, avec une habileté de professionnel, les insufflations qui soulèvent la poitrine du moribond.

— Basile ! Appelez la réa, aboie-t-il. Qu'ils

viennent le chercher tout de suite ! Qu'est-ce qu'ils foutent, bordel !

Lechêne appuie sur le thorax en cadence pendant que Vignat insuffle le vieil homme, dont le visage, enfin, se recolore.

Quelques instants plus tard, les infirmiers de réanimation déboulent dans le vestiaire avec le brancard spécialisé. Ils installent un masseur automatique, un appareil à oxygène et s'en vont en courant vers les ascenseurs.

Vignat, le souffle court, manifeste son admiration au policier qui s'époussette les genoux.

— Bravo ! Vous êtes drôlement efficace ! Vous avez vu, il a repris des couleurs. Reste à savoir si ça suffira.

— Tout dépend du temps pendant lequel il est demeuré pendu, non ?

— Je ne savais pas les flics si compétents.

— Croyez-moi, ce genre de situation n'a rien d'extraordinaire pour nous. Hélas !

Vignat part en courant tandis que Basile arrive, les bras ballants. Il secoue sa grosse tête hébétée et se lamente :

— Pauvre M. Carboni, il n'a pas dû supporter la mort de son fils !

Lechêne lui jette un coup d'œil assassin, puis sort son téléphone portable.

— Envoyez-moi Perrier à l'hôpital.... Non, je ne sais pas où il est, démerdez-vous !

Derrière lui, le Pr Graveline surgit, furieux.

— Ce n'est pas possible ! Que se passe-t-il encore ? Je n'en finirai donc jamais avec vous !

Après les moments d'angoisse qu'il vient de vivre, Lechêne perd toute trace de bonne éducation. Le ton du professeur, ses préoccupations égocentriques, son absence totale d'émotion face à la mort d'un malheureux qu'il côtoyait pourtant tous les jours le révoltent. Sans retenue, encore essoufflé, il hurle :

— Qu'est-ce que vous foutez là, vous ?

Graveline sursaute.

— En voilà un ton ! Où vous croyez-vous ? J'étais à une réunion avec la direction quand la nouvelle nous est parvenue. Mon Dieu, que va-t-on penser de moi ? Ce n'est pas la peine d'avoir la police dans les jambes du matin au soir ! La voilà, la conséquence de votre piège à la con !

Calmé par son éclat, il ajoute, en fixant le policier qui le considère d'un air de plus en plus renfrogné :

— Au moins, avec les aveux de cet homme et son suicide, l'affaire est close. Maintenant, vous et vos acolytes, vous allez pouvoir débarrasser le plancher. Et rapido... On vous a assez vus...

Lechêne rectifie sèchement :

— Cette affaire n'est pas terminée, monsieur le professeur. On ne sait toujours pas qui fournissait la drogue à M. Carboni.

— Non, mais c'est pas vrai ! Vous êtes obsédé ! Il doit y avoir des dealers dans toute la ville, non ? Je vous invite à nous laisser travailler en paix, sinon il vous en cuira. Ça commence à bien faire, à la fin !

Il tourne les talons, s'éloigne à grands pas et l'on entend claquer la porte de son bureau.

Lechêne siffle entre ses dents :

— Oh non, cette affaire n'est pas terminée, professeur. Et même, elle commence seulement. Faites-moi confiance...

Puis il descend l'escalier en direction du service de réanimation.

Au quatrième étage, la « réa » a été installée dans l'aile nouvelle. Lechêne pénètre dans le petit hall où s'ouvre le bureau du Dr Vignat. Il découvre un long comptoir rempli de négatoscopes et de dossiers médicaux. Il se dirige vers la paroi vitrée qui permet de surveiller les cinq boxes de soins intensifs. On n'y pénètre qu'après avoir revêtu une casaque bleue et une charlotte.

Dans le box du milieu, des silhouettes masquées s'agitent autour du père Carboni : perfusion, respirateur artificiel, cardioscope, tout se met en place.

Le patient est intubé et porte un gros pansement sur la tête. Bernard Moreuil surveille aussi la scène derrière la vitre. Quand Lechêne s'approche, il détourne les yeux. Le policier n'insiste pas.

Vignat aperçoit l'inspecteur. Il sort et vient jusqu'à lui.

— Je crois que vous l'avez sauvé, inspecteur ! Le cœur bat de nouveau. Sans vous...

— C'est quoi, ce bandage à la tête ?

— Un énorme hématome à l'arrière du crâne. En le dépendant, sans doute...

— Pas du tout ! C'est moi-même qui l'ai décroché, avec l'aide du garçon de salle fort comme un Turc. La descente s'est effectuée en douceur.

Vignat regarde intensément le policier et, comme s'il parlait à lui-même, murmure :

— On l'aurait donc frappé ? Nous allons faire une radio dès que possible.

Lechêne se penche vers le médecin, l'air entendu.

— En somme, docteur, c'est comme si quelqu'un l'avait assommé avant de le pendre.

Il a prononcé ces derniers mots avec ce sourire mauvais qui découvre ses dents pointues. Il tourne le dos et quitte le service. Bernard n'en revient pas.

— Tu te rends compte : Carboni aurait été assassiné ! Après Olivier !

Vignat prend le parti d'en rire :

— Dis donc, je vais me mettre en arrêt maladie, moi ! Ça devient dangereux par ici. En plus, tu as vu la gueule de ce flic ? À croire qu'il nous soupçonne !

Dans le couloir, Lechêne retrouve Chotard et Perrier qui viennent d'arriver. Sans gêne, il leur annonce la nouvelle d'un air satisfait :

— Vous connaissez la meilleure ? Le suicide du vieux serait une tentative d'assassinat.

Le commissaire n'en revient pas. Il s'éponge le front et maugrée, furieux :

— Encore une ! Et sous votre nez, à l'hôpital ?

Lechêne préfère ne pas relever cette pique acerbe. Il continue à suivre ses pensées :

— Ce suicide me paraissait invraisemblable.
— Et on n'a toujours pas de meurtrier.
— Ni le moindre indice.
— Ça s'est passé après le changement d'équipe, intervient Perrier. Les malades ne sont guère surveillés à ce moment-là.
Lechêne poursuit sa réflexion :
— Et le professeur ?
Chotard, choqué, réagit :
— Allons, Lechêne ! Il est facile de vérifier si Graveline assistait bien à cette réunion avec la direction. À mon avis, il ne se hasarderait pas à mentir. Quant aux malades, dans l'état où ils sont... Il faut plutôt suspecter l'équipe de nuit, le garçon de salle, l'aide-soignante et l'infirmière. L'étau se resserre.
Perrier se croit autorisé à faire un peu d'humour :
— Pas Mado, tout de même ! Vous avez vu sa taille, patron ?
Mal lui en prend. Chotard n'est pas d'humeur à plaisanter.
— Cessez donc de me contredire tout le temps, Perrier ! Vous me fatiguez, à la fin.
Vexé, Perrier baisse le nez tandis que Lechêne, indifférent aux états d'âme de son coéquipier, dresse son plan de bataille :
— Basile Férenski, le grand anthropoïde, quitte son poste demain matin à 8 heures. Perrier, tu ne le lâches pas d'une semelle.
L'inspecteur manque d'enthousiasme :
— Jusqu'à présent, ce que j'ai appris sur lui n'a rien de très excitant. C'est un célibataire adepte des arts martiaux. Tous les après-midi, avant de prendre son service, il travaille dans le gymnase de Verdier qui n'en dit que du bien. Il fait de la muscu et enseigne le karaté. On ne lui connaît aucune relation féminine. Ni masculine, d'ailleurs. Aucune autre activité. Il est d'une ponctualité rigoureuse, sérieux, impeccable, jamais une goutte d'alcool ni une cigarette...
Lechêne confirme les ordres :

— Surveille-le quand même. Je vais demander à Sandra de s'occuper des deux femmes. Allez ! À plus tard.

Perrier opine :

— O.K. ! Tout baigne.

Le commissaire a horreur de ces expressions qui ne veulent rien dire. Il s'en va, les épaules lourdes, suivi de Lechêne qui marmonne sans conviction :

— S'il s'en sort, le vieux Carboni aura des choses intéressantes à nous raconter. S'il s'en sort ! Putain de métier !

Vignat a mauvaise mine. À son côté, Bernard en blouse bleue surveille l'écran du cardiogramme.

— Son tracé est bon. Le myocarde a peu souffert.

— Reste à savoir dans quel état est le cerveau.

— C'est sûr. On lui fera un scanner.

— À mon sens, il n'a pas dû rester pendu longtemps. Sinon son cœur ne serait pas reparti aussi vite. Tu ne m'en veux pas de t'avoir appelé, Bernard ?

— Non, au contraire. Je l'aime bien, ce vieux bonhomme. Je ne peux pas croire qu'il ait tiré le moindre profit du trafic auquel il participait. D'ailleurs, s'il a reçu un coup sur la tronche, c'est sans doute parce qu'il n'était pas vraiment partie prenante dans cette histoire.

Il pousse un profond soupir, sort du box et se décide à rentrer chez lui. Il lance à la cantonade :

— Salut, Pierre ! Je te laisse. À plus !

Mais au lieu de s'en aller, il remonte faire un petit tour au cinquième.

Dans le couloir, il y a affluence. Mado, Grégorio et quelques autres malades discutent à mi-voix tandis que Basile installe la machine à formol avant de condamner la chambre de Francis.

— Alors ? demande Mado.

Bernard joue les optimistes :

— Son électro est bon. Tout dépend du temps pendant lequel son cerveau a été privé d'oxygène.

Au-delà de trois minutes, c'est mal barré. On en saura plus dans les jours qui viennent. Allez! Vous devriez vous coucher, maintenant.

Grégorio n'a pas envie de dormir. Il retient Bernard.

— Tu sais, le vieux Carboni, il n'avait pas une vocation de dealer.

— Il n'empêche qu'il a été pris sur le fait.

— Je suis sûr qu'il revendait la dope sans bénéf. Il lui en fallait pour Francis et il prenait des risques pour en filer aux autres, par générosité, c'est tout.

— Mais qui le fournissait?

— Comment veux-tu que je sache? Dans tous les services, il y a de la dope qui circule. C'est plus ou moins voyant, mais c'est obligé. Même « Olive », à Marmottan, est forcé de faire gaffe. Pourtant, chez lui, les mecs viennent en principe pour une désintoxe...

La mort qui rôde, ce soir, donne au service une ambiance irréelle. Grégorio a sa tête des mauvais jours et ne dormira sûrement pas. Il a besoin de parler. Bernard en est conscient et l'entraîne dans son cabinet. Grégorio poursuit sa rumination :

— Il est con, ton patron, de ne pas comprendre que, dans le service, la drogue n'est pas un vrai problème.

Bernard ne répond pas. Il commence à connaître le goût de la provocation du personnage et préfère le laisser s'exprimer. Étonné de ne pas rencontrer d'opposition, Grégorio continue :

— La toxicomanie, c'est une maladie qui pose des questions d'un autre ordre : pourquoi le mec est tombé dans la dope? Pourquoi il n'arrive pas à s'en sortir malgré les dangers qui le menacent — et qu'il connaît? Comment il trouve l'énergie — et il en faut — de s'en procurer, alors qu'il est incapable de faire l'effort de s'en passer? Pas facile de répondre. Je plains les médecins qui se spécialisent là-dedans. Les bonnes âmes qui crient au scandale devraient savoir que les camés, les vrais, ils n'ont plus d'autre préoccupation dans leur vie. Une vie dont ils n'ont rien à foutre, d'ailleurs, et qu'ils sont prêts à perdre sans regret.

Ému, Bernard reste silencieux. Grégorio profite de sa chance. Pouvoir parler sans retenue, sans crainte, même avec un médecin, c'est si rare.

— Les séropos, c'est différent. Pour eux, pour nous, la cause est entendue. On va tout droit au trou. La came devrait faire obligatoirement partie du traitement. Si les mecs planaient toute la journée, ils n'auraient besoin de rien d'autre. Ils ne demanderaient même pas à bouffer. Les hôpitaux économiseraient des médicaments qui, de toute façon, ne servent à rien.

Bernard éclate de rire.

— Arrête ! Là, tu débloques.

Grégorio ne rit pas.

— Je ne débloque pas. Réfléchis ! Le protocole compassionnel dont on nous a rebattu les oreilles, c'était quoi ? Des médicaments hors de prix que des savants illuminés essayaient sur des mecs condamnés pour voir s'ils obtiendraient un sursis. La vraie compassion, c'est pas ça. Aider un mec qui va crever — car la seule chose certaine, c'est qu'il va crever, vite fait —, c'est lui donner ce qu'il demande. Et s'il ne le demande pas, c'est lui proposer : « Tu veux un flash, mon coco ? Tiens, plane et oublie les débiles qui t'entourent. » C'est ça, mec, soigner les malades du sida. Le père Carboni, il avait tout compris. Son fils, il est parti dans le bonheur. Tu l'as entendu crier, pleurer, réclamer ? Moi, j'allais l'embrasser plusieurs fois par jour. Il souriait, il était bien, il n'avait même plus peur. Il se sentait aimé. Le père Carboni, s'il survit, c'est pas en taule qu'il faudra le mettre, c'est à la fac de médecine, derrière une chaire, pour que les profs viennent l'écouter. Et les flics aussi.

XIV

Dans le bureau du commissaire, Lechêne et Perrier font leur rapport. Ce dernier, toujours aussi maussade, s'exprime sur un ton désabusé :

— Rien que des banalités sur les deux infirmières. Quant au professeur, il assistait bien à une réunion avec le directeur et ses collègues hier soir. Drôle de type, tout de même.

Égrillard, il révèle :

— Il joue les moralisateurs. Pourtant, lui, c'est pas l'auréole qui l'encombre.

Ménageant ses effets, il continue, sans se rendre compte qu'une fois de plus il agace son patron :

— Tout cul-bénit qu'il est, assistant à la messe chaque dimanche en compagnie de bobonne, c'est un obsédé : il saute toutes ses secrétaires, sans exception. C'est la condition obligée. Il leur propose, disons, un p'tit galop d'essai. Si elles refusent, il ne les embauche pas.

Chotard, gêné, hoche la tête sans risquer le moindre commentaire. Son copain Graveline, il le connaît mieux que personne. Il change de sujet :

— Et ce... Basile ? En ce moment, quelqu'un l'a en charge ?

— J'ai laissé un homme. À cette heure-ci, il va partir de l'hosto pour rentrer chez lui.

— Allez-y et ne le perdez pas de vue.

Perrier se lève d'un air las et s'apprête à sortir quand le téléphone sonne. Il décroche.

— Allô !... Oui, il est là, je vous le passe.

La main sur le combiné, il ajoute, à l'intention de Lechêne :

— C'est Vignat, de l'hôpital.

Lechêne prend l'appareil.

— Oui, c'est moi... Il vaut mieux que je vienne ?... En bas, dans le hall... Entendu, j'y serai dans vingt minutes.

Il raccroche, intrigué.

— Il veut que j'y aille. Il ne m'a pas dit pourquoi. Pourvu qu'il ne s'agisse pas de Carboni !

— Tenez-moi au courant au fur et à mesure, ordonne le commissaire.

— Comptez sur moi. Perrier, attends-moi, nous partons ensemble.

Dans le hall, c'est le brouhaha du matin. Des employés se croisent en bavardant, le service du nettoyage finit de passer ses bruyantes machines, des malades en robe de chambre viennent chercher les journaux. Près des distributeurs de boissons chaudes, c'est l'affluence.

À une table, le Dr Vignat est en train de bavarder avec Juliette et Bernard. Lechêne les observe de loin, jusqu'à ce que Bernard presse l'épaule de son collègue d'un geste amical et s'éloigne vers les ascenseurs, accompagné par l'infirmière.

Lechêne s'approche alors de Vignat qui considère son café avec un air de dégoût.

— Ça n'a pas l'air d'aller, docteur. Mauvaises nouvelles ?

Le médecin lève les yeux vers l'inspecteur et avoue, gêné :

— Carboni est mort ! (Il regarde sa montre.) Vers 3 h 30, ce matin. Il allait pourtant beaucoup mieux. Il respirait spontanément et j'avais demandé des clichés du crâne en urgence. Les gens de la radio sont venus avec leur appareil à roulettes. Quand ils ont eu fini, il était mort.

Lechêne tape du pied et lâche :

— Putain ! J'espérais tant obtenir les informations qu'il nous avait promises.

Vignat plonge les yeux vers son gobelet, visiblement mal à l'aise. Lechêne arbore son plus mauvais sourire.

— Dommage qu'il soit mort sous votre surveillance, vous ne croyez pas, docteur ?

— C'est surtout dommage pour lui, proteste Vignat. Vous ne croyez pas, inspecteur ?

Lechêne décide de calmer le jeu. Il laisse passer un moment et reprend, sur un ton plus amical :

— Je vous remercie d'avoir appelé. Vous n'avez rien remarqué de particulier au moment où les manipulateurs ont pris cette radio ?

— Peut-être. Mais je ne suis pas sûr que ce soit très important.

— Laissez-moi en juger. De quoi s'agit-il ?

— Voilà. Quand ils viennent prendre une radio au lit, c'est tout un remue-ménage. Pousser l'appareil, déplacer les machines, glisser les cassettes, ne pas s'emmêler dans les perfusions, les fils électriques : ils ont besoin d'aide. Au chevet de M. Carboni, ils étaient secondés par une personne qui n'avait pas à être là. Par paresse, j'ai laissé faire. C'était autant de travail en moins pour nous.

— Qui ça ?

— Basile, le garçon de nuit. Il est très serviable. Il remplace toujours volontiers les uns ou les autres.

— Et vous ? Où étiez-vous pendant ce temps-là ?

— Nous étions tous épuisés. Je m'étais assis un instant dans le local des infirmières. Je devais boire un café et remplir des papiers, je ne sais plus. Je n'ai rien remarqué d'inhabituel.

Lechêne se lève.

— Cette accusation peut être lourde de conséquences, docteur. Vous en êtes bien conscient ?

— Ce n'est pas une accusation. Une simple interrogation.

Après un long silence, le policier se met soudain à menacer Vignat :

— Vous ne cherchez pas à vous disculper vous-même, j'espère ?

— Me disculper, moi ? Et de quoi ? C'est ridicule !

Rouge d'indignation, Vignat s'est levé. Il se détourne et s'éloigne à grands pas quand l'inspecteur l'interpelle :

— Attendez, docteur, vous ne m'avez pas donné le résultat des radios.

Le médecin s'immobilise une fraction de seconde et répond sans daigner se retourner :

— Fracture du crâne.

Perplexe, le policier le laisse partir. Décidément, ce médecin-là ne lui plaît pas non plus avec ses attitudes ambiguës. Ne jouerait-il pas un rôle dans ces histoires de drogue ?

Après tout, lui aussi appartenait à la petite bande d'autrefois. Pourquoi a-t-il échappé à l'hécatombe ? Ne serait-il pas en compétition avec Moreuil pour obtenir les faveurs de la belle Juliette ? Quels étaient ses liens avec la famille Carboni ? Et avec Olivier Bressans ?

Cette affaire le déprime. Il traverse le hall pour se diriger vers les ascenseurs mais s'arrête un instant. Derrière les baies vitrées de l'entrée, il aperçoit une fourgonnette arrêtée devant le porche. Sur la carrosserie, on lit « Pleurs ». Il sourit, incrédule, à ce mot qui correspond si bien à la situation. Le chauffeur grimpe dans la camionnette et referme la porte coulissante. « Pleurs » devient « Plaisir-fleurs ». Lechêne reprend sa marche, revigoré.

De sa poche, il sort son portable.

— Allô, Perrier ? C'est moi. Où en es-tu avec ce Basile ?

— Je lui colle aux fesses depuis l'hosto. Il est sorti en courant et, à l'heure qu'il est, il court toujours, en direction du parc floral. Vers son domicile, je suppose.

Il ajoute, ironique :

— Il fait son jogging matinal, peinard.

— Tu le suis, là ?

Perrier est au volant de sa voiture et roule au pas en chantonnant :

— Oui, de loin, je le suis des yeux. Tant qu'il est sur le trottoir, c'est facile. S'il entre dans le bois, va falloir que je cavale aussi.

— Rattrape-le ! Tu l'interpelles et tu le ramènes au commissariat.

Le jeune inspecteur n'en revient pas :

— Pour quel motif ?

— Pour meurtre !

— Pour meurtre ? Oui, mais dites donc, c'est que... je suis tout seul, moi.

— Tu es armé ?

— Oui...

— Alors, vas-y ! Je n'ai pas le temps de t'envoyer du renfort et on ne peut pas, non plus, prendre le risque de le voir disparaître. Dépêche-toi. Et tiens-moi au courant.

Perrier accélère. Basile, toujours courant, entend le moteur. Il tourne la tête, repère la voiture et oblique aussitôt vers le parc.

Le policier pile, abandonne son véhicule et se lance à sa poursuite. Il gagne du terrain, dégaine et hurle :

— Police ! Arrêtez-vous ! Les mains en l'air !

Basile stoppe net et lève les bras. Perrier le rejoint, essoufflé.

— C'est bien ! Ne bougez plus. Au nom de la loi... je vous arrête.

Arrivé derrière lui, il lui braque son pistolet dans le dos et de l'autre main il dégage de son blouson une paire de menottes.

— Baissez lentement les bras.

Basile obéit, mais quand ses membres atteignent l'horizontale, il se retourne avec une rapidité inouïe. Du tranchant d'une main, il frappe le poignet de Perrier et le désarme. De l'autre, il l'atteint au visage et l'envoie bouler sur le sol. Estourbi, le policier essaie de se remettre debout, mais son adversaire l'assomme d'un coup de pied à la tempe. Puis il détale et s'enfonce dans le parc, le laissant étendu dans l'herbe, sans connaissance.

L'inspecteur Lechêne sort de l'hôpital, s'assoit au volant de sa voiture et prend son téléphone de bord.

— Allô, Perrier ! Tu m'entends ?... Perrier, réponds !... Mais qu'est-ce qu'il fout ?... Réponds, nom de Dieu !

Anxieux et agacé, il démarre en trombe, sirène hurlante. Il longe le parc et aperçoit la voiture de son collègue. Il s'immobilise, descend et, après avoir regardé à l'intérieur, scrute le parc tout autour de lui. Il appelle :

— Perrier ! Perrier !

Sans réponse, il repart en courant vers sa voiture pour réclamer du secours :

— Appel à toutes les voitures...

Il n'a pas vu Perrier toujours allongé à cinquante mètres de là, inanimé.

Bernard Moreuil feuillette les examens de laboratoire de Grégorio, qui semble faire un effort surhumain pour parvenir à tourner la tête vers lui.

— Pas terrible, hein ? murmure-t-il d'une voix lasse. Je ne vais pas tarder à rejoindre les deux Carboni...

— Ne gâche pas ton souffle à dire des conneries !

Bernard enlève ses lunettes et les essuie longuement. Lui aussi a l'air fatigué. Un semblant d'énergie ranime son patient :

— Tout de même, il se passe de drôles de choses dans ce service. Tu ne trouves pas ?

Bernard sourit tristement.

— Tout ça ne nous concerne pas ! J'ai des choses plus intéressantes à te raconter.

Une lueur d'intérêt s'allume dans l'œil du malade.

— Vas-y ! Raconte-moi.

— Ces jours derniers, je me suis démené pour obtenir la possibilité d'essayer ces nouvelles trithérapies. C'est gagné !

— Avec les antiprotéases ?

— Exactement.

— C'est pas possible ! Et tu vas pouvoir mesurer la charge virale ?

— L'un ne va pas sans l'autre. Il faut bien vérifier l'efficacité du protocole choisi. Le labo vient de recevoir le matériel.

— C'est la suite du congrès de Washington, hein ? Toujours les States !

Bernard sourit.

— Tu es vraiment bien renseigné.

— Il s'agit de ma peau, non ? Je ne comprends même pas pourquoi on n'a pas commencé plus tôt.

— Il fallait être sûr que les publications n'étaient pas bidon et obtenir les produits. C'est Abott qui commercialise le Ritonavir et on n'en avait pas en France.

— Tu as su que ces cons voulaient tirer au sort les malades qui auraient le droit d'en bénéficier ? Je rêve !

Grégorio a du mal à s'exprimer tant son souffle est court. À moins que ce ne soit l'émotion. Il semble prendre son élan pour continuer :

— En ce qui me concerne, je crains qu'il ne soit trop tard.

— Pourquoi ?

— Arrête, Bernard ! Tu vois bien dans quel état je suis. Pour moi, la « tri » est dépassée, tu ne penses pas ?

Bernard connaît ce genre de réactions défaitistes, uniquement motivées par l'envie d'entendre des paroles d'espoir.

Grégorio ferme les yeux et ajoute, d'un ton pathétique :

— Honnêtement, tu me donnes combien à vivre ?

Bernard lui prend la main.

— Honnêtement, comme tu dis, c'est vrai que j'aurais préféré commencer plus tôt. Mais personne ne peut dire ce qui va se passer. Comme tu n'as subi qu'une thérapeutique jusqu'ici très limitée, tu représentes un terrain presque vierge. C'est dans des cas comparables au tien qu'on a obtenu les meilleurs résultats.

Grégorio se redresse, le regard malicieux.

— Tu sais comment ils appellent ces malades, ceux qui n'ont jamais été traités encore ou presque? Des sujets « naïfs ». Quand tu vois les mecs dont ils parlent, ce terme me fait marrer!

Bernard rit, puis reprend son argumentation, l'œil sombre de son interlocuteur animé d'un éclat intense. Va-t-il parvenir à le convaincre? Grégorio baisse la tête et soupire.

— Tu parles bien... Encore faudrait-il que j'accepte.

— Mais tu vas accepter!

— Ah oui? Et pourquoi donc?

— Parce que c'est la première fois que des améliorations durables ont été constatées. Tu ne peux pas laisser passer cette occasion.

— Tu es sûr que ce n'est pas un coup de pub des labos pour vendre leur soupe?

— Absolument sûr. J'ai un copain au Canada qui prépare, pour juillet, le congrès de Vancouver sur le même sujet. Il a déjà reçu les résumés d'un certain nombre de communications qui confirment entièrement ce qui a été dit à Washington.

— Putain! Je rêve!

— Je vais te faire poser un cathé central pour mettre en route des perfusions qui vont te nourrir, puisque tu ne bouffes rien. D'autant que la trithérapie est très contraignante sur le plan digestif. Il faut prendre les comprimés à heures fixes, avec beaucoup d'eau. Ça provoque souvent des nausées.

Grégorio hausse les sourcils, fataliste.

— Ça va être gai! Enfin, c'est toi qui commandes...

— Voilà une parole raisonnable.

Au moment de sortir, Bernard regarde un long moment ce visage qui devait être un miracle d'harmonie avant que la maladie n'accomplisse son œuvre de destruction. Il ne peut s'empêcher d'éprouver pour Grégorio un sentiment qui dépasse les émotions habituelles de la relation médecin-malade. Tous les psychologues, il le sait, insistent sur les dangers de l'évolution affective qui pousse les soignants vers les soignés. Cet attachement excessif, alors que la maladie est irrémédiablement mortelle, génère des chocs graves. Beaucoup d'infirmières courageuses s'écroulent quand survient l'issue fatale et leur travail de deuil devient une véritable épreuve.

Bernard a pour ce garçon le même réflexe protecteur que pour son frère Roland. Il avait, comme Grégorio, un air bravache et sûr de lui qui masquait sa vulnérabilité. Une faiblesse que Bernard n'avait pas su déceler à temps. Quand il avait enfin compris, c'était trop tard.

Dans le couloir, Juliette et son mari semblent avoir une conversation animée. Ils s'interrompent quand Bernard referme la porte de Grégorio. Le kinésithérapeute s'approche.

— Docteur Moreuil, dit-il à voix basse en désignant la chambre que le médecin vient de quitter, il va mal, notre hidalgo, vous ne trouvez pas ? Faudrait pas qu'il se laisse glisser...

Bernard ne répond pas immédiatement. Il n'aime pas le ton condescendant de cet homme.

— C'est vrai ! reconnaît-il tout de même. Il se dénutrit. Nous venons d'en parler ensemble et je vais lui faire poser une sous-clavière pour lui passer des lipides et des protides.

— Ce sera utile, parce que son atrophie musculaire s'aggrave à une rapidité incroyable.

— Pas étonnant, il ne bouge pratiquement plus.

— À mon avis, il faudrait le masser et le mobiliser plusieurs fois par jour. Qu'en pensez-vous ?

— Vous avez raison, monsieur Verdier. D'autant plus que nous allons entamer une trithérapie qui peut transformer la situation. Ce n'est pas le moment de le laisser flancher.

Enchanté de cette approbation, le kiné se dirige vers la chambre.

— Comptez sur moi. On va s'en occuper.

Resté seul avec Juliette, Bernard lui murmure à l'oreille :

— Tu as une minute ? Je voudrais te parler.

Elle hésite un instant et, dans ses yeux, il devine une lueur de détresse.

— Quelque chose ne va pas ?

Son visage se ferme.

— Fiche-moi la paix !

Devant l'air choqué de Bernard, elle se radoucit :

— De quoi veux-tu me parler ?

— Des nouveaux traitements. La pharmacie m'a donné le feu vert. On va pouvoir commencer le Ritonavir.

— Pourquoi tu ne vois pas ça avec la Wolf ? Je ne suis rien, moi, ici !

Bernard baisse les yeux. Il lui répond doucement :

— Je ne sais pas ce que tu as aujourd'hui ! Pour les médicaments, tu as raison, je vais en parler à la surveillante. Mais, pour le reste, si tu veux, je serai à la maison vers 18 heures aujourd'hui. Tu me ferais plaisir...

Elle se détourne sans répondre et se sauve en s'essuyant les yeux. Bernard la regarde s'éloigner sans comprendre. Ne pas la comprendre, c'est ce qu'il supporte le plus mal. Jamais Juliette n'a accepté de lui parler de sa vie conjugale et ce silence l'inquiète. Est-elle aussi heureuse qu'elle le laisse croire ?

Perturbé, il doit se faire violence pour continuer à travailler. Il pénètre dans le bureau de Louise Wolf, dont la porte est entrouverte.

— Je vous dérange ?

Elle lève à peine le nez de ses registres. Décidément, il n'a pas la cote auprès de la gent féminine, aujourd'hui. Il insiste :

— Je peux vous parler ?

L'air sinistre, elle pousse un soupir agacé.

— C'est bizarre, vous ne trouvez pas ? Quand je suis prête à faire la visite, vous avez toujours une conversation en cours, et quand je me consacre à mes obligations administratives, vous voulez bavarder. Je manque de chance !

Il s'esclaffe :

— Allons, ne vous fâchez pas ! Puisque vous êtes de mauvaise humeur, je reviendrai à un autre moment. Il s'agit de discuter des trithérapies à mettre en chantier. Elles peuvent bien attendre !

Gênée, elle se reprend :

— Excusez-moi. Avec l'histoire de Basile, je ne sais plus où j'en suis.

Il s'assoit, intrigué.

— Quelle histoire de Basile ?

— Vous n'êtes pas au courant ? Basile est mort.

— Mort ? Que lui est-il arrivé ?

— Il s'est suicidé.

— C'est une épidémie !

— On l'a retrouvé chez lui, une balle dans la tête. Il avait encore son arme à la main !

— Mais pourquoi a-t-il fait ça ?

Elle se penche en avant pour lui confier le grand secret.

— C'est lui qui fournissait la drogue que Carboni revendait à nos malades. Et il avait les flics aux trousses. Il n'a pas voulu se laisser prendre.

Bernard a du mal à croire ce qu'il entend.

— Basile avait les flics aux trousses ?

L'infirmière, ravie de l'effet produit et gonflée d'importance, poursuit :

— Ils ont découvert des sachets d'héroïne chez lui, les mêmes que ceux de Carboni. Vous vous souvenez, il en avait donné un au flic simulateur.

— Comment avez-vous appris tout ça ?

— Par le patron, trop heureux que le problème soit résolu. D'ailleurs, il m'a dit qu'il voulait vous voir. Vous feriez bien d'y aller tout de suite. On discutera après.

Bernard se lève et sort, encore sous le coup de

cette révélation. S'agit-il d'une nouvelle péripétie ou est-ce la fin du cauchemar? Dans le couloir, il croise Grégorio, poussé sur un fauteuil roulant.

— Où allez-vous? demande-t-il au garçon de salle.

— En chirurgie, pour la pose d'un cathéter.

Bernard tapote l'épaule de son patient et tente de le réconforter :

— Je suis avec toi.

L'autre lui lance un coup d'œil mauvais.

— Tu es avec moi, mais c'est moi qu'on charcute!

Le docteur sourit et le regarde s'éloigner. C'est vraiment le traitement de la dernière chance. Combien en a-t-il vu disparaître, déjà, des types comme celui-là, intelligents, cultivés, avides de dévorer à pleines dents les joies de l'existence? Ils entrent dans la maladie avec angoisse, puis, devant la perspective d'une issue implacable, développent cette sorte de philosophie fataliste, teintée d'humour. Quelle leçon de courage ils donnent à tous les geignards de la vie quotidienne!

Son frère Roland aurait probablement suivi ce parcours s'il en avait eu la possibilité. Mais la maladie, alors, frappait plus fort et plus vite. On ne savait pas s'y prendre, face aux infections opportunistes qui se succédaient sans discontinuer, laissant les médecins impuissants.

Bernard pense sans cesse à cette époque. Avait-il fait tout ce qu'il aurait dû? Cette question le hante. Cent fois, il a relu le dossier médical de Roland, la gorge serrée. Si la maladie ne s'était pas déclarée si tôt, il aurait pu le maintenir en vie. À cette heure, il serait peut-être là, lui aussi, pour essayer les antiprotéases...

Graveline l'invite à entrer dans son bureau et, comme d'habitude, se met à pontifier en examinant ses ongles. Puis il se lisse les tempes d'un air pénétré. Bernard fixe le plancher sans avoir le courage de paraître intéressé par le discours cent fois entendu déjà. Toutefois, son contenu lui fait soudain dresser l'oreille :

— Je vous le répète, Moreuil, vous êtes trop moderne. Ainsi, il me paraît bien ambitieux de se lancer dans des traitements contre le sida à peine expérimentés et qui coûtent la peau du dos. Vous connaissez le prix d'un traitement ?

— Oui, monsieur. 60 000 francs par patient et par an.

— Vous vous rendez compte ?

— Oui, je me rends compte. Et si mon frère était encore de ce monde, je serais prêt à m'endetter jusqu'à la fin de mes jours pour lui offrir cette chance.

Graveline paraît déstabilisé un court instant.

— N'oubliez pas que c'est le contribuable qui paie. Et tout ça pour des malades à l'agonie. Êtes-vous sûr que ce soit vraiment nécessaire ?

Bernard ne peut s'empêcher d'adopter un ton plus sec qu'il l'aurait souhaité :

— Monsieur, autrefois aussi des patients « à l'agonie » — comme vous dites —, atteints de méningites tuberculeuses, ont été sauvés *in extremis,* par l'arrivée de la streptomycine. Aujourd'hui, ce sont les antiprotéases qui révolutionnent le traitement du sida. Si un seul malade devait mourir parce que nous avons tardé à essayer, je ne me le pardonnerais jamais. Ni vous non plus.

Graveline vacille mais se reprend :

— Je vous comprends, bien sûr. Mais on nous a fait le coup si souvent. Rappelez-vous ces conférences de presse qui annonçaient des résultats mirobolants. La Ciclosporine, produit miracle, vous vous souvenez ? Un ministre s'en était mêlé.

— C'était au début. Chacun rêvait d'être le premier à trouver. Maintenant toutes les analyses concordent.

Graveline ébauche un geste désabusé.

— Ne croyez pas que je veuille vous mettre des bâtons dans les roues, Moreuil. Essayez. Vous êtes là pour ça. Le pharmacien est d'accord, le directeur aussi, alors j'aurais mauvaise grâce à m'opposer. Mais, vous savez, en vous donnant une telle autorisation, je prends une lourde responsabilité et je souhaiterais que vous en teniez compte.

Bernard hoche la tête. Il semble hésiter, puis, trouvant l'occasion propice, se jette à l'eau :

— Il y a une autre chose, monsieur, que je souhaiterais vous demander.

— À quel sujet ?

— Au sujet des morphiniques. Je voudrais être libre d'en prescrire.

Graveline bondit.

— Vous êtes fou ! Cette histoire Carboni ne vous suffit pas ? Je ne veux plus entendre parler de drogue dans mon service, vous m'entendez ? Plus jamais !

— Mais, monsieur...

— Il n'y a pas de « mais » ! C'est moi qui commande et je ne serai jamais laxiste dans ce domaine. C'est à prendre ou à laisser. Doliprane, Aspégic et les autres trucs du même genre, c'est tout ! Démerdez-vous avec ça. Je vous autorise quelques médicaments psychotropes, si vous voulez, ce que nous, nous appelions des tranquillisants, mais pas plus.

— Nous risquons de retomber dans le trafic.

— Quel trafic ? Carboni et Basile sont morts. Vous ne croyez pas à la génération spontanée des dealers ? Vous n'avez qu'à surveiller vos malades. Quant à la morphine, il n'en est pas question !

— Ces malades souffrent, monsieur, il faut prendre en charge leur douleur.

— Ils souffrent, c'est vous qui le dites.

— Non, monsieur, ce sont eux !

— Et vous les croyez ? Allons, mon cher Moreuil, j'ai plus d'expérience que vous, et vos patients, je les connais. Vous vous laissez gruger. Ils vous mènent en bateau, voilà tout ! Ce qu'ils veulent, c'est de la drogue, de la dope, de la came !

— On pourrait utiliser les substituts. La méthadone, le Subutex... C'est aussi un moyen de les désintoxiquer.

— Jamais ! Vous m'entendez ? Jamais ! Tous les camés de la Création vont rappliquer ici ! Je n'en veux pas ! Vous m'avez bien compris, je n'en veux pas ! Je ne suis pas cet Olievenstein que vous semblez tant admirer.

On frappe à la porte. C'est Verdier, sa boîte de talc à la main. Il l'agite devant ses yeux comme pour demander s'il est temps de s'en servir.

— Maintenant, laissez-moi, grommelle le patron à l'intention de son assistant. Il faut que je me fasse masser. Je n'en peux plus.

Bernard et Verdier échangent un salut souriant et le médecin, déçu, quitte la pièce. Graveline se lève péniblement, la main sur les reins, et commence à se déshabiller en maugréant :

— Il me fait chier, celui-là, avec sa morphine ! Si je l'écoutais, il transformerait le service en foutoir !

— Ne vous mettez pas en colère, monsieur, c'est mauvais pour les muscles. Vous êtes contracté comme jamais. Rien n'est plus nocif.

Tandis que la voix apaisante du kiné tente de le calmer, Graveline finit de se dévêtir en grimaçant de douleur et s'allonge sur sa table d'examen. Verdier, toujours *clean,* commence son massage.

— Oubliez les propos de ce Moreuil, monsieur. Il manifeste l'inexpérience de la jeunesse et il est fasciné par l'univers de la dope. Ce n'est pas d'hier. Ma femme l'a connu autrefois et je sais de quoi je parle... C'est un ancien toxicomane et il est comme tous les autres, en permanence au bord de la rechute.

Graveline redresse la tête.

— Un ancien toxicomane ? Mon Dieu, si j'avais su...

XV

La Twingo stoppe devant l'« usine » de Bernard. Juliette en descend et s'arrête devant la porte pour écouter *Petite Fleur* de Sidney Bechet, dont la mélodie filtre jusqu'à elle. Le RMiste, sur le pas de sa porte, la considère d'un air moqueur. Elle l'aperçoit, se renfrogne et entre, agacée d'être ainsi sans cesse observée.

Dans la pénombre, Bernard joue, les yeux fermés.

Sans rien dire, elle se laisse tomber sur le canapé et ne bouge plus, apaisée par la musique. Son pied bat la mesure.

Selon son habitude, Bernard conclut par une longue descente d'arpèges, terminée par un accord de basse qui résonne longtemps. Penché en avant sur son clavier, il reste immobile.

Il finit par se tourner lentement vers la jeune femme qui sourit aux anges. Il la regarde sans parler, lui laissant rompre le silence.

— Comme cette époque me paraît loin ! murmure-t-elle enfin, d'une voix teintée de nostalgie.

— Et le long chemin qui nous en sépare est jalonné de cadavres ! Qui aurait pu croire que ce Basile...

— Il ne m'a jamais été très sympathique.

— À moi non plus, mais de là à imaginer qu'il dealait et tuait à l'occasion...

Il s'interrompt et se lève pour aller vers le bar. Du frigo, il sort une bouteille de jus de fruits et remplit deux verres. Il revient vers la jeune femme, la mine triste.

— Et ça risque de recommencer. Grav'leux ne veut pas me laisser utiliser les opiacés pour nos malades. On ne tardera pas à voir revenir la dope. C'est obligé !

Il s'assoit à côté de Juliette, qui essaie de défendre son patron :

— Il faut le comprendre. Toutes les expériences de laxisme conduisent à l'échec. Regarde en Suisse.

— Il ne s'agit pas de laxisme. Tu mélanges tout. Mon attitude n'a rien à voir avec la politique de la rue. Je ne demande pas la dépénalisation des drogues — ni douces, ni dures. Ce problème relève de la politique de santé publique — ou de la politique tout court. Je te parle de nos patients. Nos hospitalisés sont malades et nous devons soulager leurs maux, sans nous demander comment et pourquoi ils présentent telle ou telle déviance. Il faut les soulager de ce dont ils souffrent, un point c'est tout. Les prendre en charge, physiquement, moralement, psychologiquement. En un mot, les traiter. Merde ! Ce n'est pas difficile à comprendre !

Juliette, en guise de réponse, glisse sur le canapé et vient se blottir dans les bras de Bernard, ahuri par ce geste. Il se garde bien de manifester son étonnement et, tout à son bonheur, se borne à l'écouter en silence, de peur que le charme ne se rompe.

— Je suis fatiguée, Bernard. J'en ai assez de cette vie qui me ramène toujours au même point.

— Quelle idée, aussi, de venir dans un service sida ! Partout, les infirmières craquent un jour ou l'autre.

Elle proteste :

— Je ne suis pas *venue* dans un *service sida* ! C'est le *sida* qui est *venu* dans le *service*. Personne ne voulait de ces malades-là. Mes copines m'ont expliqué que, dans d'autres hôpitaux comme le nôtre, ce sont les spécialistes des maladies infectieuses ou les cancérologues qui les prennent en charge. Malheureusement, chez nous, on manque de spécialistes, alors c'est la médecine générale qui trinque. Pourquoi crois-tu que le patron t'a engagé ? Parce qu'il n'y connaît rien ! Quant à moi, si j'avais eu le choix d'une spécialité, ce n'est pas celle que j'aurais réclamée !

— Tu aurais mieux fait de rester à la maison...

Elle se love un peu plus contre son épaule.

— Je m'ennuyais chez moi. Je ne suis pas du genre à passer ma vie dans les musées ou les boutiques. Et comme Claude n'est jamais là...

— Pourquoi ?

— Entre l'hôpital, sa salle de gym et la mairie, il n'arrête pas. Avec le patron, depuis qu'ils ont décidé de se présenter aux législatives, c'est réunion sur réunion, souvent tard dans la nuit. Ce n'est pas une vie, tu sais.

— Ils se présentent tous les deux ?

— Claude sera le suppléant de Richard.

— Et tes enfants ?

— Il dit que, pour des garçons, la pension est préférable. C'est la meilleure façon de les mettre à l'abri de toutes les turpitudes qui les menacent. Ils ne reviennent qu'aux vacances.

— Sont-ils heureux, au moins ?

— Leur père est heureux...

— Et toi ?

Elle hésite un moment avant de murmurer :

— Moi ? Je crois que je recommence à l'être...

Les yeux brillants, elle regarde Bernard ému, qui n'ose pas croire à ce miracle. Lentement leurs visages se rapprochent et ils s'embrassent, passionnément. Leurs corps s'enlacent tandis qu'elle chuchote à son oreille :

— Mon chéri, je voudrais revenir dix ans en arrière pour effacer tout ce qui nous a séparés...

Recroquevillé sur son lit, Grégorio grimace de douleur. Un épais pansement lui couvre la base du cou. Il attrape à tâtons la commande d'appel et une sonnerie retentit dans le lointain du service.

Au bout d'un long moment, Louise Wolf entre dans la chambre, l'air aussi peu aimable que possible. Elle aboie :

— Qu'est-ce que vous voulez ?

Grégorio s'étonne :

— C'est vous qui êtes de service ?

Elle répond, exaspérée :

— Avec tous ces arrêts maladie, il faut bien que je m'y mette. Alors ? Pourquoi avez-vous sonné ?

Le visage du jeune homme se crispe à nouveau. Il pose la main sur son pansement.

— J'ai horriblement mal. Je voudrais quelque chose contre cette douleur. Souffrir ainsi, c'est intolérable.

La surveillante se drape dans sa dignité. Le visage dédaigneux, elle scande :

— Monsieur Vallejo. La pose d'un site d'injection n'est pas une intervention douloureuse. Donc, vous n'avez pas besoin de calmants.

— La dernière fois, ça n'avait duré que deux minutes et c'est l'anesthésiste qui avait posé le cathéter, avec une simple aiguille. Je n'avais pas eu mal, c'est vrai. Mais cette fois-ci, ils n'y sont pas arrivés. Ce sont les chirurgiens qui ont tout ouvert, et il leur a fallu deux heures pour poser leur fourbi. Maintenant que l'effet de l'anesthésie s'est dissipé, je souffre à en crever ! Je vous le jure !

Louise Wolf n'est pas femme à s'en laisser compter :

— Allons, allons, monsieur Vallejo, vous ne m'aurez pas ! Je ne vous aiderai pas à céder à vos mauvais penchants. Il faut vous reprendre et serrer les dents. Dans un moment, cette petite gêne sera passée.

Grégorio lui lance le plus méprisant des regards et rétorque :

— Tirez-vous ! Je vous souhaite d'être un jour dans mon état et d'être soignée par une bonne femme dans votre genre.

— Monsieur Vallejo, je vous prie d'être poli !

Il tourne la tête de l'autre côté et ferme les yeux, mettant fin à la conversation. Triomphante, sûre d'elle et satisfaite de sa victoire, la surveillante s'en va et referme la porte derrière elle.

Grégorio se redresse en murmurant entre ses dents :

— Pauvre conne !

Il s'empare du volumineux Thermos qui se trouve toujours sur sa table de nuit. Il en dévisse le socle et, du tas de boîtes et de sachets qui apparaît, extrait un comprimé. Il referme le double-fond et ouvre la bouteille, cette fois, du côté du goulot. Dans un verre il verse un peu de liquide, qu'il avale avec le comprimé.

Il se rejette en arrière sur son oreiller, le visage détendu. Dans quelques instants, la douleur va disparaître.

Juliette finit de se rhabiller tandis que Bernard, resté dans le lit, la contemple en silence, les mains derrière la nuque, euphorique. Elle tourne vers lui un visage d'une infinie tristesse et murmure :

— Quelle folie ! Qu'allons-nous devenir ?

— Un couple clandestin, comme tant d'autres, jusqu'au jour où les circonstances nous rendront la liberté de nous aimer au grand soleil.

— Mon Dieu ! Moi qui me croyais une femme honnête !

— La vie est une perpétuelle remise en question, ma chérie !

Elle ébauche une gifle qui se termine en caresse.

— Je me sauve ! À demain ! Je t'aime !

Resté seul, à peine entortillé dans son drap, il se précipite vers son piano pour interpréter un *Tiger Rag* endiablé, comme s'il voulait faire danser la terre entière.

Au volant de sa Twingo, Juliette attend une seconde, les yeux fermés, recevant cette musique comme un chant d'amour destiné à elle seule. Puis elle démarre en douceur.

Sur le même trottoir, dans sa voiture stationnée à une centaine de mètres, Lechêne la regarde s'éloigner. Il allume un cigarillo dont il exhale la fumée avec un sourire de satisfaction. À côté de lui, le visage déformé par un hématome, Perrier s'insurge :

— Ça vous plaît, hein, de savoir que ces deux-là s'envoient en l'air ? En quoi ça vous regarde ?

Son supérieur, l'air hautain, met la voiture en marche et distille sa réponse :

— Dans cette affaire, notre cher patron l'a dit, tout le monde est suspect. Un jour, cette information pourra se révéler utile. Pour comprendre ou pour faire pression peut-être...

— Votre côté maître chanteur me dégoûte un peu.

— Pour tout te dire, mon cher Perrier, sache qu'un des plaisirs de la vie, c'est d'être méprisé par quelqu'un susceptible de devenir encore plus méprisable que soi !

— Je ne vois pas ce qui vous permet...

— Le fait que tu ne voies pas n'est pas une raison suffisante pour me faire changer d'avis, sois-en sûr ! À quoi ressembleras-tu après quelques années de pratique ?

Perrier prend un ton faussement servile pour répondre :

— Vous ressembler est mon seul souhait, mon commandant.

Cette référence ironique aux nouvelles dénominations amuse Lechêne, qui sourit sans répondre.

Perrier hausse les épaules et se renfrogne, tandis que la voiture stoppe devant le commissariat.

Ils en descendent tous les deux, saluent le planton et pénètrent dans la grande salle. Un jeune inspecteur s'approche et examine la joue de Perrier.

— Alors, mon petit poulet chéri, tu vas mieux ?

— Ouais, si on veut...

— Tu vois, continue l'autre, d'un ton docte, quand une auréole verte apparaît, tu peux avoir bon espoir.

Perrier ébauche un coup de poing au moment où le commissaire sort de son bureau.

— Ah, je vous en prie, Perrier, cessez donc de vous battre à tout bout de champ ! Voyez dans quel état vous vous êtes mis déjà. Allez, venez, tous les deux!

Le pauvre Perrier, sans trop savoir si son patron plaisante, entre avec Lechêne à reculons dans le bureau du chef, où ils se font régulièrement sermonner. Cette fois, ce n'est pas le cas :

— Messieurs, cette affaire a été menée de main de maître, et je tenais à vous en féliciter. J'espère que les trafiquants y regarderont désormais à deux fois avant d'aller se frotter au service de mon ami Graveline. Le dossier Carboni est classé. Il ne fait aucun doute que le mérite vous en revient. Bravo!

Lechêne regarde ailleurs.

Bernard pose son casque et accroche son blouson. Avant de commencer sa visite, il jette un coup d'œil aux gros titres du journal qu'il vient d'acheter : la cote de popularité de Juppé est au plus bas. Comment peut-on mener une politique aussi maladroite?

Juliette passe brusquement la tête par la porte entrouverte et interrompt sa lecture :

— Bernard! Viens vite, Grégorio va très mal.

— J'arrive.

Il enfile sa blouse à la volée et la suit jusqu'à la chambre où il découvre Grégorio couché, la main sur son pansement et le visage crispé de douleur. Son teint est grisâtre.

— Que se passe-t-il?

— Ah, te voilà! J'ai hyper mal et je sens que je vais tourner de l'œil.

— Mais depuis quand souffres-tu ainsi?

— Depuis hier soir, ça augmente progressivement. Maintenant je n'arrive plus à avaler. La Wolf n'a rien voulu me donner. Il me restait un Moscontin, je l'ai pris en douce, mais je n'en ai plus et ça me lance à hurler...

Bernard s'approche et chuchote :

— Je vais te donner ce qu'il te faut.

Il extrait de sa poche une poignée de comprimés qu'il trie et en glisse un dans la main de Juliette. Sans mot dire, elle remplit un verre d'eau et le tend à Grégorio, qui le déglutit en grimaçant.

— Je vais étouffer, c'est sûr !

Bernard décolle délicatement le sparadrap et regarde sous les compresses. À ce moment, la surveillante entre dans la chambre et Bernard fait semblant de ne pas l'avoir vue.

— Merde ! Pas étonnant que tu aies mal. Il y a un énorme hématome là-dessous. Il faut le ramener aux chirurgiens.

Il se redresse et semble découvrir Louise Wolf.

— Ah ! Vous tombez bien ! Regardez ce qu'ils ont fait ! (S'adressant à son patient, il continue :) Qu'est-ce que tu dois avoir mal, mon pauvre Grégo ! Depuis quand c'est comme ça ? répète-t-il, en guettant la surveillante par en dessous.

L'autre en rajoute, impitoyable :

— Depuis hier soir. Personne n'a voulu me croire. Il suffit qu'un toxico se plaigne pour qu'on l'envoie chier ! Il peut crever !

La Wolf est statufiée.

— Faites-le conduire tout de suite en chirurgie, lui souffle Bernard. Ils vont lui vider son hématome.

Sans un mot, elle sort et revient avec un fauteuil roulant :

— Je vais l'accompagner moi-même. Tout le monde est occupé.

Bernard Moreuil descend de moto et entre dans la brasserie de la Gare. La salle est grouillante de monde. Les serveurs, vêtus à l'ancienne de longs tabliers blancs et de gilets noirs, naviguent au milieu des tables en tenant haut levés des plateaux surchargés. Sur les murs, de vastes fresques illustrent les Années folles, avec des femmes aux cheveux courts portant des robes à franges et des colliers à multiples rangs de perles.

Dans un angle, l'inspecteur principal Lechêne fait de grands gestes de la main pour attirer l'attention du médecin. Il l'accueille avec une bonhomie amicale que Bernard ne lui connaît pas.

— Docteur, je vous suis très reconnaissant d'avoir accepté cette invitation après les moments houleux que nous avons passés ensemble.

Prudent, à peine souriant, Bernard s'assoit sans répondre, tandis que Lechêne continue :

— J'avoue que je vous avais mal jugé, docteur. Quand j'ai commencé cette enquête, j'étais certain de trouver la solution de l'énigme dans ce monde mal famé de la drogue et de l'homosexualité...

Devant le silence obstiné de son interlocuteur, il devient grave, comme s'il avait besoin de se faire pardonner :

— J'ai beaucoup parlé avec vos malades et, à la longue, je me suis rendu compte qu'au fond ils sont plus victimes que coupables. La triste fin de ce Férenski a confirmé leur innocence, et j'en suis sincèrement heureux. Croyez-moi, ce n'est pas facile à avouer, mais j'ai conscience d'avoir fait fausse route pendant toute cette enquête.

L'arrivée du maître d'hôtel interrompt le discours du policier, qui commande d'office deux choucroutes et deux bières.

— D'accord ? demande-t-il tout de même à son invité abasourdi. Ici la choucroute est délicieuse, alors que le reste ne vaut pas grand-chose !

Satisfait de cette appréciation péremptoire, il reprend :

— Reconnaissez aussi que votre comportement n'est pas banal. Déconcertant même. Passer ses soirées avec des zonards plus ou moins repris de justice, ce n'est pas une occupation courante dans le corps médical. Il faut du temps pour vous comprendre.

Interrompu par le serveur, Lechêne se tait, puis s'empresse de vider son assiette à grands coups de fourchette, comme si son avenir en dépendait.

Bernard, les lèvres pincées, s'est contenté d'écouter sans réagir. Que penser de ce qu'il a entendu ? La contrition convient si mal à ce policier fouille-merde. Quel jeu joue-t-il et où veut-il en venir? Dans le doute, il reste silencieux et commence à manger, impassible. L'inspecteur termine son assiette en un rien de temps, vide d'une gorgée sa chope de bière, s'essuie la bouche et reprend :

— Officiellement, cette affaire se termine par un chant de victoire. Très bien ! Bravo, la police ! Mais moi, docteur, je vais vous donner mon sentiment, que vous garderez pour vous. C'est d'ailleurs la raison qui m'a poussé à vous inviter ici. Avec le brouhaha, les oreilles indiscrètes ne sont pas à craindre.

D'un geste, il commande une autre chope de bière, avant de continuer :

— À mon sens, cette affaire n'est pas terminée. Le suicide de ce sale type est trop beau pour être vrai. Une main secourable l'aurait aidé à passer de vie à trépas que je n'en serais pas autrement étonné. Je n'en ai pas la preuve, mais... En revanche, je suis certain que le trafic va reprendre. Compte tenu de la nature des locaux et de la clientèle hospitalière, la police aura toujours autant de mal à mettre la main sur les vrais responsables. Rien n'aura changé.

Bernard écoute Lechêne avec une attention soudaine. Où veut-il en venir? Se pourrait-il qu'il rejoigne ses idées? L'autre poursuit, sans se préoccuper de ce que pense son interlocuteur toujours muet. Il conclut son discours de façon singulière :

— Je suis persuadé qu'un jour ou l'autre, docteur, vous aurez à nouveau des problèmes. Personne ne vous écoutera dans ce microcosme où l'intérêt des malades paraît secondaire à la plupart. Quand ce moment arrivera, quand vous ne saurez plus vers qui vous tourner, ne vous réfugiez pas derrière vos fichues histoires de secret professionnel et de confidentialité ! Appelez-moi. Je sais me montrer discret et de bon conseil.

Tout en parlant, il tire de son gousset une carte de visite.

— Vous avez là mon numéro de portable. Je vous en prie, n'hésitez pas. Pour vous, je serai toujours disponible.

Bernard prend la carte et se décide enfin à répliquer :

— Je vous remercie, inspecteur. Mais vous imaginez mon manque d'enthousiasme à l'idée de vous faire revenir dans le service.

Ils restent silencieux un moment et Bernard finit par capituler :

— Après tout, vous avez peut-être raison, on ne sait jamais...

— J'ai l'habitude d'être détesté, mais j'ai tout de même une certaine utilité.

Ils laissent le serveur débarrasser la table et apporter les cafés. Lechêne reprend, un ton plus bas :

— Où trouveriez-vous de l'aide dans cet hôpital ? Auprès de la Wolf qui passe ses nuits à chanter dans un bouge mal famé ?

Bernard ouvre des yeux ronds.

— La Wolf ?

— Et oui ! Habillée en homme avec une perruque rousse. Après son numéro, elle ramène des gamines dans son lit.

— Non !

— Je n'aurais peut-être pas dû vous le dire, mais j'en ai marre de tous ces faux-jetons qui jouent les petits saints dès qu'ils portent une blouse blanche ! Comme votre patron, uniquement préoccupé de son image électorale et de ses minettes baptisées « secrétaires »... Votre ami Vignat vous jalouse et vit dans la grisaille. Verdier joue les utilités en ramassant des miettes de pouvoir dans l'ombre de son grand homme. Sa femme est déchirée entre un amour de jeunesse et son rôle de mère de famille honorable.

Bernard n'en peut plus.

— Arrêtez, Lechêne, ça suffit ! Je ne suis pas venu ici pour écouter vos ragots !

— Ce ne sont pas des ragots. C'est la vérité !

— Cette vérité ne m'intéresse pas.

— Ça ne vous intéresse pas de savoir qu'à deux pas de vous, dans l'anonymat de l'hôpital, au milieu des filles de salle, du personnel soignant, des visiteurs, des malades, rôde un malfrat qui s'enrichit en semant la mort ? Qu'est-ce qui vous intéresse, alors ?

Lechêne repose sa tasse vide et tend son index vers le jeune médecin :

— Sans le vouloir, sans vouloir le savoir, vous faites le jeu du dealer. Empêtré dans vos beaux principes, occupé à soigner plus qu'à faire régner l'ordre, vous n'avez pas encore compris que vous ne parviendrez pas à l'un sans l'autre.

D'un geste, il réclame l'addition et continue sa leçon :

— Que vous le vouliez ou non, cher docteur, il va vous falloir acquérir de l'autorité, si rébarbatif que vous paraisse ce mot. Abandonnez votre côté *baba cool* attardé et devenez adulte. Le jour où vous y serez parvenu, vous aurez besoin de moi.

Il signe la note que le garçon vient de déposer et se lève. Sur la banquette à côté de lui, il prend un sac en plastique de supermarché et le remet à Bernard avec une sorte de dégoût.

— Tenez, je vous ai rapporté votre... trésor.

Bernard, sans un mot, plus surpris qu'il veut bien le laisser paraître, récupère sa boîte à chaussures compromettante et suit le policier vers la sortie.

Sur le trottoir, les deux hommes se font face un instant.

— Vous savez, conclut Lechêne, en tendant sa main épaisse, nous exerçons un peu le même métier. Nous tentons de protéger l'humanité des fléaux qui la menacent, et de la soigner de ceux qui l'ont déjà atteinte. À l'occasion, des hommes comme nous doivent savoir marcher du même pas.

Il a prononcé ces derniers mots avec un sourire

pour la première fois chaleureux, en secouant avec vigueur la main du médecin, qui à aucun moment ne se sera vraiment exprimé.

Tandis que la silhouette trapue du policier s'éloigne, Bernard reste planté devant sa BM, furieux contre lui-même de n'avoir pas été capable de répondre. C'est vrai qu'il ne sait plus comment se comporter dans ce monde hospitalier devenu hostile. Il aimerait tant se consacrer uniquement aux soins de ses patients, sans tenir compte de toutes ces horreurs ! Le combat contre le VIH n'est-il pas, à lui seul, suffisamment difficile pour user son énergie à batailler contre la terre entière à la recherche d'un dealer fantôme ?

En plein désarroi, il enfourche sa moto et part en direction de l'hôpital.

Tout en roulant, il se dit que l'inspecteur n'a pas tort. La drogue va réapparaître, c'est une certitude. Dans l'état actuel des choses, rien ne permettra de l'éviter.

Si cette résurgence est inévitable, il va devoir se préparer à mieux tenir son secteur pour être en mesure, le moment venu, de démasquer les trafiquants.

Il stoppe à un feu rouge et une idée nouvelle lui traverse l'esprit. Pourquoi n'y a-t-il pas pensé plus tôt ? Il doit s'organiser autrement. Sa tâche sera plus facile si les malades dont il s'occupe sont regroupés dans le fond du service, près de son bureau. Ainsi veillera-t-il mieux sur eux, jour et nuit au besoin. Seul maître à bord. Cette notion lui paraît soudain évidente : il doit être le seul maître à bord !

Et si le patron n'accepte pas ? Ou la Wolf ?

Alors il partira, il quittera tous ces gens qui ne comprennent rien à la médecine.

Derrière lui, un avertisseur le fait sursauter. Il redémarre.

Mais Juliette ? La seule perspective de ne plus la voir lui brise le cœur.

C'est en remâchant sa hargne et son impuissance qu'il se retrouve dans le parking de l'hôpital, écœuré. S'il part, Juliette le suivra-t-elle ou non ?

XVI

À peine Bernard a-t-il déposé son casque et son blouson sur le portemanteau que Graveline entre dans son bureau, évidemment sans frapper. Il est suivi par une nouvelle secrétaire encore jamais vue. Petite, tout en rondeurs, avec un chemisier plein à craquer, elle a un visage triangulaire, des lèvres charnues et de grands yeux noisette à demi cachés sous une frange brune. Elle lui lance un regard charmeur qui, dans d'autres circonstances, aurait engendré une accélération cardiaque notable.

Le patron tend la main à Bernard et se retourne vers son acolyte.

— Zoé, je dois bavarder un moment avec le Dr Moreuil. Attendez-moi dehors. Je continuerai à vous expliquer votre travail plus tard.

Elle acquiesce d'un grand mouvement de paupières et s'en va, en ondulant, tandis qu'il s'assoit.

— Mon cher Moreuil, il faut que nous ayons une petite conversation.

« Décidément, c'est ma fête, se dit Bernard. Qu'est-ce qu'ils ont tous, aujourd'hui ? »

Le patron regarde autour de lui. Les murs dépouillés et le dénuement du mobilier contrastent avec le luxe de son propre cabinet. Il ne peut s'empêcher d'en faire la réflexion :

— Dites-moi, c'est zen chez vous. Il vous faudrait une meilleure lampe, des fauteuils confortables, un bureau décent. Je vais en parler au directeur.

— Oh, monsieur, ce n'est pas la peine, proteste Bernard, ravi de cette entrée en matière imprévue.

Je ne suis pas sûr de rester, il est inutile de vous mettre en frais pour moi.

Graveline sursaute.

— Comment ça, vous n'êtes pas sûr de rester? Asseyez-vous!

Les deux hommes se retrouvent en tête à tête, séparés seulement par la table de bois blanc où s'entassent les dossiers médicaux.

— Moi qui voulais vous féliciter de la manière dont vous vous êtes attelé à la tâche, enchaîne Graveline, vous me surprenez. Que signifie ce défaitisme soudain?

Bernard prend son courage à deux mains.

— Voilà, monsieur, comme ce que j'ai à vous dire risque de vous contrarier, je préfère vous mettre tout de suite à l'aise : je suis disposé à quitter cet hôpital sans acrimonie aucune, conscient qu'il peut exister des incompatibilités de vues entre deux individus sans que l'un ou l'autre ait tort.

— En voilà un charabia! coupe Graveline. Expliquez-vous!

Il a le visage tendu. Pour une fois, il ne plastronne pas et s'abstient de contempler ses ongles. Bernard est emporté par son élan :

— Quand je suis arrivé, vous m'avez demandé de reprendre en main une situation difficile. Les événements que nous venons de vivre prouvent à quel point vos inquiétudes étaient justifiées.

— Et alors?

— Eh bien, je ne me sens pas en mesure de venir à bout de ma mission si nous ne changeons pas radicalement notre façon de procéder.

— C'est-à-dire?

— Il faudrait modifier l'organisation du service. Les personnes concernées par le VIH devraient être regroupées dans les chambres du fond, celles qui sont le plus loin de l'entrée, autour de mon bureau.

Graveline ne paraît pas autrement surpris.

— Simple problème de déménagement. Je ne

vois pas ce qui justifie une entrée en matière aussi dramatique.

Bernard s'enhardit un peu plus :

— Les malades doivent sentir que je suis responsable d'eux et qu'ils peuvent me faire confiance.

Graveline hausse les épaules et s'étonne :

— Où est le problème ?

— C'est-à-dire... Il faudrait aussi que vous abandonniez les visites dans ces chambres.

— Que dites-vous ? J'ai mal compris ! Je ne suis plus le patron ?

Le professeur paraît scandalisé, comme si son assistant venait de prononcer une grosse incongruité.

— Vous voyez bien, reprend Bernard, résigné, qu'il va me falloir partir. Ce n'est pas la peine que je vous fasse perdre votre temps.

— Mais non, proteste l'autre, déstabilisé. Expliquez-vous !

Enhardi, Bernard poursuit :

— Il faut que je sois plus près de ceux dont je m'occupe et qu'ils sentent que mon autorité n'est pas remise en cause. Je dois être seul maître à bord.

— Parce que vous trouvez que je...

— Mais non ! Je sais bien que vous me laissez libre... ou presque. Seulement personne ici ne veut comprendre que le sida a créé une situation inédite à laquelle il faut faire face avec des moyens inédits. Le fait que cette maladie se soit attaquée à une population d'un niveau intellectuel globalement supérieur à la moyenne bouleverse les relations médecin-malade.

— Comment cela, un niveau supérieur ? En quoi serait-il supérieur ?

Bernard explique :

— Durant les cinq ou dix premières années de l'épidémie, les représentants des milieux *gay* et toxico ont été le plus touchés. Ils sont aujourd'hui à l'article de la mort et nous les hospitalisons ici. On y rencontre des artistes, des intellectuels, des gens du show-biz et ceux qui partagent leur vie. Ce n'est pas là, à proprement parler, un échantillon représentatif de la population française. Tout ce monde s'est trouvé engagé sur un chemin menant à l'abîme. Pour le moment, malgré les améliorations thérapeutiques, l'issue est inéluctable. Personne n'a jamais été sauvé !

Bernard a martelé ces derniers mots et Graveline baisse les yeux. Il proteste :

— Ce n'est tout de même pas ma faute !

— Bien entendu, monsieur. Ce n'est la faute de personne. Mais les malades connaissent le sort qui les attend. Ils savent aussi quels traitements nouveaux sont en mesure d'améliorer leur état. Ils espèrent que la maladie deviendra une affection chronique où les plus chanceux auront toutes les apparences de la guérison. Ils font même plus qu'espérer, ils savent que nous sommes peut-être à la veille d'un tel miracle.

— Là, vous rêvez, mon cher Moreuil, et eux aussi !

Bernard saisit la balle au bond :

— Justement non, monsieur, je ne rêve pas. Et vous venez d'évoquer ce dont je voulais vous parler. Nos malades lisent des documents très pointus. Ils appartiennent à des associations qui sont au courant de toutes les études, de toutes les expérimentations, de tous les espoirs qui animent les chercheurs.

Devant l'étonnement de son patron, le jeune médecin lui tend une poignée de feuilles.

— Tenez ! Voici des mises au point éditées par l'association AIDES et rédigées d'après les travaux des meilleurs spécialistes mondiaux. Regardez ce *Journal du sida* et dites-moi si vous êtes au courant de ce qu'il raconte.

Graveline feuillette les documents, tandis que Bernard, soudain libéré, continue, de plus en plus volubile :

— La plupart de nos hospitalisés lisent tout cela

et sont parfaitement informés des développements de la recherche. Pour la première fois dans notre métier, monsieur, les malades en savent souvent plus que leur médecin s'il n'est pas spécialisé.

— Admettons, et alors ?

— Alors, quand vous passez dans leurs chambres, pardonnez-moi, monsieur, ils constatent que vous ne vous intéressez pas vraiment à leur maladie. Et ça, c'est très mauvais pour votre image de marque.

Graveline se redresse, à nouveau plein de morgue.

— Que voulez-vous que ça me foute ?

Bernard prend de l'assurance comme un parieur qui joue à quitte ou double.

— C'est très mauvais pour votre image et pour la mienne du même coup. Je souhaiterais seulement que vous vous absteniez de passer la visite dans les chambres dont je m'occupe. D'ailleurs, laissez-moi vous dire que la grande visite à l'ancienne, celle à laquelle vous semblez tellement tenir, est un rite aujourd'hui obsolète. Dans les hôpitaux réputés, plus personne n'agit de la sorte.

Le silence qui suit cette sortie impudente est lourd de sous-entendus. Le Pr Graveline reste indécis, les yeux baissés. Il vient de prendre une gifle dont il a du mal à se remettre. Groggy, il se lève et se dirige vers la porte à pas lents, et c'est seulement au moment de sortir qu'il réplique enfin :

— Excusez-moi, il faut que je réfléchisse. Vous êtes imprévisible, mon petit Moreuil ! Mais sachez que nous sommes d'accord au moins sur un point : il n'est plus possible de continuer ainsi.

Et il sort sans se retourner.

Bernard demeure un long moment anéanti, conscient d'avoir perdu la partie. Il va devoir quitter ses fonctions et retrouver le « terrain », recommencer à grimper les étages dans des immeubles vétustes où croupissent des malades honteux qui refusent l'hôpital. Il va devoir affronter de nouveau ces salles d'attente pleines de vestiges humains en quête d'espoir et se remettre à soigner des patients condamnés, avec des produits inefficaces.

Écœuré, il attrape son sac et son casque, bien décidé à quitter sur-le-champ cet enfer d'indifférence. Pour lui, l'hôpital, c'est bel et bien fini. Juliette lui rapportera ses affaires personnelles. Il abandonne son bureau et se dirige vers la sortie.

Dans le couloir, personne ne remarque son départ. Il prend un ascenseur et, au rez-de-chaussée, la tête lui tourne. Avant de franchir la porte, les jambes tremblantes, au bord du malaise, il s'offre une dernière halte à la cafétéria, le temps de boire un ultime café et de reprendre ses esprits. Il n'en peut plus. Tant d'efforts pour en arriver là... Une immense fatigue l'étreint.

XVII

Juliette, dans un état de folle excitation, déboule à la cafétéria.

— Bernard ! Qu'est-ce que tu fais là ? Le patron te cherche partout. Comme la Wolf est chez le directeur, il m'a fait appeler pour me demander de regrouper tous les malades VIH autour de ton bureau, dans le fond du service. Il avait un drôle d'air. Que se passe-t-il ?

Bernard ne répond pas et reste immobile, le regard fixe, sa tasse de café à la main.

— Secoue-toi ! Tu es à la masse ou quoi ?

Il boit en silence, puis consent à lui raconter son déjeuner et l'entrevue qui a suivi, avec Graveline. Il lui dit son désespoir et son envie de fuite. Il avait imaginé que le patron refusait...

Elle comprend et s'inquiète :

— Il accepte ! Il est d'accord ! Seulement, tu vas te mettre tout le monde à dos, mon pauvre chéri.

— Tout le monde, sauf nos malades.

Juliette a l'air dubitatif.

— Personne n'acceptera de ne travailler *que* pour eux. C'est déjà un boulot difficile. Il faut panacher un peu, sinon ce sera une galère.

— Je demanderai des volontaires.

— La Wolf ne va pas te faciliter la tâche...

— On verra bien. En désespoir de cause, si les gens y mettent trop de mauvaise volonté, je n'insisterai pas, je m'en irai. Ce que tu dois bien comprendre, ma chérie, c'est qu'il est hors de question pour moi de continuer à bosser dans les conditions actuelles. C'est trop grave. Il faut que je puisse vraiment surveiller mes malades et les traiter à ma façon. Tu comprends ?

Ce plaidoyer laisse Juliette songeuse. Elle se rend compte tout à coup qu'une seule chose compte vraiment pour elle : garder Bernard à l'hôpital. Qu'il ait tort ou raison, peu lui importe. Il faut l'empêcher de partir. Elle ne peut plus se passer de lui.

Ensemble, ils remontent vers le service. Dans l'ascenseur, ils échangent un baiser furtif, puis il court se réfugier dans son bureau, refusant d'assister au chambardement qu'il a provoqué : les femmes de service déplacent des sacs, des literies ; les malades sont debout dans le couloir, hagards, leurs affaires personnelles sur les bras, ne comprenant rien à ce déménagement dont personne n'a jugé bon de leur expliquer les raisons ; des brancards, des fauteuils roulants ont été réquisitionnés pour déplacer les impotents ; on ferme des chambres condamnées à la désinfection. Partout, les vaporisateurs à formol entrent en action.

Revenue de la direction, la surveillante s'enferme un long moment chez le patron. Elle en ressort le visage crispé de rage. Elle parcourt le couloir au pas de charge, sans voir qui que ce soit — ni les entrants qui hésitent et se demandent quel sera leur sort dans ce service en révolution, ni les consultants anxieux qui ne savent à qui s'adresser, ni les infirmières furibondes qui s'affairent avec leurs chariots à médicaments à la recherche des nouveaux numéros de chambre.

Obsédée par sa colère, elle fonce vers le bureau de celui qui est en train de bouleverser son univers, un univers devenu sa raison d'être.

Bernard a eu le temps de reprendre ses esprits. Il met à jour le numérotage de ses dossiers, sa porte grande ouverte, pour ne pas être accusé de se protéger du cataclysme qu'il a provoqué. Louise Wolf entre comme un ouragan et s'assoit en face de lui, raide, tendue, les mains sur les genoux, les coudes en l'air. Il sait déjà ce qu'il va entendre et, résigné, lève vers elle des yeux innocents.

Cherchant les phrases qui font mal, elle se tait encore un moment, prenant son élan. Ils s'affrontent du regard, comme deux animaux de combat.

Bernard en profite pour la détailler sans vergogne. Elle doit amidonner sa blouse elle-même, comme les vieilles infirmières d'autrefois. Ses cheveux courts sont laqués et sa barrette d'écaille posée bien droite, perpendiculaire à la mèche. Le maquillage de ses yeux est discret, accentuant seulement l'acuité des prunelles noires. Un rouge à peine teinté dessine une bouche grande et ferme, aux lèvres effacées aujourd'hui par une moue amère. Il l'imagine dans sa boîte de nuit, coiffée d'une perruque rousse.

— Monsieur Moreuil...

— Vous pouvez m'appeler Bernard, maintenant que nous nous connaissons mieux.

— Je vous appelle par votre nom et n'ai pas l'intention d'inaugurer aujourd'hui une familiarité hors de propos, au moment où vous brisez l'harmonie de ce service.

Bernard, résigné, se laisse tomber dans le fond de son fauteuil et pose son stylo. Elle continue :

— J'ai tout compris. Vous voulez créer un ghetto, un État dans l'État, et saper l'autorité de ceux qui ont pour mission de maintenir un semblant d'ordre.

Vous croyez que c'est facile, de faire marcher le personnel ? Les gens qui travaillent ici ne vont pas se plaindre. Ils n'oseraient pas. Mais vous allez voir : les arrêts maladie, les gosses qui multiplieront rougeoles, otites, indigestions...

Bernard proteste :

— Tout ça n'aura qu'un temps. Les gens s'habitueront, et même, à terme, finiront par admettre, comme vous, qu'avec la nouvelle organisation la vie sera plus facile.

— En attendant, je vous préviens que, pour autant, nous ne sombrerons pas dans le laxisme. En particulier pour les prescriptions. Le patron vient de me le recommander une fois encore. S'il a cédé sur vos exigences, en revanche il reste ferme sur les médicaments. En dehors des produits spécifiques pour... destinés à... dans votre spécialité...

Bernard lui coupe la parole. Il se venge en lui faisant perdre le fil de son discours :

— Pourquoi êtes-vous si mal à l'aise pour parler de cette maladie ? Il n'est pourtant pas difficile de dire « les personnes touchées par le VIH » !

Décontenancée, elle ne sait plus comment poursuivre. Il en profite :

— Écoutez-moi, madame Wolf. J'ai conscience de perturber l'ordre établi, mais ce n'est pas par plaisir. Les récents événements m'ont amené à penser qu'il nous fallait simplifier la gestion médicale du secteur qui m'a été confié et j'ai souhaité en prendre la responsabilité totale. C'est tout ! Je veux être plus près de mes malades, les suivre à chaque instant. Vous venez de voir comme il est utile de ne pas hésiter à soulever un pansement.

Elle se met à bafouiller :

— C'est bien ce que vous... ce que je... Je pensais que vous... D'ailleurs, j'ai dit au patron...

Bernard commence à s'énerver. Penché en avant, d'une voix sèche, il lui coupe la parole à nouveau :

— Ça suffit maintenant ! Écoutez-moi. Il serait temps que vous preniez conscience du phénomène sociologique que représente cette pandémie. Ces malades constituent une minorité cohérente. Une minorité malheureuse. Et, à notre époque, Dieu merci, il existe un droit des minorités !

Comme elle le considère d'un air ironique, il se décide à frapper plus fort :

— Vous aussi, madame Wolf, vous appartenez à une minorité brimée, méprisée, menacée. Vous vivez l'exclusion au quotidien. Le Pr Graveline exerce sur vous un véritable chantage à la discrétion : « Obéissez, ou je dis tout ! » Et vous obéissez. N'est-ce pas vrai ? N'est-ce pas insupportable ?

Stupéfaite qu'il sache, elle est devenue blême et sa lèvre inférieure tremble. Ses yeux sont embués de larmes. Sans pitié, Bernard continue, convaincu qu'il doit crever l'abcès, une bonne fois pour toutes :

— Homo ou hétéro, chacun vit ses amours comme il peut. Ce n'est facile pour personne. Aujourd'hui, on s'en fout, madame Wolf, des dictateurs machos bardés de certitudes !

Incapable de prononcer une parole, elle le regarde comme s'il était devenu une sorte d'extraterrestre.

Soulagé, Bernard enchaîne, plus calme :

— Le patron doit rester dans son bureau s'il n'est plus capable de soigner ces maladies nouvelles. Ni les anciennes d'ailleurs, qui justifient des thérapeutiques et des méthodes qu'il ne maîtrise plus. Les compétences de cet homme s'orientent vers la politique. Tant mieux pour lui ! Qu'il préside le conseil d'administration de cet hôpital, O.K. ! Qu'il baigne dans les luttes d'influence et les querelles intestines, O.K. ! Il n'y réussit pas mal, dit-on, bravo ! Moi, j'ai une autre tâche. *Nous* avons une autre tâche : soigner des malades, ce que personne d'autre n'est capable d'assumer à notre place.

Ce *nous* agit comme une bouffée d'air pur sur la surveillante. Elle commence enfin à comprendre que Bernard lui propose de changer de camp.

Conscient de l'évolution qui s'opère en elle, il pousse son avantage :

— J'ai besoin de vous, de votre savoir, de votre poids. Ne me suspectez plus de perversion mentale et arrêtez de me mettre des bâtons dans les roues. Ensemble, nous ferons, j'en suis sûr, du bon travail et nous donnerons à ces gens qui nous font confiance de nouvelles raisons d'espérer...

Elle reste un moment silencieuse. Et, dans un ultime sursaut d'autorité, elle conclut, en se levant, que le règlement intérieur demeurera le même pour les deux parties du service, mais elle manque de conviction. Le cœur n'y est plus.

Ils quittent le bureau de concert et Bernard a le dernier mot en affirmant, comme s'il voulait s'en convaincre :

— Je suis heureux que nous soyons en harmonie, madame Wolf.

Puis il se dirige d'un pas décidé vers la nouvelle chambre de Grégorio.

Celui-ci paraît épuisé par son déménagement. Allongé comme un gisant, il a le souffle court, les yeux fermés et parle en bougeant à peine ses lèvres décolorées. Ses pommettes tendent une peau cireuse presque transparente. Son visage semble avoir perdu toute chair. Pourtant, il ébauche un soupçon de sourire quand Bernard s'assoit dans le fauteuil à côté de son lit et lui prend la main.

— Bravo, toubib, tu commences à t'imposer !

— N'insiste pas trop là-dessus, mes goûts d'indépendance ne font pas l'unanimité.

— Tu t'en tapes, de ce que pensent les autres. L'important, c'est que tu aies les mains libres pour nous faire crever avec les méthodes les plus récentes, à l'abri des regards.

— *Cool,* Grégo ! Ton nouveau traitement est lourd et épuisant, je le sais. Mais j'ai une bonne nouvelle. Ta charge virale a baissé. Peu, mais les chiffres sont indiscutables. Mieux encore, tes T4 ont remonté, alors que tous les examens précédents montraient une chute progressive.

— En somme, je vais finir par mourir en bien meilleur état.

— Mon vieux, permets-moi de te dire que cette formule est éculée. Si je ne suis pas encore en mesure de te garantir la guérison, je te jure que jamais tu n'as été aussi près de remonter la pente.

— Siffle, beau merle, disait ma grand-mère.

Bernard rit.

— Si tu ne prenais pas autant de saloperies en cachette, tu te sentirais peut-être mieux.

Grégorio tourne lentement la tête vers le médecin.

— Ah ! je t'en prie. Ne recommence pas. Tu as réussi à nous regrouper, je te félicite. Pour le reste...

Il décolle sa main du lit et, du bout des doigts, mime un bec de canard.

Bernard se lève et, au moment de sortir, le regarde longuement, conscient d'entamer avec la mort une dramatique course de vitesse. Pour la première fois, il possède une arme efficace contre le virus. Mais personne ne peut dire lequel des deux sera le plus rapide.

— Accroche-toi, mec !

— Je fais ce que je peux. Ne lâche pas prise non plus.

— J'ai besoin de toi pour prouver au patron que la trithérapie est efficace.

— Même dans les cas désespérés ? Tu as raison, il faut l'impressionner, ce vieux débile. Rien que pour ça, je vais essayer d'aller mieux !

Bernard sort et referme la porte, le cœur serré. Comment, au stade où il en est, ce garçon parvient-il à conserver son sens de l'humour ? Leur relation ne ressemble à aucune autre. La confiance que Grégorio lui manifeste, en dépit de son goût immodéré pour la dérision, l'encourage à lutter plus encore. N'est-ce pas un peu à cause de lui que ce bras de fer a été engagé avec le patron, et que Bernard n'a pas cédé à l'envie de s'enfuir?

Dans la partie du service où ses patients ont été regroupés, l'ambiance a changé. Les visiteurs et les étudiants sont plus nombreux. Les volontaires d'AIDES s'y retrouvent dans une convivialité nouvelle. Cette activité fébrile, malgré l'agitation qu'elle génère, est bénéfique, c'est certain.

Mais que de bruit!

Réclamant le passage à haute voix, Mme Bardin, une des femmes de service, pousse le fauteuil roulant d'un malade emmitouflé. Ils reviennent de la radiologie. Comme Bernard s'approche, elle abandonne le fauteuil.

— J'vous l'laisse, bougonne-t-elle en s'éloignant.

Elle fait partie, il le sait, du lot des opposantes, de celles qui répugnent à s'occuper de ces patients. Bernard écarte la couverture et découvre le visage torturé de Simon Bérelman. Son état empire. Sur ses genoux, on a coincé le cliché pulmonaire qui vient d'être pris. Bernard l'examine en le levant vers le plafonnier. Le résultat est décevant.

— Rien de nouveau sur la radio, Simon. L'image est stationnaire. Il faut plus de temps pour qu'une régression soit détectable.

La bouche au pli amer du malade exprime son désespoir.

— J'en ai marre! souffle-t-il, dans un véritable effort. Cette douleur dans le dos est insupportable. Elle me monte jusque dans la tête.

— On va te recoucher!

— C'est encore plus douloureux au lit.

— Je vais te donner des calmants plus forts.

— C'est sympa, merci.

Maintenant qu'il est seul dans son secteur, Bernard ne se déplace plus qu'avec les poches pleines d'ampoules et de cachets. Il a retrouvé, à la pharmacie de l'hôpital, un vieux copain d'internat avec lequel il a partagé, autrefois, de mémorables chahuts. Au nom de cette complicité d'antan, il obtient tout ce qu'il veut et le secret est bien gardé.

Les intéressés ne savent même pas ce qu'il ajoute à leurs prescriptions habituelles, mais les visages se détendent et personne ne pose de questions.

Simon rassuré, il pousse son fauteuil jusque dans la chambre où deux femmes font le ménage.

— Pouvez-vous m'aider à l'installer ? demande-t-il d'une voix douce.

Il a compris qu'il ne servait à rien de crier et il tente, par la gentillesse et la persuasion, d'obtenir une efficacité des soins fondée plus sur la sympathie que sur l'obéissance.

Elles ouvrent le lit, y déplient une grande alèse jetable et viennent prendre le pauvre Simon au bord de l'évanouissement. Elles enlèvent la couverture qui le recouvre et saisissent, chacune par un côté, le corps nu, décharné, qui ne survit que par miracle.

En les voyant procéder, Bernard a un haut-le-cœur. Il découvre que son patient a été assis nu sur le fauteuil de moleskine, sans sous-vêtements. Son dos et son postérieur couverts d'escarres sont collés au plastique. Des lambeaux de croûtes se détachent quand les femmes le soulèvent et les plaies se mettent à saigner...

— Quelle honte ! s'indigne-t-il à mi-voix. Vous n'auriez pas pu mettre un drap sur le fauteuil ? Pourquoi n'a-t-il pas de pansements ?

— C'est pas nous qui l'avons emmené, répond la plus grosse sans se formaliser ni manifester le moindre regret. Et puis, les soins, c'est pas notre boulot !

Bernard, une fois de plus, doit renoncer à se fâcher. Il n'a aucun pouvoir sur le personnel de service et il le sait. Réprimant la colère qui lui gonfle la gorge, il fait demi-tour en silence.

Adoptant résolument une attitude de chef de service, il se dirige au pas de charge vers le bureau de la surveillante qui l'accueille avec réticence. Indifférent à cette hostilité flagrante, il n'y va pas par quatre chemins :

— Madame Wolf, devant le nombre croissant des hospitalisés concernés par le VIH, j'ai décidé d'organiser une réunion hebdomadaire avec tous ceux qui travaillent au contact de ces malades. Comme dans tous les autres services spécialisés, il faut créer un espace de parole où chacun pourra s'exprimer librement. La prise en charge psychologique des individus — soignés et soignants — est devenue indispensable.

Stupéfaite par ce discours imprévu, elle baisse la tête. Il en profite pour aller plus loin :

— Je voudrais que nous commencions dès aujourd'hui, pour que tout le monde s'habitue à cette idée. Soyez assez aimable pour faire en sorte que le personnel soit réuni dans la bibliothèque à midi. J'expliquerai ce qu'il en est.

— Tout le monde ?

— Infirmières, filles de salle, aides-soignantes, étudiants... tous ceux qui voudront.

Il faudra, pense Bernard, s'adjoindre prochainement la compétence d'un psychologue, mais le patron et le directeur de l'hôpital accepteront-ils de payer des vacations supplémentaires ? Ne pas tout demander à la fois. Patienter et remettre cette question à plus tard.

Sans en dire plus, il quitte la surveillante éberluée et disparaît dans son bureau.

Louise Wolf reste perplexe. Elle est pourtant séduite par cette idée de réunion. Elle a toujours déploré que le patron n'organise pas un de ces « staffs » du samedi matin qui donnent l'occasion aux chefs de service traditionnels d'afficher leur brillante culture générale. Elle se souvient avec émotion de l'époque où, jeune élève à Paris, elle était en stage chez un grand patron de rhumatologie qui projetait chaque fin de semaine ses photos d'églises romanes à ses assistants pâmés !

Elle passe donc sa matinée à battre le rappel et, à midi, tous — ou presque — sont là. Certes, des infirmières manquent. Elles ont (ou se sont inventé) des occupations plus urgentes. La plupart des femmes de service n'imaginent pas un seul instant l'utilité, pour elles, de ce genre d'échange, alors qu'elles sont les premières concernées. Qu'importe ! Il faut bien commencer un jour, et c'est à Bernard de rendre la réunion suffisamment intéressante pour susciter l'assiduité.

La vieille Mme Bardin est la première arrivée. Au bord de la retraite et bien décidée à ne plus se fatiguer « pour c'qu'on m'paye », elle ne manque jamais une occasion de lever le pied. Dans la petite bibliothèque où Bernard attend déjà, elle est assise, sereine et d'une inaltérable bonne humeur narquoise.

Arrivent ensuite Louise Wolf, Juliette, deux jeunes infirmières de l'école, des étudiants et l'interne nouvellement nommé, un bellâtre de bonne famille qui s'intéresse plus au sport qu'à la médecine. Il vient par curiosité, l'air dédaigneux et moqueur. Bernard n'est pas dupe. Il regarde sa montre toutes les deux minutes et se décide à prendre la parole à 12 h 10 :

— Merci à tous ceux qui sont là. Tant pis pour les retardataires. Une réunion comme celle-ci aura lieu chaque semaine à la même heure. Au début, vous aurez peut-être l'impression de perdre votre temps, mais ensuite vous en comprendrez tout l'intérêt. Dans une spécialité comme la nôtre, il faut parler. Chacun doit avoir la possibilité de s'exprimer, sans réticence ni retenue — vous comme moi. Aujourd'hui, je vais commencer par faire le point sur les thérapeutiques nouvelles. Notre multithérapie commence à porter ses fruits, même s'il est évident qu'il faudra plusieurs semaines encore avant d'enregistrer des résultats tangibles et quantifiables.

— Quel est le pourcentage habituel de réussite ? demande Juliette, seule prête à prendre des notes.

— D'après les publications les plus récentes, on peut espérer soixante à soixante-dix pour cent de succès.

— Combien de temps durent les... rémissions ? s'enquiert la surveillante qui semble se plier au jeu.

— C'est la grande question, à laquelle personne ne peut encore répondre et qui hante l'esprit de tous. Quoi qu'il en soit, les malades savent que tout sursis est bon à prendre. Le temps gagné sur l'issue fatale donne aux chercheurs des délais pour mettre au point le vaccin ou l'association médicamenteuse qui apportera la victoire définitive. J'insiste aussi sur l'importance de l'observance. Tous, autant que nous sommes, nous devons veiller à ce que les médicaments prescrits soient pris à l'heure dite, à la bonne dose et sans un jour d'interruption. C'est fondamental pour gagner. Du moins, cet espoir doit-il nous motiver.

Il hésite une seconde. Va-t-il laisser libre cours à son ressentiment ? Il ne parvient pas à s'en empêcher et trouve un biais pour l'exprimer :

— Cet espoir justifie que tous nos malades, je dis bien *tous,* soient considérés comme des *guéris* en puissance. Nous n'avons pas le droit de baisser les bras et surtout de leur montrer notre éventuel défaitisme. C'est la raison pour laquelle j'attire votre attention sur la qualité des soins que nous leur devons.

Louise Wolf, se sentant visée, proteste :

— Les soins de ce service sont...

— Parfois lamentables, coupe Bernard, furieux. M. Bérelman est allé à la radio ce matin. Je l'ai vu revenir. Il avait été installé à même le fauteuil, les escarres collées au plastique. C'est honteux !

Un long silence suit ce coup de gueule. Louise

Wolf n'a pas l'habitude de subir un affront sans réagir. Elle rétorque, pincée :

— Tout le monde peut faire une erreur. Dans la précipitation... Nous avons un manque chronique de personnel, vous le savez. Je passe mon temps à me plaindre auprès de la direction, les absents ne sont jamais remplacés !

L'œil froid, Bernard l'écoute sans l'interrompre, puis reprend d'un ton cinglant :

— À son retour de la radio, les deux aides-soignantes qui ont installé ce malade dans son lit l'ont placé de telle façon que son téléphone se trouve du côté de son bras paralysé. L'autre bras étant entravé par la perfusion, comment voulez-vous qu'il prenne l'appareil ? Je me demande si c'est de la négligence, de la mauvaise volonté, de la bêtise ou du sadisme ! J'attends votre réponse.

XVIII

Dans leur chambre, Édouard et Daniel sont malheureux. Une véritable amitié est née entre ces deux garçons que le hasard a réunis à l'hôpital. La trithérapie améliore le premier de façon spectaculaire, tandis que l'état du second continue à empirer. Bernard essaie de les rassurer en leur expliquant que chaque organisme réagit à sa manière et pas toujours aussi vite que celui du voisin. Peine perdue ! Daniel n'y croit pas. Son copain soutient les propos du médecin, sans conviction. Pourtant il utilise tous les arguments, même l'humour :

— Il te faut un peu plus de temps que les autres pour réagir, Dani, c'est tout. D'ailleurs, n'es-tu pas un peu nonchalant de nature ?

— C'est vrai que je suis plutôt paresseux, répond l'autre d'une voix lasse. Je crains que tout cela ne me mène, en fin de compte, à un repos... excessif.

Bernard quitte la chambre en serrant les dents. Il ne peut admettre cet échec. Ce soir il reverra le dossier de Daniel. N'y aurait-il pas une autre manière d'assortir les médicaments ? Il doit relire les publications, chercher un nouveau protocole. « L'obstination est un devoir ! » dit le Pr Montagnier.

Dans la chambre voisine, Tania, au contraire, va mieux. Elle est assise dans son lit et boit un supplément alimentaire.

— C'est bon ? demande Bernard.

— Ouais. Surtout celui à la vanille. Les autres m'écœurent un peu.

Elle repose le récipient de carton et avale un comprimé qu'elle tenait dans le creux de sa main.

— C'est quoi, ça ? demande le médecin, intrigué.

Elle prend un air mutin qu'il ne lui a encore jamais vu.

— Mon jules s'est fait passer pour un toxico repentant auprès d'un médecin de ville qui lui a prescrit du Subutex et il me le refile ! Mais tu ne le racontes à personne, hein ?

Les mains dans les poches, Bernard sent ses propres plaquettes de comprimés clandestins et ne dit rien. Il sourit pour que Tania comprenne qu'il ne lui en veut pas et va même jusqu'à préciser :

— Il ne faut pas l'avaler. Tu dois le laisser fondre sous la langue.

— Ah bon, je ne savais pas.

Cette complicité met la jeune femme en joie. Jamais il n'a vu sur son visage une telle expression de bonheur.

Il passe, avec un peu d'angoisse, dans la chambre voisine, celle de Grégorio, dont l'état général tarde également à s'améliorer, contrairement aux résultats biologiques.

Il le trouve avachi dans son lit, une moue amère sur le visage.

— Pourtant ta charge virale continue de baisser, c'est indéniable.

— Je suis toujours aussi crevé.

— Il y a un retard clinique évident, mais il est impossible que l'amélioration ne se manifeste pas.

On frappe à la porte et un visiteur apparaît. C'est un beau garçon ténébreux, d'une élégance un peu voyante, qui hésite et s'excuse :

— Ne vous dérangez pas, je peux attendre dans le couloir un moment.

— Mais non, proteste Bernard. J'allais m'en aller.

Grégorio confirme en se redressant et en clamant d'une voix soudain raffermie :

— Merci de ta visite, toubib. Entre, Rachid.

Bernard se lève et, avant de sortir, se penche à l'oreille de son patient pour lui chuchoter :

— Si j'en crois le nombre et la qualité de tes visiteurs, ton état s'améliore plus que tu ne le prétends.

— Ne te fie pas aux apparences. C'est le chant du cygne !

Le sourire qui accompagne ces derniers mots prouve aussi que le moral de Grégorio est meilleur qu'il ne l'avoue. Bernard s'efface devant le beau jeune homme qui entre en ondulant, parmi les effluves d'un parfum oriental.

Dans le couloir, Bernard aperçoit Graveline. Il se dirige vers son patron, qui lui tend la main.

— Alors, Moreuil, satisfait de votre autonomie ?

— Tout à fait, monsieur. Je vous en remercie. La maîtrise médicale de cette population à risques devient plus facile ainsi.

Graveline hoche la tête.

— En ce qui me concerne, cette nouvelle organisation est un progrès, et je vais vous expliquer pourquoi.

Le professeur a repris son ton supérieur habituel, mais avec une très discrète nuance d'ironie, comme pour montrer qu'il ne se prend pas tout à fait au sérieux. Bernard sourit intérieurement : cette autodérision apparente n'est-elle pas encore de la comédie ? Graveline ne joue-t-il pas, une fois de plus, un rôle qui le valorise ?

Le patron, l'œil rivé à ses ongles, continue sur le même ton :

— Depuis votre leçon sur les fonctions d'un chef de service, je me suis rendu compte que vous aviez raison. Au fond, je trouve très reposant de ne plus avoir à passer de chambre en chambre. J'ai même demandé à Vignat de venir plus souvent dans le service pour prendre en charge les patients dont vous ne vous occupez pas. Vous êtes amis, n'est-ce pas ?

— De longue date, monsieur.

Graveline rit et adopte un ton administratif pour continuer :

— La réforme hospitalière a créé tant de commissions nouvelles auxquelles je me dois de participer que je ne sais plus où donner de la tête ! Sans vous, je me demande comment j'aurais pu faire... Vous traitez vos chers sidéens à votre manière, et moi, j'ai plus de temps pour mes administrés. Que demande le peuple ?

Bernard s'abstient de répliquer. Comme ce serait bien s'il était vraiment libre de s'occuper de ses malades à sa manière ! Il reste rêveur tandis que son patron s'éloigne, désinvolte, en lui faisant un petit geste d'adieu par-dessus l'épaule.

Cet homme lui inspire des sentiments complexes. Pourquoi cherche-t-il en permanence à se valoriser aux yeux de ses collaborateurs ? Cette parodie d'autorité perpétuellement renouvelée ne trompe pourtant personne. Pourquoi vouloir toujours impressionner des gens qui sont assez grands pour se faire leur propre opinion ? Pourquoi rappeler Vignat dans le service ? Pour espionner le secteur sida ?

Il s'en faudrait de peu que Bernard ne se laisse aller à philosopher sur les méfaits du pouvoir...

Devant l'« usine », l'inspecteur Lechêne stoppe sa voiture à la hauteur de la BM de Bernard. Il griffonne un message sur un morceau de papier qu'il coince dans la poignée du frein. Puis il démarre, suivi du regard par les jeunes Beurs qui font du roller et sautent par-dessus des murets de parpaings. De son pavillon, le RMiste de service qui surveille l'entrée du loft se garde bien de manifester sa présence aux yeux du flic.

À l'intérieur, Juliette et Bernard sont étendus sur le lit dévasté. Apaisés, ils reviennent lentement à la vie sur un fond musical très tendre. Il lui caresse les cheveux et lui murmure :

— Je n'ai jamais osé te demander comment tu parviens à te libérer le soir, à cette heure-ci.

— J'ai dit à Claude que j'avais été nommée répétitrice à l'école d'infirmières et que j'allais faire réviser les filles une heure ou deux après mon service à l'hôpital. En plus, c'est vrai. J'ai bien été nommée, mais ma présence est réduite. J'y vais...

— ... quand je ne peux pas revenir à l'heure qui te convient, complète-t-il avec un sourire en coin.

— Tu as deviné !

Ils ponctuent leurs phrases par des baisers qui les font ressembler à deux oiseaux au printemps. Bernard paraît heureux mais, par moments, son regard se perd dans les hauteurs de la charpente.

— C'est la venue de Vignat dans le service qui te rend aussi songeur ? demande-t-elle en se blottissant contre son épaule.

— J'avoue ne savoir que penser, grogne-t-il.

Les deux garçons sont unis par leur passé de carabins mais ils n'ont jamais été intimement liés. Vignat menait une existence différente, n'appréciant guère la musique et ne venant dans le groupe, semble-t-il, que pour l'amour de la belle Juliette...

Bernard comprend mal l'opportunité d'un tel changement. Elle non plus :

— J'aimais mieux le savoir au quatrième.

— Peut-être a-t-il deviné ce qu'il en est pour nous et veut-il tenter sa chance, lui aussi ?

— Mon Dieu, quelle horreur ! La seule idée de ses mains sur moi me révulse.

— Pourquoi ? Il se pâme d'amour pour toi depuis la nuit des temps.

— Penser qu'il puisse m'embrasser me répugne. Ces dents mal plantées, ces mains pas nettes, ces yeux globuleux derrière ces demi-lorgnons cerclés de fer... Il me dégoûte.

Bernard éclate de rire et chausse ses lunettes.

— Et moi, je ne te dégoûte pas ?

Elle se jette à son cou.

— Mon amour... Si tu savais comme les week-ends avec mon mari m'insupportent maintenant ! Par chance, nous sommes allés voir les enfants, dimanche. Ils font diversion. En revanche, il me faut subir les sermons moralisateurs qu'il ne cesse de leur infliger. Le devoir, l'ordre, le respect, il n'a que ces mots-là à la bouche. C'est odieux. Il est en permanente campagne électorale. On dirait qu'il rode ses discours. Finalement, je pense que, pour eux, c'est une chance d'être dans un collège aussi éloigné.

— Entre ton mari et Vignat, nous sommes cernés ! Il va falloir nous tenir à carreau. Je vais désormais éviter de te regarder pour qu'ils ne puissent pas deviner l'amour qui illumine mes yeux.

Le ton emphatique de cette dernière phrase fait rire Juliette, qui se lève et se rhabille à la hâte pendant que son amant, vêtu de son seul peignoir, file au piano et se lance dans un *Muscat Ramble* d'enfer.

Quand elle sort, la nuit est tombée. Ils s'embrassent une dernière fois, sous l'œil goguenard des jeunes patineurs qui attendent un peu plus loin, assis sur un mur de pierre. Elle rejoint sa Twingo et démarre, tandis que, par la vitre baissée, sa main s'agite pour un adieu. Adieu répété dans un ensemble touchant par les enfants qui la regardent s'éloigner. Puis ils sautent du muret et courent vers Bernard. Ils l'embrassent un à un et entrent dans la maison où les échos du même *Muscat* reprennent aussitôt, interprétés à la trompette, au trombone, puis à la batterie.

Bernard reste sur le pas de la porte jusqu'à ce que la voiture ait disparu. Ses yeux se posent alors sur sa moto et il aperçoit le message du policier. Il le prend et lit :

« Demain, déjeuner à la brasserie de la Gare. » Et c'est signé d'un simple dessin : un arbre.

XIX

La grande brasserie est toujours aussi bruyante, Lechêne est toujours assis dans le même angle de la salle, où sa place doit lui être réservée, et il a l'air toujours aussi jovial.

Il se lève pour serrer la main du médecin et engage la conversation sans attendre :

— Tout va bien, cher docteur ? L'humanité souffrante est entre de bonnes mains ?

— Bonnes ? Je ne sais pas. Elles font ce qu'elles peuvent.

— Choucroute et bière, comme d'habitude ?

— Oui, mais cette fois, c'est moi qui invite.

— Si vous voulez, répond l'inspecteur en faisant un signe de connivence au maître d'hôtel qui opine d'un hochement de tête et transmet la commande à la cuisine. Maintenant que vous êtes quasiment chef de service, continue-t-il, vous pouvez vous livrer à des dépenses somptuaires !

— Comment le savez-vous ?

— Les murs ont des oreilles et un bon policier ne lâche jamais sa proie.

Bernard se rembrunit.

— C'est moi, votre proie ?

— Vous savez bien que non. J'ai déjà fait amende honorable ici même. Ne me forcez pas à recommencer. Mon boulot, c'est de chasser le dealer, et vous n'en êtes pas un. Seulement, je m'informe. Et je découvre des choses...

Bernard préfère ne pas répondre. Le silence se prolonge pendant que le serveur dépose assiettes et bières.

— À votre santé ! lance Lechêne en levant sa chope. Allons, docteur, quittez cet air chagrin. Dans la vie, il faut tout prendre avec humour !

Bernard ne bouge pas. Il jette à son interlocuteur un coup d'œil furieux. L'autre en est conscient et proteste :

— Je plaisante ! Ne vous croyez pas sous surveillance. Il n'en est rien. Je vous en donne ma parole. Buvons à l'amitié.

Bernard ébauche un sourire et trinque mollement. Puis ils commencent à manger. N'y tenant plus, il revient à la charge :

— Je ne suis pas sous surveillance, mais vous en savez plus que vous voulez bien le dire.

— L'histoire est toute simple. L'autre jour, nous avons arrêté, en flagrant délit, un jeune dealer qui quittait l'hosto à la tombée de la nuit avec cent grammes de poudre planqués dans une bouteille Thermos.

— Bravo ! Et alors ?

— Nous l'avons interrogé.

— Interrogatoire musclé, je suppose.

Lechêne arbore son sourire professionnel qui découvre ses dents acérées.

— Vous tenez à être désagréable. Je vous fais remarquer que vous n'en avez pas le droit.

— Ah bon, et pourquoi ?

— Parce que je suis votre invité. C'est vous qui l'avez dit. Les lois de l'hospitalité interdisent à l'hôte d'être agressif.

Bernard sourit, désarmé, laissant Lechêne continuer :

— Bref, je ne sais pas comment s'est déroulé l'interrogatoire, puisque je n'y assistais pas, mais ce brave garçon a raconté qu'il se fournissait à l'hôpital, au cinquième étage...

Bernard sent la sueur lui couler entre les omoplates.

— Mon Dieu, nous y voilà de nouveau !

— Vous vous souvenez que je vous avais prévenu.

— Je les surveille, je les ai regroupés — vous le savez —, mais c'est vrai que, la nuit, il m'arrive de dormir !

— Je ne vous fais aucun reproche, docteur. Je viens seulement vous prévenir que, si vous n'intervenez pas, mes collègues des stups vont débarquer au cinquième, un de ces jours, pour embarquer l'un ou l'autre de vos malades. Voilà pourquoi j'ai tenu à vous rencontrer discrètement, encore une fois.

Bernard frémit à l'idée que l'enquête va recommencer. Des flics traîneront de nouveau dans le service. Il faudra les affronter, discuter, négocier. Comme ce serait bien de n'avoir que des problèmes médicaux à régler ! Il ose à peine formuler la question qui l'obsède :

— Vous parlez de mettre la main sur un coupable. Vous soupçonnez quelqu'un en particulier ?

— C'est plus qu'un soupçon, une certitude.

Bernard se mord les lèvres. La sueur froide lui atteint le bas des reins. Il se hasarde :

— Je... peux savoir de qui il s'agit ?

L'inspecteur Lechêne, en excellent comédien, ne résiste pas au plaisir de maintenir le suspense quelques secondes encore. Il fouille dans la poche intérieure de son blouson et, comme dans un vieux polar de série B, en sort un carnet noir usé, fermé par un élastique. Il lit enfin :

— Grégoire Vallejo ! Vous voyez qui c'est ?

Bernard repose sa fourchette, bouche bée.

— Attendez ! Vous êtes en train de me dire que Grégorio vend de la came dans l'hôpital ? À ses visiteurs ? Vous en êtes certain ?

— C'est, hélas, la vérité, mon pauvre docteur. Je suppose qu'il en vend également aux malades hospitalisés, mais cela ne doit pas lui suffire.

Bernard ferme les yeux. Il revoit défiler tous ces

gens qui viennent rendre visite à Grégorio. Et dire qu'il s'en réjouissait ! Il s'était bien rendu compte que, malgré ses dénégations, son patient allait mieux. Qui aurait pu imaginer que cette amélioration lui permettrait de faire du commerce ? Et quel commerce !

L'inspecteur, impitoyable, continue :

— Lorsque nous avons reçu cette information, un de nos jeunes inspecteurs est allé faire un tour dans votre service.

— Sans mon autorisation ?

— Il s'agissait simplement de jeter un coup d'œil. Juste pour s'assurer que cette dénonciation était vraisemblable. De loin, il a vu votre Vallejo et tout le remue-ménage qui l'entoure. Sa conviction a été vite établie. Il faut être aussi aveugle qu'un médecin pour ne pas s'en être rendu compte.

Bernard ne parvient pas à croire ce qu'il entend. Meurtri, il se tait, le visage fermé, hostile.

Lechêne poursuit, d'une voix devenue très douce :

— Je n'ai pas l'intention — pour le moment — d'intervenir contre cet hospitalisé. Ce n'est pas lui qui m'intéresse, mais son fournisseur. Depuis Basile et le père Carboni, la question qui se pose est toujours la même. Qui est le fournisseur ?

— Vous avez raison. Il faut bien que quelqu'un lui apporte la marchandise, convient Bernard. Il ne quitte pas l'étage, c'est une certitude.

— Voilà pourquoi, cher docteur, j'ai besoin de vous. Il faut m'aider. Je suis persuadé que votre malade ne participe pas à ce trafic de gaieté de cœur. Le mécanisme est toujours le même : le dealer fournit la dope à un consommateur en lui faisant crédit. L'autre finit par avoir des dettes qui dépassent ses possibilités de remboursement. Son créancier le force à devenir dealer à son tour sous la menace.

Devant l'air sinistre de Bernard, Lechêne se sent obligé d'atténuer ses propos :

— Grégoire Vallejo n'est qu'un minime chaînon

dans un réseau dont vous et moi n'imaginons sans doute pas l'ampleur. C'est ce réseau que je veux démanteler. En tant que délinquant, votre malade ne m'intéresse pas.

Bernard reste muet. Lechêne insiste :

— Aidez-moi à mettre le ou les voyous sous les verrous. Vous rendrez service à votre protégé. Vous avez le marché en main, mais le temps presse.

Bernard se remet à manger, sans appétit. L'idée même de ce marché lui lève le cœur.

— Encore faudrait-il être sûr...

— Sûr de quoi ?

— Que Grégorio sortira indemne de toute cette affaire. N'allez-vous pas vous retourner contre lui quand vous aurez coincé toute la filière ?

— Il n'en est que l'infime extrémité. Le dernier chaînon.

— Justement ! Sera-t-il épargné ? Êtes-vous prêt à m'en faire la promesse ?

Lechêne hésite à répondre. Il torche son assiette à grands coups de pain, puis s'arrête brusquement.

— Ce qui nous importe, à nous policiers, c'est de serrer celui qui dirige l'opération. Je suis convaincu que Carboni et Basile n'étaient que des comparses d'une seule et même organisation toujours en activité, cachée quelque part dans cette immense bâtisse. Alors je me fous de ce Vallejo dont les jours, de toute façon, sont comptés. Ceux qui m'intéressent, ce sont les gens qui agissent au-dessus de lui et qui pourrissent la vie de cet hôpital — et peut-être même d'autres. Or, j'ai fini par réaliser que nous, les flics, avec nos gros sabots, nous sommes totalement inefficaces dans un établissement hospitalier. Le précédent épisode a été riche d'enseignement. N'ayez crainte, j'ai compris nos erreurs. C'est pourquoi j'ai besoin de votre aide, car je sais combien vous êtes attaché à vos malades. En échange, pour votre Grégorio, je vous promets... de faire tout ce qui sera possible. Dans son état, à mon sens, il bénéficiera de l'indulgence de la justice. N'est-il pas condamné par avance ?

Bernard ne répond rien. Il note tout de même que le policier ne s'est engagé qu'à *essayer* d'épargner Grégorio.

Sur le chemin de l'hôpital, Bernard est assailli par un tourbillon d'idées sinistres. La révélation des activités illégales et clandestines de Grégorio le désespère. Outre leur caractère criminel, elles mettent en péril la relation amicale qui s'est créée entre eux. Peut-on se sentir proche d'un individu qui se livre à un trafic aussi méprisable ? Le doute l'envahit : Grégorio est-il un fourbe, un manipulateur ou une victime ? Ou bien les trois à la fois ?

Bernard est obligé de reconnaître la séduction qu'exerce sur lui ce garçon. Il lui envie sa beauté, son élégance, sa culture, son autodérision permanente, sa drôlerie — toutes qualités qu'il aimerait tant posséder. Il le revoit, il y a quelques jours, citant Jankélévitch : « L'humour est le sourire de la raison. »

Mais, sous cet humour de façade, ne cache-t-il pas une intolérable dose de cynisme qui le conduit à distribuer la mort sans scrupules ? On ne peut pas être ami avec un distributeur de mort.

Au cinquième, il voit deux infirmiers sortir Bérelman de sa chambre. Un drap est rabattu sur son visage. Poussant le brancard, ils parcourent le couloir devenu subitement silencieux. Bernard reste figé sur place et ferme les yeux, atterré. Au passage, il pose une main affectueuse sur l'épaule du cadavre. Tania, debout sur le pas de sa porte, se signe. D'autres patients, prévenus on ne sait comment, sont là aussi et font de même. C'est comme si Bérelman passait une dernière fois ses troupes en revue — des troupes condamnées à le suivre dans un avenir plus ou moins proche. Édouard ferme la porte de sa chambre, pour que Daniel ne puisse rien voir... Grégorio est appuyé au mur, une main dans la poche, l'autre tenant sa potence à perfusion. Il suit d'un regard lourd le brancard qui disparaît vers le monte-malade, puis baisse les yeux, imaginant sans doute son destin annoncé.

Juliette débarrasse une brassée de linge, tandis que deux employés la remplacent pour installer l'appareil à formol.

Bernard lui fait signe de le rejoindre dans son bureau.

Juliette s'est arrêtée à l'entrée du cabinet, surprise par le décor rénové : la table de bois blanc a été remplacée par un vrai bureau en simili-acajou, assorti à une bibliothèque vitrée où des livres sont soigneusement rangés. Une lampe à abat-jour dispense une lumière douce et des sièges confortables tendent les bras.

Bernard est insensible à ce luxe nouveau. Il a mauvaise mine et ses traits n'ont plus rien d'enfantin. Ses cheveux en bataille et les cernes qui soulignent ses yeux tristes témoignent de l'angoisse qui le ronge. Il essuie ses lunettes avec une nervosité inhabituelle tandis qu'il raconte ce qu'il vient d'apprendre.

Interloquée, Juliette ne sait comment réagir.

— Concrètement, que comptes-tu faire ?

Il enfouit son visage dans ses mains.

— Je n'en ai aucune idée. J'aurais envie d'attaquer Grégorio de front, mais j'ai du mal à m'y résoudre. L'affronter risque de pourrir notre relation. Cette relation, j'en ai besoin pour le soigner. Il faut pourtant découvrir qui l'approvisionne. Comme il ne sort jamais de sa chambre, ce ne devrait pas être si difficile. De ton côté, sois vigilante aussi et, sans en avoir l'air, cherche ce qui peut te paraître anormal chez les gens qui circulent autour de lui.

— Tu penses qu'il s'agit des visiteurs ?

— Comment savoir ? Les visiteurs, les autres hospitalisés, les employés, le corps médical même... Tout est possible. Tant de personnes vont et viennent dans ce service !

Il secoue la tête d'un air navré. Après un moment de silence, il reprend :

— À propos, pour ce pauvre Simon, que s'est-il passé ?

— Il est mort avec sa discrétion habituelle. Sans un mot.

Le visage de Bernard se creuse encore.

— J'avais demandé qu'on me prévienne si son état s'aggravait. Bien entendu, personne ne m'a appelé.

Ils se regardent un moment sans rien dire, et c'est lui qui, le premier, traduit leur pensée commune :

— Tu te rends compte de la suspicion permanente dans laquelle nous allons baigner désormais. Pourquoi Simon est-il mort ? Quelqu'un aurait-il eu intérêt à le faire taire ?

Juliette proteste :

— Ne dis pas de bêtises. Souviens-toi de son état. Il était mourant.

— C'est vrai. Mais rien n'interdit d'imaginer qu'il a voulu révéler quelque chose au dernier moment et qu'il en a été empêché.

— Mon Dieu ! Va-t-il falloir vivre en se posant sans cesse de telles questions ?

Ils sortent du bureau et Juliette se sauve vers l'office des infirmières. Le bruit est toujours le même. Le chariot du dîner provoque son tintamarre habituel, mais aujourd'hui Bernard ne le supporte pas :

— Madame Bardin, je vous en supplie, cessez ce vacarme. Je vous l'ai demandé cent fois ! Vous ne faites pas le moins du monde attention. C'est odieux ! Vous m'entendez ? Odieux !

Son coup de sang passé, il s'éloigne, l'air mauvais.

— Il s'est levé du pied gauche, aujourd'hui, notre petit docteur, murmure la femme de service, sans s'émouvoir outre mesure, à l'intention de sa collègue qui doit avoir des problèmes d'audition.

— Qu'est-ce que tu dis ? demande-t-elle en se penchant en avant.

Dans son mouvement, le plateau qu'elle destinait à la chambre suivante bascule et son contenu s'écrase au sol dans un fracas de faïence brisée. À quelques pas de là, Bernard s'immobilise, outré et impuissant. Il ne se retourne même pas. Il reprend sa marche, écœuré.

Subitement, il entre dans la chambre de Grégorio. Il le trouve dans les mains de Verdier, qui lui masse ses longues jambes décharnées.

— Salut, toubib ! lance le jeune homme avec son habituelle gaieté amère. Aujourd'hui, j'ai encore perdu un kilo.

— Tu ne manges rien. Comment veux-tu qu'il en soit autrement ? On dirait que tu cherches à te suicider.

— Arrête ! La vérité, c'est que tu as honte de voir que tes perfusions ne servent à rien.

— Voulez-vous que je vous laisse ? demande Verdier.

— Non, non, continuez, je reviendrai plus tard. J'ai des entrants à examiner.

Dans le couloir, Bernard s'immobilise et considère tous les gens d'un œil nouveau. Parmi eux se trouve celui qui fournit Grégorio. Les femmes de service qui servent le repas, par exemple. En voilà deux qui auraient les moyens de livrer en douce des sachets de dope. Mme Bardin, justement, cette mégère, ne le regarde-t-elle pas par en dessous ? Que cache-t-elle dans les poches de son tablier ? Il ne se trompe pas, elles sont anormalement gonflées. Elle s'apprête à pénétrer dans la chambre d'Édouard et Daniel. Une pulsion haineuse incite Bernard à entrer à sa suite. Les deux garçons le regardent, étonnés, tandis qu'il referme la porte et s'y adosse. La grosse femme reste figée, le plateau en l'air. Bernard sent qu'il touche au but. Il s'approche d'elle et plonge la main dans sa poche. Suffoquée, les deux mains occupées, elle ne peut réagir. Il en ressort une poignée de crèmes de gruyère...

— C'est pour ceux qui préfèrent ça, plaide-t-elle, pour expliquer son médiocre larcin.

Il rejette les parts de fromage sur le lit d'Édouard et quitte la chambre sans un mot, vexé de s'être ridiculisé. Qu'est-ce qui lui prend ? Va-t-il devoir vivre en suspectant ainsi tous ceux qui travaillent dans le service ?

Derrière lui, la voix de Verdier le fait sursauter :

— Pardonnez-moi. Je souhaiterais vous parler de M. Vallejo. Je le trouve beaucoup moins bien depuis quelques jours. Il s'enfonce.

— J'ai mis en route un nouveau traitement qui l'épuise et je ne parviens pas à compenser son asthénie par un apport calorique suffisant. Il ne se soumet à aucune discipline...

— Patient sympathique mais rétif, c'est vrai ! Je crois qu'en ce qui me concerne, il faut que j'écourte les séances de massages qui le fatiguent, mais que je les répète plus souvent dans la journée. Qu'en pensez-vous ?

— Sans doute...

Bernard a l'esprit ailleurs. Si Verdier savait comme la cadence des massages est le cadet de ses soucis !

— Faites pour le mieux, conclut-il, avec le maximum de courtoisie.

— Sachez que si je peux vous aider en modifiant quoi que ce soit pour tel ou tel malade, je le ferai volontiers.

Bernard se sent mal à l'aise avec cet homme affable, bien élevé, efficace, et qui lui manifeste une déférence presque excessive, alors que lui-même couche avec sa femme. Il le regarde s'éloigner en se posant de nouvelles questions. Verdier ne serait-il pas lié à ces histoires de trafic ? Ses intentions sont-elles vraiment innocentes et uniquement professionnelles quand il s'occupe de Grégorio ? Sa sollicitude ne cache-t-elle pas autre chose ?

Il ferme les yeux, conscient de son délire. À force

de suspecter tout le monde, il va sombrer dans une véritable paranoïa.

Il se décide à retourner dans la chambre de Grégorio.

Verdier l'a laissé en position de relaxation maximale, allongé sur le dos, les genoux légèrement surélevés par des coussins de mousse, les bras le long du corps, les paumes à plat sur le drap. Les yeux fermés, la bouche entrouverte, il s'impose une respiration ample et calme.

Bernard s'assoit sans faire de commentaires. Il admire ce visage reposé dont aucun tissu adipeux, pourtant, n'adoucit plus les contours. Même les muscles ont tellement fondu qu'on se demande comment les articulations se mobilisent encore. Le teint est mat, les longs cils noirs ombrent des paupières d'une finesse telle que l'iris s'y dessine en relief. Quelle tristesse de voir un être aussi beau dans un tel état de décrépitude !

Comme pour répondre à ses pensées, Grégorio tourne la tête vers lui et entrouvre un œil noir de jais qui n'a rien perdu de son éclat.

— Tu commences la veillée des morts ? ironise-t-il.

— Ne te fais pas plus malade que tu n'es, et arrête de me jouer cette comédie, Grégo. Tu m'agaces !

Le visage émacié se plisse en un sourire énigmatique.

— Voilà un toubib qui a une idée derrière la tête...

— Tu as deviné.

Le regard de Grégorio change d'expression. Tous ses traits s'animent. Il déclame :

— « Ce ne sont pas les êtres, qui existent réellement, mais les idées ! » Tu sais qui a dit ça ? Marcel Proust.

— La police, pourtant, existe réellement, et je te prie de croire qu'elle aussi a des idées !

Grégorio éclate de rire et se rejette en arrière. Il

rapproche ses poignets et les lève, comme s'il les offrait à des menottes.

— Qu'ils m'emmènent, je suis prêt !

— Tu ne devrais pas plaisanter avec ça !

— Mais si, toubib, il faut plaisanter de tout. Lorsque la mort est si proche, que reste-t-il d'autre ?

— S'ils t'arrêtent, tu seras bien avancé.

— Ils me mettront à l'hôpital de la prison. (Son œil pétille et il prend le ton de la confidence.) Là-bas, les infirmiers sont tous des hommes, et charmants, dit-on.

Bernard ne sait plus quoi répliquer. Il s'attendait à devoir accuser, batailler, menacer, et voilà que Grégorio avoue sa culpabilité sans honte ni regret. Comment aller plus loin ? Comment s'attaquer à un condamné de trente ans qui avoue ses turpitudes sans aucun remords ? Aujourd'hui, Bernard se rend bien compte que Grégorio, malgré ses sursauts d'énergie, est au bout du chemin. L'échec de la trithérapie est patent. La biologie est trompeuse.

Avec un demi-sourire moqueur, Grégorio demande :

— Sais-tu qui m'a rendu visite avant-hier ? Un flic.

Lechêne a donc menti. Contrairement à ce qu'il affirmait, le policier ne s'est pas contenté de regarder de loin. Le salaud ! Bernard fait mine de s'insurger :

— La police n'a pas le droit...

Grégorio émet un drôle de bruit de gorge qui pourrait passer pour un rire.

— Calme-toi ! Ce connard ne s'est pas présenté comme un keuf. Il est venu, soi-disant, pour un problème de Sécu. Il m'a questionné à propos de mes indemnités journalières. Un prétexte. Il faisait semblant de savoir de quoi il parlait, mais on ne me trompe pas, moi.

— Et alors ?

— Je lui ai joué la scène de la mort imminente et je te prie de croire qu'il en a eu pour son argent ! Je lui ai même gerbé sur son pantalon ! Du Rénutryl à la fraise, qui tache.

Bernard arbore une grimace de dégoût et ne peut s'empêcher de rire à son tour.

— Tu es bien sûr que c'était...

— Je les connais tellement ! Un poulet, moi, je le renifle à cent mètres.

— Il n'empêche que ce n'est pas en taule, même dans une structure hospitalière que tu auras ta trithérapie.

— Pour ce que j'en profite ! J'ai l'impression de m'enfoncer un peu plus chaque jour depuis que tu as mis cette merde en route.

— À propos de merde...

— Tu ne vas pas recommencer ! Si tu nous donnais ce dont nous avons besoin, nous ne serions pas obligés de...

— Ne te cache pas derrière ta toxicomanie comme si c'était normal.

Cette fois-ci, Grégorio se redresse et laisse éclater sa colère avec une énergie insoupçonnée :

— Elle a bon dos, ma toxicomanie ! Tu n'as qu'à prendre une description clinique de la maladie et tu vas trouver cent causes de douleurs sévères que les médecins méprisent sous le prétexte que nous sommes des toxicos ! Tu veux un exemple ? Jamais je n'ai eu de prémédication sérieuse quand on m'a fait un lavage alvéolaire. Tu as subi ça une fois dans ta vie, toi ? Tu devrais essayer ! Tu verrais comme c'est agréable de se faire rincer les poumons à l'eau de Javel. Alors, c'est vrai que je me fais un fixe avant d'y aller. La faute à qui ? Et la dope, qui me la fournit ? Toi ? Heureusement qu'ils sont là, les dealers !

Bernard, médusé par la violence de cette réponse, balbutie :

— J'imagine parfaitement ce que tu ressens, Grégorio, mais...

— Comment peux-tu imaginer ce qui se passe dans la tête d'un mec de trente ans qui va crever sous les yeux d'un médecin sûr de lui ? C'est confortable de vivre dans les certitudes, n'est-ce pas ? Veux-tu que je te dise : tu n'es qu'un banal représentant des pauvres types en bonne santé.

Il s'enfonce dans son oreiller, ferme les yeux et essaie de reprendre son souffle, épuisé, vidé par l'effort. Bernard ne répond pas. Il cherchait à provoquer son malade pour en savoir plus. Le résultat obtenu lui fait honte et l'incite à renoncer. La police fera ce qu'elle voudra, il restera à sa place. À chacun son rôle. Au fond, il s'en fout, des dealers et des femmes de service qui piquent du fromage !

Mais Grégorio n'en a pas fini. De sa voix caverneuse que la toux interrompt par moments, il reprend, comme pour excuser son éclat :

— Laisse tomber ces histoires de came, toubib, tu n'as pas la pointure. Ne te mêle pas de ça ! Tu es assez occupé avec ton boulot. Personne ne peut le faire à ta place. Comprends bien que pour nous, tu es irremplaçable. Même si tu as encore beaucoup de chemin à parcourir.

— Justement...

— Justement, il faut que tu fermes les yeux sur tout ce que tu ne peux pas réformer. Marche dans la merde et fais comme si tu ne t'en apercevais pas. Les intérêts en cause sont trop gigantesques pour que tu t'interposes. Les dealers font un commerce à haut risque qui rapporte des montagnes de fric. Ils ne tolèrent pas les intrus. Ils ont déjà buté trois mecs, rien que dans ce service, ça ne te suffit pas ?

La crudité de ce langage laisse Bernard pantois.

Grégorio précise :

— Olivier, Carboni et Basile... Ça va comme ça, non ?

— La disparition de Basile...

— Basile n'était qu'un sous-fifre, un débile obéissant. Au premier faux pas, ils s'en sont débarrassés !

— Qui ça, *ils* ?

Grégorio se tourne vers Bernard et ironise d'une voix méprisante :

— Tu veux les noms, adresses et numéros de téléphone ? Il te faut aussi les fax, peut-être ?

— Et Olivier Bressans, tu l'as connu ?

— Pas longtemps. C'était un mec sympa. Un peu givré. Mais qui ne l'est pas dans notre pauvre monde ?

— Pourquoi l'ont-ils tué ?

— Il avait fait des découvertes malsaines. Et comme il ne savait pas fermer sa gueule, ils l'ont fait taire.

XX

Pierre Vignat et Bernard Moreuil déjeunent en tête à tête à la cafétéria. De la main, ils font un salut à Juliette et à son mari qui vont s'asseoir un peu plus loin.

— Je hais ce Verdier, murmure Vignat entre ses dents.

— Pourquoi ?

— Tout simplement parce qu'il couche avec Juliette. Le seul fait de les imaginer ensemble me donne de l'urticaire !

Bernard baisse les yeux sur sa salade de riz et mange en essayant d'avoir l'air naturel. Est-ce un avertissement ? Ses ébats clandestins sont discrets, mais qui peut jurer que personne n'est au courant, à l'hôpital ? Son « usine » est tellement surveillée...

Vignat change de sujet :

— J'ai examiné deux types à la consultation qui seront hospitalisés demain dans ton secteur, dit-il, la bouche pleine. Un hémophile et un transfusé. Tu commences à devenir célèbre !

— Depuis le congrès de Washington, et maintenant celui de Vancouver au début juillet, les malades savent que l'association d'une antiprotéase avec deux inhibiteurs nucléosidiques classiques marche incroyablement bien. Beaucoup de ceux qui ont refusé l'AZT demandent maintenant à être traités.

— Alors il en viendra de plus en plus?

— Je le crains. En même temps, j'en suis ravi car nous allons peut-être bloquer l'évolution de la maladie et, qui sait, un jour, éradiquer le virus.

Pierre commente en souriant :

— Moi, Grav'leux m'a demandé de prendre en charge les hospitalisés du service qui ne sont pas concernés par le VIH. Si je comprends bien, ma part va se réduire de jour en jour. Remarque, ça ne me déplaît pas, j'ai assez de travail en bas. C'est plutôt pour lui que c'est gênant : l'interniste renommé va bientôt ne plus avoir un seul malade! Ils seront tous entre tes mains.

— Cela signifierait que nous sommes efficaces, enfin! Je n'ai pas compris pourquoi le patron s'est soudain déchargé sur toi. Mais si la tendance actuelle se confirme, tu pourras m'aider. À deux, nous pourrons nous relayer.

Bernard s'interrompt un instant avant de reprendre :

— Et puis il y a cette pénible question des prescriptions d'antalgiques. Ce serait bien que tu puisses contribuer à sortir le vieux de ses blocages.

Vignat secoue la tête.

— Ne compte pas sur moi. Sur ce point, il a raison. On ne peut pas être libéral avec les toxicos, Bernard. Libéraliser l'usage des stupéfiants, ce serait l'enfer.

— Des *stupéfiants*! Quel vilain mot! C'est comme le *carnet de toxiques*. Comment, à notre époque, peut-on encore nommer ainsi des produits dont le seul but est de soulager la douleur?

— Et d'entretenir la défonce...

— Arrête, Pierre! Ces gens-là souffrent.

— Mais non! Ils sont en manque, ce n'est pas pareil.

— Réfléchis un peu au lieu de répéter des lieux communs éculés. L'hépatite est douloureuse, les neuropathies périphériques et les atteintes musculaires sont douloureuses, les lombalgies de démusculation et les Kaposi sont douloureux, les diarrhées sont douloureuses. En plus ils ont peur du présent, de l'avenir, des examens, de l'attente, de la mort. Ils craignent d'être repoussés, méprisés, montrés du doigt, abandonnés... Tout ça, c'est de la souffrance. Bordel, regarde-les d'un peu plus près !

Vignat, borné, ignore l'argumentation de Bernard :

— Libéraliser l'usage de la morphine, c'est entrer dans une logique de négociation : je t'en donne un mais pas deux, tu en as déjà eu ce matin, attends ce soir... Quelle galère ! Crois-moi, dire non une fois pour toutes, avec eux, c'est la seule solution.

Bernard, écœuré par cette lâcheté institutionnelle, adopte le ton aigre du désespoir :

— En poussant ton raisonnement jusqu'au bout, on peut se demander aussi pourquoi on soigne ces gens qui, de toute façon, vont mourir. Autant les tuer tout de suite ! Ce serait une solution économique et tellement plus reposante.

Les railleries de son collègue laissent Vignat de marbre :

— Comprends bien, Bernard. Moi, je ne voulais pas m'occuper d'eux. C'est ce qui m'a poussé à donner ton nom au patron. Et me voici de nouveau confronté, par la force des choses, à cette maladie qui me débecte... Si tu savais comme j'en ai marre !

— De quoi ?

— De cette vie de larbin.

— Je te croyais heureux ?

— Je suis heureux en réa. Mais ça me gonfle d'être obligé de monter obéir à ce vieux con et soigner des gens qui me font chier ! Il n'a pas réussi à te mettre à sa botte, alors il me récupère.

Il hausse les épaules et se lève.

— Allez ! Faut que j'y aille.

Le portable de Bernard sonne. Il le sort de sa poche, écoute et bondit comme un diable.

— J'arrive.

À l'intention de Vignat, il précise, en se précipitant vers l'escalier :

— Viens ! C'est du boulot pour toi, un coma au cinquième.

Ils grimpent les cinq étages au galop et débouchent en trombe sur le palier où la surveillante les accueille, essoufflée :

— Ah ! Vous voilà ! Je viens de trouver le 14 fenêtre dans le coma. Je me demande si...

Elle laisse sa phrase en suspens.

— Le 14 porte ? corrige Bernard, saisi par une bouffée d'angoisse. Vous voulez dire Daniel, celui qui va mal depuis plusieurs jours ?

— Non, justement, l'autre.

— Édouard ? Mais pourquoi ?

Tout en parlant, il fonce vers la chambre où Vignat, qui l'a déjà précédé, fait un diagnostic immédiat :

— Overdose. Elle est récente et on va sans doute pouvoir le rattraper. Descendez-le-moi tout de suite en dessous, je vous précède.

Là, il est à son affaire. Pendant qu'il part en courant, Bernard s'empare d'un chariot qui se trouve opportunément dans le couloir et, avec l'aide des infirmières, y couche le patient dont la respiration rauque est déjà ralentie. Ils partent tous au pas de charge vers le monte-malade.

Juste à ce moment, Juliette déboule de la cafétéria, comme si elle avait pressenti un malheur. Elle n'a que le temps de voir Louise Wolf éclater en sanglots et courir vers l'office en cachant son visage dans ses mains. Des patients et des visiteurs suivent la scène en spectateurs étonnés. Un malade qui pleure, normal ! Une infirmière, c'est presque indécent.

Juliette suit sa supérieure et ferme la porte. Elle la voit de dos, secouée de sanglots convulsifs, le visage enfoui dans ses mains. Puis, peu à peu, elle se reprend, va au lavabo se tamponner les yeux.

— Je ne sais pas ce qui m'a pris...

Juliette compatit :

— Tout le monde peut craquer. Ça m'arrive plus souvent qu'à mon tour!

— J'ai été tellement choquée de trouver ce pauvre Édouard dans cet état! J'ai d'abord pensé qu'il était mort et je crois que j'ai perdu la tête un instant.

Juliette n'en revient pas. Jamais elle n'aurait imaginé qu'un personnage aussi fort pouvait s'effondrer ainsi.

Louise Wolf s'assoit, se sert une tasse de café et se sent obligée de s'expliquer :

— J'ai passé ma vie à cacher mes sentiments. On m'a toujours dit que, pour commander, il faut savoir rester impassible devant l'adversité. L'autorité s'appuie sur une certaine distanciation vis-à-vis des événements et des gens. Surtout avec ce genre de malades. Vous me comprenez, Juliette?

Elle lève un visage défait qui a perdu sa froideur habituelle. Par petites phrases hachées, comme si elle ne pouvait pas se retenir, elle se confie et dévoile sa sensibilité :

— J'ai toujours ressenti du mépris pour ces types qui affichent une homosexualité vulgaire et ostentatoire. Chacun est ce qu'il est, mais on n'est pas obligé de le crier sur les toits. Jusqu'ici, tous ces drogués, ces tricheurs me dégoûtaient. Depuis l'arrivée de Moreuil, je dois reconnaître que l'ambiance a changé. Son comportement avec eux révèle des personnalités que je ne soupçonnais même pas.

Elle rit, comme si elle se moquait d'elle-même, et poursuit :

— Ainsi, cet Édouard est en réalité un amour de garçon. J'ai découvert qu'il était capable d'exprimer des trésors de tendresse. L'idée de sa mort m'a paru tout à coup insupportable. C'est bête, hein? Je ne sais pas ce qui m'a pris...

Le téléphone sonne. Elle fait signe à Juliette de répondre. La conversation est brève. La jeune femme raccroche et annonce :

— C'est Bernard. Édouard est tiré d'affaire. Il a repris conscience.

Louise Wolf soupire.

— Ah, je me sens mieux !

Elle se retourne vers le lavabo en répétant encore :

— Je ne sais pas ce qui m'a pris...

XXI

Juliette est assise dans le vieux canapé de cuir au pied de l'estrade, tandis que Bernard improvise sur le thème d'*Only You,* l'immortel standard des Platters.

— De jeunes chanteurs noirs ont repris le nom du groupe et le répertoire des anciens en y ajoutant leurs propres créations, dit-il, tout en continuant à jouer. Ils font un tabac aux États-Unis et en Europe. Le public recommence à aimer ces sonorités du passé.

Juliette n'écoute pas. Dans l'immédiat, elle se moque bien du jazz, des chanteurs et des sonorités du passé. Songeuse, elle fait tourner ses glaçons dans son verre. Doit-elle raconter à Bernard les étonnantes confidences de la surveillante ? Elle hésite et choisit de se taire. C'est une histoire de femmes. La Wolf n'aurait peut-être pas craqué en présence de Bernard. Elle change de sujet :

— Comment Édouard a-t-il pu s'en tirer si vite ?

— La morphine a une action antidouleur, et c'est un euphorisant puissant, tout le monde le sait. Malheureusement, c'est aussi un produit qui paralyse les centres nerveux de la respiration. En cas de surdosage (volontaire ou accidentel), c'est l'asphyxie. Pour lutter contre, il n'y a qu'un seul moyen : la nalorphine, un antagoniste de la morphine qui neutralise ses conséquences respiratoires. Il faut l'utiliser vite et à doses répétées au besoin. Injectée à temps, elle est d'une remarquable efficacité.

— Injectée à temps ?

— Oui. Au-delà d'une demi-heure, le risque d'échec s'accroît dangereusement.

— Tu considères qu'il est sauvé ?

— Tout à fait. Une fois la dépression respiratoire vaincue, le coma régresse sans laisser de séquelles. À moins que la période de non-oxygénation des tissus ait entraîné des lésions irréversibles. Dans le cas présent, la dose toxique était modérée. C'est moins une tentative de suicide qu'un appel au secours.

— Qu'est-ce qui lui a pris ?

Elle sourit intérieurement en prononçant cette phrase que la Wolf répétait sans arrêt. Tout en laissant courir ses mains sur le clavier, Bernard monologue :

— Le pauvre ! Il est désespéré par la façon dont évolue la maladie de son copain. Tu te rends compte ? Ils se sont connus à l'hosto par le hasard de la distribution des lits. Quand j'ai parlé de trithérapie, ils se sont mis à bâtir des projets en commun. Ils croyaient à l'avenir. À leur avenir.

— Pourquoi Daniel ne réagit-il pas aussi bien que lui ?

— Je n'en sais rien. Peut-être a-t-il reçu — ou pris — au cours des années écoulées des médicaments de façon anarchique. Rien de tel qu'un traitement mal conduit pour développer des résistances. C'est ce qui explique sans doute les trente pour cent d'échecs qui grèvent toutes les statistiques.

— Pourtant, tu as essayé des associations différentes...

— J'ai tout essayé ! Du moins toutes les combinaisons qui, jusqu'ici, ont été jugées inoffensives.

Sans succès. Sa charge virale a continué de grimper.

Ils se taisent un long moment, bercés par la musique.

Le charme est soudain brisé par la sonnette de la porte d'entrée. Juliette bondit pour se cacher, tandis que Bernard se lève, prêt à faire face à l'intrus.

C'est le visage réjoui de l'inspecteur Lechêne qui apparaît, manifestement ravi de l'effet produit. Il est décontracté, à l'aise, un journal à la main, et lance joyeusement :

— Pas de panique, les tourtereaux, je suis là en ami.

Devant l'air renfrogné de Bernard, il se confond en excuses :

— Oh ! Je suis désolé, je ne pensais pas vous faire une telle frayeur.

Il se penche en avant pour apercevoir Juliette cachée par la cloison.

— N'ayez pas peur madame Verdier, la rassure-t-il, je ne viens pas pour un constat d'adultère. Je vous assure que mes intentions sont pacifiques. J'avais seulement besoin de vous rencontrer ensemble car vous êtes les seules personnes en qui j'ai confiance dans ce putain d'hosto !

Juliette s'assoit de nouveau, les sourcils froncés, le visage fermé. Bernard vient se poster à côté d'elle, fusillant l'inspecteur du regard.

— Je ne comprends pas comment vous pouvez vous arroger le droit de pénétrer ainsi dans la vie privée des gens.

— Allez, ne m'en veuillez pas ! Nous menons le même combat.

— Mais non ! crie Bernard hors de lui. Vous manifestez une méconnaissance complète de notre métier. Moi, je ne mène qu'un seul combat : contre la maladie. Je vous l'ai déjà dit. Nous soignons nos patients comme ils sont, sans nous soucier de leur moralité ni de leurs rapports avec le droit et la justice ! Tous vos discours moralisateurs, vos menaces, vos raisonnements tordus n'y changeront rien. Je suis incapable — vous m'entendez bien? —, incapable de pister, contrôler, soupçonner, surveiller ceux qui se sont placés sous ma responsabilité. C'est au-dessus de mes forces. Si j'avais été différent, j'aurais fait flic, comme vous. Je suis médecin, alors je soigne et rien de plus. Et merde!

Lechêne ne semble pas fâché du discours de Bernard. Il a, dans le regard, cette nuance de fierté de la mère pour son rejeton qui manifeste une personnalité précoce.

Il ne se prive pas, pour autant, de protester :

— Toutes ces professions de foi, c'est bien joli, docteur, mais si vous voulez continuer votre apostolat, il faudra bien que les désordres qui perturbent la vie de cet hôpital cessent une fois pour toutes.

Et il hausse la voix pour prévenir l'indignation du médecin :

— D'autant plus que ces désordres sont dus à des malfaiteurs qui n'ont rien de malades. Et si ça continue, vous ne pourrez plus soigner ceux qui en ont besoin.

— Et pourquoi donc?

— Parce qu'ils seront tous en taule!

Bernard a le souffle coupé. Ainsi ce qu'il redoutait se précise. Il s'efforce, pour autant, de ne pas paraître impressionné :

— Vous voulez mettre Grégorio en prison? Allez-y, il s'en fout, il est prêt. J'en ai parlé avec lui, il vous attend.

Lechêne se met à crier :

— Votre ami serait déjà sous les verrous si je ne m'y étais pas opposé et si je n'avais pas l'espoir de foutre au trou l'ensemble de la bande qui l'approvisionne. Vous m'emmerdez, à la fin!

Calmé par son accès de colère, le policier reprend sur un ton redevenu convivial :

— Donnez-moi quelque chose à boire — j'ai une de ces soifs! — et je pourrai vous en dire plus.

Pendant que Bernard s'en va fouiller dans le frigo, Lechêne se penche vers Juliette.

— Je vous présente mes excuses pour cette arrivée intempestive, madame Verdier. Mais je vous sais dans le même camp que le Dr Moreuil et c'est la raison qui m'a poussé à venir vous trouver là où vous êtes ensemble, à l'abri des regards. Je ne pouvais pas avoir cette conversation avec vous deux à l'hôpital.

Bernard lui tend un verre d'orangeade.

— Pardonnez-moi, nous n'avons pas d'alcool ici.

— C'est mieux aussi pour moi. Merci. Maintenant, asseyons-nous. Je vais vous livrer le fond de ma pensée.

Dans une atmosphère rassérénée, Lechêne reconnaît, une fois encore, qu'il est dans l'impossibilité d'enquêter dans ce service hospitalier où l'arrivée d'un policier est aussi incongrue que celle d'un cheval dans une église.

— Pourtant deux certitudes s'imposent : la première, c'est que Grégoire Vallejo est devenu un véritable dealer ; la seconde, c'est que son activité délictueuse se développe. On lui apporte la marchandise sur place. C'est ce fournisseur qu'il importe de prendre sur le fait. Ensuite, nous découvrirons comment celui-là se fournit. C'est une chaîne qu'il faut détruire à tout prix.

Bernard lève les yeux au ciel.

— Jusqu'ici, rien de nouveau. Discours Lechêne, énième édition ! On dirait mon bon maître Graveline ! Vous vous répétez, mon vieux. À moins que vous ne soupçonniez quelqu'un en particulier ?

Le policier hésite, la mine basse, et finit par répondre de façon ambiguë :

— Tout le monde est suspect.

Bernard hausse les épaules, déçu.

— Toujours la même antienne ! Vous êtes fatigant à la longue !

— Écoutez-moi ! Je n'ai aucune preuve, mais, en

revanche, je sais qui aurait intérêt à favoriser ce trafic, moyennant finances.

— Qui ?

— Le Pr Graveline, justement.

— Vous plaisantez ?

— Pas le moins du monde ! Il a besoin de fric pour financer sa campagne électorale et pour entretenir ses « secrétaires ». Sa femme est riche, mais avare. Lui n'a aucune fortune personnelle. Alors, comment fait-il ?

— Vous êtes fou ! Je ne crois pas une seconde à sa culpabilité.

— Bon. Admettons. Passons à un autre suspect : Louise Wolf. Elle aussi a besoin de beaucoup d'argent pour gâter les minettes qui peuplent ses nuits dans un riche appartement dont on se demande qui paie le loyer. Ce n'est pas ce qu'elle gagne dans son boui-boui qui le lui permet. *Idem* pour votre ami Vignat, qui perd tout son blé au jeu...

— Pierre ?

— Il flambe chaque samedi avec des mecs qui ne lui font pas de cadeaux. Vous ne le saviez pas ?

Effaré, Bernard se tourne vers Juliette, qui hoche la tête.

— Souviens-toi : déjà à la fac, il ne rêvait que de poker.

Lechêne triomphe :

— Vous voyez ! Nous avons procédé à toutes les vérifications possibles en dehors de l'hôpital. Je connais la vie de ceux qui y travaillent mieux qu'eux-mêmes. Mieux que leurs conjoints en tout cas...

Il sourit en direction de Juliette, l'air faussement contrit, pour préciser :

— Vous comprenez pourquoi je suis venu ici en toute connaissance de cause. Croyez-moi, je pourrais vous en raconter de belles sur vos collègues, infirmières, aides-soignantes, filles et garçons de salle, kinés même — et il fait un geste d'excuse à l'intention de Juliette —, je connais tout de tout le monde. Personne n'a échappé à mes investigations, seulement celles-ci s'arrêtent à la porte de Sainte-Apolline. Ce que je sais aussi, c'est que, parmi les gens qui rendent visite à vos patients, personne ne vient de façon suffisamment régulière pour apporter la matière première à revendre. La source du trafic est à l'intérieur de l'hôpital, un établissement où travaillent, je vous le rappelle, plusieurs centaines de personnes.

— C'est vrai, opine Bernard, il faut bien que la drogue y arrive de quelque part !

— Et quand vous considérez tout ce qui pénètre dans un tel lieu, vous comprenez que la lutte est perdue d'avance : nourriture, médicaments, matériel et fournitures de tous ordres, c'est vertigineux ! Des camions et des camions... La poudre peut être cachée sous n'importe quel emballage. Il me faudrait dix fois plus d'hommes et de temps pour tout vérifier.

Il a du mal à supporter son échec et ressasse :

— La dope sort de cet hosto de merde, mais je suis infoutu de vous dire comment elle y entre.

Il s'arrête de parler pour vider son verre et observer ses interlocuteurs, qui attendent la suite. Il a réussi à fixer leur attention.

— Il faut changer de stratégie.

Il tend son journal à Bernard. Surpris, le médecin découvre en première page une interview de Lucien Neuwirth, le sénateur de Saint-Étienne, qui dirige une commission d'enquête chargée d'évaluer les modalités du traitement de la douleur en France.

— Lucien Neuwirth, l'homme qui a fait autoriser la pilule par le parlement en 1967, précise-t-il à l'intention de Juliette.

Avec ce rictus qui lui est familier et découvre ses dents de carnivore, Lechêne reprend :

— À la suite de cet article, m'est venue une idée : sous prétexte de participer aux travaux de cette équipe, vous pourriez libéraliser vos prescriptions de morphine et utiliser du Subutex, ce qui supprimerait la demande intérieure.

Bernard lève les bras :

— Arrêtez d'inventer l'eau tiède, Lechêne ! Au patron, je la lui ai déjà réclamée dix fois, cette libéralisation ! Je ne vous ai pas attendu. Il est buté comme un âne.

— Changez de discours. Votre patron, je commence à le connaître. Avec lui, le plus court chemin d'un point à un autre n'est pas la ligne droite.

— Admettons, monsieur le stratège. Vous proposez quoi ?

— Prenez le problème à l'envers. Oubliez ces histoires de drogue. Il n'y a pas de trafic de drogue. Il n'y en a jamais eu. C'est bien la thèse de votre patron : chez lui tout est *clean*. N'est-ce pas ?

Bernard hoche la tête. Lechêne prend l'air pénétré d'un prédicateur en chaire.

— Il n'y a, dans ce service, que des malades qui souffrent dans un environnement hospitalier à la française, où le traitement de la douleur est encore, si ce n'est méconnu, du moins insuffisant.

— Vous enfoncez des portes ouvertes. Ça ne vous fatigue pas, à la longue ?

Lechêne ignore la réflexion. Il continue à jouer la comédie :

— Ah, les traditions obsolètes, les règlements désuets, les interdits d'un conseil de l'ordre réac qui date de Vichy ! Soyons résolument modernes et volons au secours de l'humanité en souffrance...

Affligé par ce discours caricatural, Bernard hoche la tête avec pitié.

Lechêne élève la voix pour livrer le fond de sa pensée :

— Neuwirth est un grand bonhomme qui appartient à la même formation politique que Graveline. Votre patron crève d'ambition et, pour lui, marcher dans les pas du sénateur de Saint-Étienne, c'est l'espoir d'obtenir — le moment venu — un soutien politique de taille. C'est affiner un plan de carrière électoral qui a du mal à décoller. Vous saisissez ? Voilà ce qu'il faut faire valoir.

Bernard se tourne vers Juliette.

— Tu me vois servir cette salade au patron ?

— Votre patron, faites-moi confiance, je vais le faire préparer par son ami Chotard, mon patron à moi. N'oubliez pas qu'ils sont de la même obédience maçonnique. Ils s'engueulent, se jalousent, mais s'estiment profondément. Nous en avons déjà parlé, mon boss est d'accord. Il va lui faire miroiter le bénéfice à tirer d'une réputation de novateur dans ce domaine. Soulager la douleur, ça fait pleurer Margot dans les chaumières. Ensuite, vous intervenez pour enfoncer le clou. Et le tour est joué. Qu'en pensez-vous ? Ça ne coûte rien d'essayer.

Un long silence suit la proposition du policier, qui guette les réactions de ses interlocuteurs.

Bernard soupire, sceptique.

— Je pensais avoir déjà tout plaidé pour le convaincre. Je doute fort que votre commissaire y parvienne. En ce qui me concerne, je rêve d'être libre de mes prescriptions et je suis bien convaincu, depuis toujours, que c'est le seul moyen de supprimer le trafic. Alors, je suis votre homme, en espérant seulement que vous n'êtes pas en train de délirer.

— Bravo ! coupe l'inspecteur. Mais souvenez-vous bien que le trafic de dope n'est plus un problème. La police l'a résolu. Reste la douleur. Rien que la douleur.

XXII

Bernard Moreuil franchit la grille de la propriété Graveline. Il stoppe devant le perron de l'impressionnante demeure et immobilise sa moto sur la béquille. Il enlève son casque et se recoiffe du bout des doigts en regardant autour de lui avec la sensation d'être un paysan en visite au château. Il n'est venu ici qu'une seule fois, le soir de la Légion d'honneur. Il ne se souvenait pas d'une propriété aussi vaste.

Le professeur s'avance à sa rencontre, vêtu d'un simple jean et d'une chemise Lacoste, un pull jeté sur les épaules. Sous le bras, il porte un panier de roses fraîchement coupées et, à la main, un sécateur.

— Merci, mon cher Moreuil, d'être venu jusqu'ici, un samedi après-midi. Vous aviez sans doute des projets plus intéressants. Pour parler, j'ai pensé que nous serions plus au calme chez moi que dans le service.

Il pose ses fleurs sur un banc et entraîne Bernard dans le jardin, vers une petite table sous les arbres où attend un plateau de boissons fraîches. Il l'invite à s'asseoir dans un confortable fauteuil en rotin. Le jeune homme ne peut s'empêcher de regarder autour de lui avec admiration. Le patron s'installe à son côté et lui tend un verre.

— Buvons à cet hôpital qui nous a réunis et où il est bien difficile de travailler avec sérénité ! lance-t-il.

Bernard déguste à petites gorgées un jus de fruits mélangés et attend la suite du discours. La veille, l'air morose, Graveline lui a proposé cette visite en fin d'après-midi, « pour bavarder », sans plus de précisions. S'agit-il d'une fin de non-recevoir supplémentaire ? À moins que Chotard n'ait rempli sa tâche avec succès. Ce serait un miracle !

Sous les arbres, le soleil d'automne éclaire une pelouse récemment tondue qui sent bon l'herbe coupée, des massifs d'hortensias et des allées de gravier ratissées. Une légère brise fait jouer le vert rougeoyant de la vigne vierge qui couvre la maison.

Richard Graveline se décide enfin à parler, sur un

ton confidentiel, presque chaleureux, auquel Bernard n'est pas habitué :

— Vous êtes au courant, sans doute, de cette enquête sénatoriale menée sous la direction de Lucien Neuwirth, un homme éminent que je connais bien. Parmi les pays civilisés, la France serait, figurez-vous, un des plus faibles utilisateurs d'opiacés dans les hôpitaux. À la quarantième place, après les Seychelles, vous vous rendez compte ? À quatre ans de l'an 2000 ! Tout cela, je dois vous l'avouer, me perturbe beaucoup.

Il exhale un profond soupir et laisse son regard voguer au loin, vers le petit étang que Mme Graveline contourne à pas lents en poussant un grand landau anglais. L'ambiance de cette rencontre intrigue Bernard, qui, pour une fois, ne perd pas un mot du discours.

— Pour la génération de mes parents, prescrire des opiacés, c'était offrir le dernier viatique de compassion à un mourant avant l'issue fatale. On prenait un air entendu pour dire, d'un grand malade : « Ils l'ont mis sous morphine, c'est la fin ! » En dehors de cette indication ultime, les calmants étaient considérés comme nocifs.

Il relève la tête. Le goût de l'exposé magistral semble lui revenir. Devant l'air étonné de son assistant, il précise :

— Durant les décennies d'après-guerre, de jeunes médecins et chirurgiens des hôpitaux partis en stage aux États-Unis nous rapportèrent des notions qui allaient dans le même sens. L'usage médical des stupéfiants avait des conséquences désastreuses : confiner les opérés dans leur lit, paralyser leur transit intestinal, prolonger d'autant la période postopératoire... et j'en passe. La doctrine américaine — donc la bonne — était simple : pas de calmants et debout le soir même de l'opération. C'était douloureux le premier jour, déjà un peu moins le lendemain et le surlendemain on ne parlait plus de douleur. Tout compte fait, le résultat était meilleur.

Mme Graveline finit de longer l'étang, tournant peu à peu le dos au soleil couchant, dans une lumière ocre qui auréole sa coiffure. Bernard est fasciné par cette image impressionniste. Le patron, indifférent à la poésie du moment, continue, obsédé par ses réminiscences historiques :

— Après Mai 68, la jeunesse a sombré dans une déliquescence morale complète. La drogue a fait une apparition mondaine remarquée, et il devint de bon ton, dans les milieux intellectuels gauchisants, d'y sacrifier en prétendant réformer le monde. Je passe sous silence la sexualité débridée qui participait de cette atmosphère licencieuse. Je me souviens de l'indignation de mes parents.

Bernard ne peut réprimer un sourire à l'énoncé du tableau apocalyptique et moralisateur des événements qui ont marqué son enfance. Surtout de la part d'un homme qui ne s'embarrasse pas de préjugés quand il s'agit de satisfaire ses propres penchants !

— Ne souriez pas, proteste Graveline. Il ne s'agit pas d'un jugement de valeur, mais de l'Histoire, avec un grand H. En tous les cas, c'est ainsi que beaucoup ont perçu l'évolution des mœurs contemporaines. Je ne vous dis pas qu'ils avaient raison, mais c'est ainsi qu'ils raisonnaient.

— C'était pourtant *votre* génération, monsieur...

— Je ne l'ai pas ressenti ainsi : j'avais vingt-sept ans, j'étais en fin d'internat et j'espérais faire carrière. Je n'avais pas de temps à perdre dans cette parodie de révolution où des Saint-Just de comédie rentraient le soir dormir chez papa-maman et revenaient dans le quartier des barricades après le déjeuner, au volant de leur Austin Mini !

— Tableau quelque peu réducteur, vous ne croyez pas ?

— Pas tant que ça ! Attendez que les historiens aient vraiment fait leur travail et on en reparlera. Mais ce n'est pas notre sujet. À cette époque, j'étais fiancé avec Lyse, et nous attendions, pour nous marier, que ma situation nous permette de nous installer ensemble.

Sa femme, justement, se rapproche. Le landau paraît gigantesque et un étrange sourire de paix éclaire son visage. Le patron ne semble pas tenir compte de cette présence et continue :

— Nous nous sommes mariés en 1970, notre fille Isabelle est née en 1971. Une enfant superbe malgré une malformation minime, une brièveté du frein de la langue qui gênait la succion. On connaît cette anomalie depuis la nuit des temps et les sages-femmes ont toujours su donner, à la volée, le petit coup de scalpel nécessaire.

Bernard se passionne soudain pour ce récit où Graveline fait preuve d'un indéniable talent de conteur, rodé sans doute dans ses prestations électorales. Les yeux rivés sur son auditeur, le professeur continue :

— Mes copains étaient de futurs patrons qui, déjà, faisaient tout mieux que tout le monde. Ils ont pris l'affaire en main. Sans me demander mon avis, la petite est partie en chirurgie, l'anesthésiste s'est occupé d'elle dans le hall, entre deux salles, entre deux interventions... Et voilà ce qu'ils m'ont rendu.

Lyse Graveline n'est plus qu'à trois mètres. Elle finit de pousser le landau de telle manière que le contenu apparaisse aux yeux de Bernard, médusé : une jeune fille de vingt-cinq ans est couchée en chien de fusil, vêtue d'une fraîche robe à fleurs, les mains et les pieds tordus, le regard glauque perdu dans un visage chiffonné de petite vieille. La bouche est entrouverte sur une langue pendante et laisse couler un filet de salive que sa maman essuie d'un geste machinal et, sans doute, mille fois répété.

Graveline se lève et embrasse sa fille.

— Alors, mon Isa chérie, tu as fait une belle promenade ?

— Oh oui, répond Lyse, la température est exquise.

À l'intention de leur invité, elle ajoute :

— Notre fille adore les bords de l'étang, surtout en cette saison. N'est-ce pas, ma chérie ?

Bernard paraît le seul à savoir qu'Isabelle ne répondra jamais.

— À plus tard ! Je vous laisse bavarder, enchaîne Mme Graveline, toujours souriante, en s'écartant. Ravie de vous avoir rencontré, monsieur Moreuil. Mon mari me parle souvent de vous. En termes élogieux !

Bernard s'incline, incapable de prononcer un mot.

Richard Graveline regarde un instant le landau qui s'éloigne et se rassoit.

— Vous comprenez, Moreuil, pourquoi j'ai du mal à me plier à un certain modernisme des médicaments. Je pense que la douleur doit conserver son rôle formateur dans notre culture. La refuser systématiquement, c'est refuser de lutter. C'est nier le sacrifice du Christ. Aujourd'hui, nos semblables rejettent tout ce qui les gêne : la mort, la souffrance, la maladie, la vieillesse. Ils auraient sans doute milité pour que Jésus fût crucifié sous anesthésie !

Bernard reste sans voix devant cet homme qui s'envole dans un discours abstrait, si éloigné des malades qui peuplent son service et souffrent mille morts en attendant la leur. Quel rapport avec celle du Christ ? Le Christ a-t-il souhaité voir souffrir qui que ce soit ?

Graveline semble parler pour lui tout seul. Il ne cherche même plus à convaincre. Grisé par la magie de son verbe, il auto-entretient ce qui ressemble de plus en plus à un délire.

— La tendance actuelle, conclut-il enfin, est la porte ouverte à toutes les licences.

Il se tait un moment, le temps de redescendre sur terre, puis reprend, apaisé :

— Cela dit, je ne m'oppose pas pour autant à toute évolution et vos arguments ne sont pas sans valeur.

Bernard se sent obligé de rectifier, timidement :

— Dans notre service, monsieur, il ne s'agit que d'atténuer des douleurs organiques réelles, de calmer des angoisses justifiées qui ne réagissent plus aux psychotropes habituels, ou de faire dévier vers des produits de substitution des toxicomanies rebelles. Des travaux récents prouvent qu'il n'y a jamais d'accoutumance chez les patients qui souffrent et que les morphiniques soulagent. La demande cesse quand la souffrance disparaît ou décroît.

— Et chez les toxicomanes ?

— Les toxicomanes en manque ont, plus que les autres, des raisons de souffrir.

— Pourquoi ?

— Parce que leur système nerveux présente une sensibilité exacerbée. De toute façon, on ne peut pas tout régler en même temps. S'ils ont mal, il faut, avant tout, les soulager. En ce qui concerne leur sevrage, c'est une autre thérapeutique, qui relève de milieux spécialisés. Dans notre service, la prescription des morphiniques aura surtout l'avantage de supprimer la demande clandestine qui...

Emporté par son élan, Bernard, malgré ses promesses, s'est laissé glisser sur le sujet tabou. Graveline a tôt fait de l'interrompre, agacé :

— Je sais, Moreuil, je sais ! Vous m'avez déjà exposé votre opinion cent fois, je la connais par cœur. Maintenant vous connaissez la mienne. Nous sommes quittes. Je veux seulement que vous n'oubliiez pas une chose : je suis *a priori* contre l'usage des drogues et autres produits de substitution. Cependant, comme j'ai confiance en vous — je vous vois travailler —, je suis prêt à franchir le pas. Vous imaginez sans peine ce que me coûte une telle décision et le risque que je prends en vous laissant agir à votre guise. Hélas, j'ai conscience de ne plus pouvoir faire autrement. Mon ami Chotard, qui m'agace souvent, mais dont je respecte la probité d'esprit, semble s'être mis dans votre camp, je ne sais pourquoi.

Il sourit pour corriger :

— Bien sûr, il reste certains opposants. Dans le service, je ne suis pas tout seul. Vous verrez, beaucoup ne seront pas d'accord.

Il prend à nouveau ce ton sentencieux que Bernard exècre :

— Je vous donne donc cette autorisation à deux conditions : que vous soyez seul responsable des prescriptions et que vous me teniez scrupuleusement au courant de la manière dont le service réagit. Je veux que vous établissiez un rapport quotidien, une sorte de mémorandum, de livre blanc que je pourrai produire si jamais une enquête... Il faut insister sur l'aspect scientifique de cette expérience afin que, le cas échéant, je puisse nous défendre. J'en ai parlé avec Neuwirth, qui est tout à fait de mon avis.

Cette référence méduse Bernard.

— Il est bien évident...

— Mais non, Moreuil ! Rien n'est évident. Votre ami Vignat, par exemple, est lui aussi contre ce changement, vous l'ignorez sans doute. Sans parler du personnel infirmier.

— Je sais que Mme Wolf...

— Là, vous vous trompez. Si surprenant que cela puisse paraître, Mme Wolf vous soutient. Celle-là, elle a beaucoup changé, ces temps-ci. À contrecœur sans doute, j'imagine, mais elle vous soutient. Quant à tous les autres, ils vont freiner des quatre fers. J'en ai parlé longuement avec Claude Verdier. Pour moi, c'est plus qu'un collaborateur efficace, c'est aussi, vous le savez, mon coéquipier politique. Nous faisons campagne ensemble et nous connaissons les membres de l'opposition. Il est aussi apeuré que moi. Si c'était lui... Comprenez qu'un échec ferait la plus mauvaise impression aux yeux de nos électeurs. Les gauchistes poussent dans le même sens que vous. Ils ont des idées derrière la tête. Vous pensez bien que leur but n'est pas de nous rendre populaires ni de nous aider à soulager la misère humaine. Allons donc ! On ne me la fait pas !

Il prend un air madré pour livrer le fin mot de sa pensée et montrer qu'il n'est pas tombé de la dernière pluie :

— Ils attendent que nous nous plantions, voilà tout ! Comme ils attendent que Juppé se plante. Et si le malheur voulait qu'ils reviennent aux affaires, quelle politique croyez-vous qu'ils feraient ? La même — du moins dans le domaine de la santé. Il n'y en a pas d'autre possible. Verdier me le disait encore tout à l'heure.

Bernard hoche la tête. Ce Verdier est décidément toujours de l'avis de son patron. Entre ces deux hommes la connivence est celle d'un chien avec son maître. Bernard commence à comprendre les désillusions de Juliette en face d'un mari à la personnalité aussi falote. Qu'importe ! La seule chose qui compte est d'avoir obtenu l'autorisation de traiter la douleur avec des moyens efficaces. Il jubile. Il va être enfin maître de ses prescriptions.

Le patron le raccompagne vers la grille.

— Je crois, mon petit Moreuil, que nous nous connaissons mieux aujourd'hui et que notre collaboration sera encore plus fructueuse. Mais, n'oubliez pas, je ne vous recommanderai jamais assez...

Il s'arrête, conscient, pour la première fois peut-être, de son ridicule.

XXIII

Au cours de la réunion hebdomadaire suivante, Bernard commente le changement intervenu dans la politique des soins et les modalités techniques à mettre en œuvre. L'information s'est vite répandue.

Presque toutes les infirmières sont venues, même Mado et ses collègues de l'équipe de nuit. Elles entourent la surveillante, dont le visage est encore plus fermé que d'habitude. Aides-soignantes et femmes de chambre attendent, elles aussi, curieuses d'assister à l'affrontement qui se prépare.

— Sur le cahier de transmissions, explique Bernard d'une voix un peu étranglée, les produits et leur posologie seront notés de ma main. Vous appliquerez mes instructions à la lettre, sauf dans deux cas : si un patient refuse le comprimé ou la piqûre, vous obtempérez en le mentionnant sur le cahier; s'il réclame plus que je n'ai prescrit, vous m'appelez au téléphone, quelle que soit l'heure du jour ou de la nuit. J'ai désormais un appareil portable et son numéro est inscrit partout. Je ne le débrancherai jamais. Ne me dites pas que vous n'avez pas pu me joindre. On m'a déjà fait ce coup-là par le passé, et on ne me le fera plus. Si je ne peux pas prendre la communication, utilisez la messagerie.

Le silence est total. Chacun se tait, conscient d'assister à une petite révolution.

— J'attends vos commentaires.

— Puis-je me permettre une remarque ? demande une nouvelle.

Elle est grande, forte, rousse, le visage piqueté de taches de son qui lui donneraient l'air mutin si ses lèvres minces ne dessinaient pas une moue permanente, amère et même méchante, au-dessus d'un maigre menton en galoche.

— Je vous en prie. Excusez-moi, vous vous appelez ?...

— Simone Aulary. Pour les médicaments spécifiques du sida, les antibiotiques, les corticoïdes, je comprends votre rigueur. Mais quand il s'agit de calmants ou de somnifères, j'accepte mal de ne jouer aucun rôle dans les choix ou dans les dosages.

Bernard s'attendait à une opposition de ce type. Il se demandait seulement qui allait oser la manifester. Il regrette un peu qu'il s'agisse d'une femme qu'il ne connaît pas. Mais les changements de personnel sont incessants.

Il prend sa voix la plus charmeuse pour expliquer :

— Madame Aulary, il s'agit d'une mesure transitoire, dans une population d'hospitalisés... disons inhabituelle et difficile. Vous vous rendrez vite compte que le fait de pouvoir vous appuyer sur mon autorité vous facilitera la tâche.

Elle n'est pas convaincue. Sa bouche paraît maintenant complètement avalée par les dents. Quand elle parle, son visage exprime une sorte de haine et Bernard se demande un instant s'il ne va pas voir surgir une longue langue fourchue.

— Monsieur, moi, j'ai dix ans d'expérience et j'ai travaillé avec des drogués et des sidaïques.

— Des malades du sida.

— C'est bien ce que je dis.

— Non, madame, vous prononcez un terme dont les relents politiques d'exclusion sont gênants. À la rigueur, on peut utiliser le mot « sidéen », mais personnellement, je préfère des formules plus respectueuses.

— Je ne vois pas ce que « sidaïque » a d'irrespectueux.

Bernard refuse d'engager une polémique.

— Madame, vous venez travailler dans un service qui a ses habitudes. Je suis sûr que vous serez soucieuse de vous y conformer.

Il s'efforce de rester calme, alors que l'infirmière paraît bien décidée à continuer son harcèlement, sous l'œil de ses collègues qui sont là comme au spectacle.

— Quoi qu'il en soit, poursuit la nouvelle, je connais suffisamment mon métier pour savoir donner un somnifère ou un analgésique, ou les deux, sans qu'on me tienne la main.

— Ici nous mettons en place une méthode expérimentale qui fera l'objet d'une publication. C'est la raison...

Elle lui coupe la parole :

— Nous y voilà ! Vos malades vont servir de cobayes. Je suppose qu'ils en ont été informés comme la loi Huriet vous y oblige ?

— Il ne s'agit pas d'expérimenter des médicaments nouveaux, mais de mettre en place une *méthode* thérapeutique nouvelle. Nouvelle pour nous, c'est différent. Il ne s'agit pas d'établir des protocoles randomisés.

Mme Bardin se penche vers la surveillante et chuchote :

— Qu'est-ce que ça veut dire, « rambomisé » ? C'est comme Stallone ?

Louise Wolf hausse les épaules et lui rétorque, pontifiante :

— Ran-do-misé. Des malades triés au hasard reçoivent des pilules sans savoir ce qu'il y a dedans.

Mme Bardin hausse les sourcils.

— On n'arrête pas le progrès !

Pendant ce temps, Simone Aulary bougonne toujours :

— Je ne vois pas la différence avec les expérimentations humaines !

Bernard sent la colère monter. Il se domine :

— À l'usage, vous comprendrez.

— Inutile d'attendre pour vous dire tout de suite que j'ai mes façons de faire et que, jusqu'ici, personne ne s'en est jamais plaint. Vous pouvez vous renseigner. Aussi n'ai-je pas l'intention...

L'explosion tant redoutée se produit. Bernard perd son contrôle et se met à crier :

— Intention ou pas, vous ferez ce que je vous dis ! Sinon...

— Sinon quoi ? Si vous le prenez sur ce ton, je vais en référer à mon syndicat. Nous verrons bien alors ce que votre directeur pensera de vos intimidations d'un autre âge. On n'est pas du bétail, tout de même !

À la stupéfaction générale, c'est Louise Wolf en personne qui vole au secours du médecin. Juliette, moins étonnée que les autres, sourit, tandis que la surveillante apostrophe l'opposante :

— Madame Aulary, le Dr Moreuil exécute les ordres du patron. Jusqu'ici les opiacés étaient interdits dans ce service pour des raisons de sécurité. Le Pr Graveline a chargé son assistant de mettre en place un mode de distribution contrôlé.

— Cela ne veut pas dire que nous devons nous conduire comme des petites filles obligées de demander la permission.

La surveillante, négligeant l'interruption, continue :

— Pour qu'elle atteigne sa pleine efficience, l'administration de morphiniques doit répondre à un schéma régulier qui doit empêcher la douleur de réapparaître. Il existe une stratégie établie à l'avance à laquelle tout le monde doit se soumettre sans discuter. En revanche, tous les personnels compétents ont le droit de donner leur avis au moment où cette stratégie est décidée. De même que toute modification bénéfique peut être proposée en cours de traitement. Proposée, discutée et adoptée — ou refusée. L'important est d'arriver — pour utiliser un terme à la mode — à un *consensus,* puis de l'appliquer.

Le silence pesant qui suit cet exposé témoigne de la surprise générale. Satisfaite, Louise Wolf décide d'assener le coup final :

— Sachez, madame Aulary, que de nombreuses réunions des équipes soignantes ont eu lieu avant que cette décision soit prise, alors que vous n'étiez pas encore arrivée, et qu'un *consensus* s'est dégagé pour établir cette procédure.

Bernard se retient de manifester son étonnement. Qu'il sache, aucune réunion n'a été organisée sur le sujet. Mais la manœuvre est fort habile, car elle substitue à l'autorité patronale le consentement collégial. C'est vrai ce qu'a dit le patron : elle a changé, la Wolf !

La nouvelle venue, touchée par l'argument, manifeste un dernier sursaut pour prouver ses compétences :

— D'ailleurs, beaucoup de malades désintoxiqués refusent de prendre des opiacés, de peur d'une rechute.

— Vous avez raison, approuve Bernard. C'est un élément à prendre en compte au moment d'établir la stratégie initiale de chacun.

Puis, s'adressant à l'ensemble de l'auditoire, il ajoute :

— Il est évident, Mme Wolf l'a fort justement souligné, que toute suggestion, toute remarque, toute proposition de modification thérapeutique seront les bienvenues. La seule chose que je vous demande, c'est que nous en parlions ensemble, avant.

Il se retourne vers Simone Aulary, qui se tait maintenant sans avoir manifesté son acquiescement. Il continue :

— Tous ceux et celles qui me connaissent savent que je suis accessible aux idées de chacun et que je sais prendre en compte l'aide des personnes d'expérience, dans le cadre d'une concertation, j'entends.

Mme Bardin hoche la tête et sourit finement, pour montrer à quel point elle met en doute cette affirmation. Bernard fait comme s'il ne l'avait pas vue.

Un long silence clôt la discussion.

Juliette regarde son amant de loin, avec une admiration amoureuse qu'elle a du mal à cacher. Au moment de sortir, ils échangent — comme chaque fois qu'ils le peuvent — un bref coup d'œil complice.

Dans le couloir, le personnel se disperse. Juliette passe à côté de Bernard et murmure sans le regarder :

— À 18 heures chez toi, O.K. ?

— O.K. Je serai un peu en retard, précise-t-il, je t'expliquerai. Installe-toi en m'attendant.

Un peu plus loin, Bernard rattrape Louise Wolf au moment où elle entre dans son bureau.

— J'en ai vraiment marre, grogne-t-il à voix haute.

Elle se cabre, tout de suite sur la défensive.

— Marre de quoi ?

Il s'arrête et la regarde d'un air niais :

— Dans cette histoire de morphiniques, je m'attendais à vous trouver dans le camp des opposants, et voilà que nous sommes du même avis. Je ne sais plus où j'en suis, moi !

Après une fraction de seconde d'hésitation, ses traits se détendent enfin et, dans un éclat de rire, ils se frappent les mains comme de vieux copains sur un terrain de sport.

Il s'en va en marmonnant entre ses dents :

— Tout ça est incroyable !

XXIV

Dans le coin d'une salle de café, Bernard et Héloïse se font face. Elle est méconnaissable dans une petite robe à fleurs boutonnée haut. Ses cheveux sont tirés à plat et elle n'est pas maquillée. Ses yeux et sa poitrine semblent avoir diminué de moitié.

— Quel salaud ! affirme-t-elle avec une moue de dégoût.

Bernard est impatient d'entendre les révélations que la jeune femme lui a promises en lui fixant ce rendez-vous. Sans l'influencer, il la laisse d'abord vider son cœur.

— Vous avez vu la « pouffe » qu'il s'est choisie ? enchaîne-t-elle. On la dirait tout droit sortie d'un film porno, avec ses lèvres gonflées au collagène. J'vous jure ! Des fois, on se demande ce que les mecs ont dans la tête.

— Je ne suis pas certain, glisse Bernard, qu'il s'agisse vraiment d'un problème de tête...

Elle bat des cils pour montrer qu'elle a saisi l'allusion et soupire :

— Dire que je me croyais là pour des années ! Je faisais mon boulot, j'étais gaie, toujours disponible quand il avait envie de s'envoyer en l'air. Pourtant, je peux vous le dire, à vous, c'est pas du gâteau, le père Grav'leux !

Bernard baisse les yeux, gêné d'avance par les confidences qu'il sent venir et qu'il ne souhaite pas entendre. Mais la machine est lancée et rien ne peut l'arrêter.

— Faut voir comme il bâcle ! Un vrai lapin ! Bonjour, madame ; au revoir, madame. Sur un coin du bureau, sans même enlever son pantalon, vous vous rendez compte ?

Bernard lui enjoint de se taire par un geste de la main, en jetant des coups d'œil inquiets autour de lui. Heureusement, le bistrot est aux trois quarts vide et les rares consommateurs ne leur prêtent aucune attention. De toute façon, il sent que rien ne pourrait empêcher cette furie de poursuivre.

— Non, mais attendez, il faut que vous sachiez...

Malgré ses multiples tentatives de diversion, Bernard aura droit à la liste détaillée des originalités sexuelles de son patron. Mais, sur le trafic de drogue, rien. Tous ses efforts pour détourner la conversation sont vains. Elle se dérobe. La drogue, elle n'en a jamais entendu parler. Il y a bien eu l'histoire d'Olivier Bressans... Ah, les jeunes d'aujourd'hui !

Quoi qu'il fasse, elle revient à ses malheurs. Il a beau essayer, pour la consoler, de lui prédire un avenir professionnel brillant, elle ne l'écoute pas. Déçue, amère, elle se lève enfin et s'en va, pleine de ressentiment envers la gent masculine.

Bernard ne peut s'empêcher de rire. Quelle scène ! Si Graveline connaissait les indiscrétions de son ancienne esclave...

Juliette est lovée dans le grand fauteuil de cuir, les genoux repliés, les pieds sous les fesses. Le visage fermé, elle fixe son verre d'orangeade tandis que Bernard relate son rendez-vous :

— Tu n'imagines pas ce que j'ai entendu !

— Quand une pute raconte sa vie, on peut s'attendre à tout et je ne comprends pas que tu t'extasies. Tu y allais pour ça, non ?

Le ton est pincé et le regard de la jeune femme brille d'un éclat mauvais. Au moment où Bernard va reprendre, elle l'interrompt :

— Bon, ça suffit ! Il y a longtemps que je sais à quoi m'en tenir sur cette...

Elle cherche le qualificatif qui correspondrait le mieux à sa pensée et son hésitation même est lourde de signification ! Bernard se sent mal à l'aise.

— Allons ! Ne me fais pas un procès immérité. J'ai accepté ce rendez-vous dans l'espoir d'obtenir des révélations d'un autre genre. « J'ai des choses à vous raconter qui vous étonneront », m'avait-elle dit au téléphone. Je pensais qu'elle avait fait des découvertes sur le trafic...

— La seule chose qu'elle est capable de découvrir, tu veux que je te dise ce que c'est ?

— Non ! S'il te plaît, ne dis plus rien !

— Alors je me demande encore pourquoi tu t'affiches avec cette poufiasse.

— Pour m'informer, je te l'ai dit.

— Sur ses talents ? Je suppose qu'elle t'a laissé son adresse et son numéro de téléphone. Maintenant qu'elle a du temps libre... C'est plus facile que le Minitel rose !

Bernard se laisse tomber à genoux devant le fauteuil de Juliette et joint les mains comiquement.

— Pitié, mon amour, tu sais bien...

— Je sais bien ce dont tu es capable, Bernard. J'ai bonne mémoire !

— Arrête, nous avions vingt ans. Nous étions fous...

— Il n'empêche qu'il m'a fallu dix ans pour m'en remettre !

— Allons, depuis tu t'es consolée...

Elle bondit comme s'il l'avait mordue. Dressée sur ses ergots, elle le fusille en quelques mots :

— Garde tes réflexions pour toi. Tu ne sais rien de ma vie et tu n'as rien à en savoir. Si tu veux sortir avec cette fille, c'est ton droit. Mais souviens-toi que je ne suis pas douée pour le partage !

Bernard se sent ridicule, agenouillé comme un pénitent pour subir cette scène de jalousie injustifiée.

La sonnerie du téléphone portable interrompt leur psychodrame. Il se lève et va répondre tandis qu'elle crie :

— C'est sans doute ton Héloïse ! Cours la rejoindre, moi, je m'en vais !

Bernard écoute son correspondant sans un mot pendant que Juliette se prépare à sortir, toujours aussi furieuse.

— J'arrive, conclut-il en raccrochant, le visage défait. C'est Mado. Daniel est en train de mourir et elle craint pour Édouard, qui est à bout.

Juliette voit Bernard prendre son casque et se préparer à sortir sans lui accorder un regard. Elle l'agrippe par la manche de son blouson et l'attire vers elle.

— Pardon ! Je t'aime tant, murmure-t-elle en enfouissant son visage contre l'épaule de son amant qui lui caresse les cheveux.

— Moi aussi, je t'aime et je te jure qu'aucune autre femme ne m'intéresse. Je n'ai que toi. Je t'ai tellement attendue...

Il pose sur ses lèvres un baiser furtif, se précipite dehors et saute sur sa moto.

Dans la chambre des deux garçons, la lumière est tamisée. Sur le bandeau lumineux, au-dessus de la tête du lit de Daniel, Édouard a tendu un foulard de soie qui donne aux murs une tonalité ambrée. Assis près du mourant dont il tient la main, il chuchote des mots d'amour.

Bernard entre sans faire de bruit et vient se placer derrière Édouard. Il pose ses deux mains sur les épaules du garçon, qui, maintenant, sanglote en silence. Daniel respire à peine. Dans la pénombre, ses traits émaciés, apaisés, détendus, sont d'une beauté tragique. Ses moustaches paraissent énormes, déplacées. Une cassette réglée très bas diffuse des chants grégoriens.

Édouard tourne vers Bernard son visage baigné de larmes.

— Merci d'être venu. Je me sens mieux depuis que Mado t'a appelé. J'avais besoin de te savoir là.

Bernard ne répond rien. Il accentue seulement sa pression sur les épaules de son patient, qui murmure :

— Tu peux nous laisser, maintenant. Tu es dans le service, je suis rassuré. Je t'appellerai s'il le faut.

Bernard sort. Dans le couloir, il hésite un instant en voyant de la lumière dans la chambre de Grégorio. Il entre et le trouve assis dans son lit, un exemplaire patiné de la Pléiade sur les genoux. Une petite lampe de chevet dispense, ici aussi, une lumière colorée.

— Tu ne dors pas ?

— Comment veux-tu dormir quand un ami proche est sur le départ ?

— Que lis-tu ?

— Les philosophes chinois. Écoute : « Sais-je si la mort ne ressemble pas à un jeune homme qui a quitté de bonne heure son pays natal et qui n'y retournera plus ? » C'est beau, non ?

— De qui est-ce ?

Regardant son livre, il déchiffre :

— Tchouang-tseu. Qui peut se souvenir de noms pareils ?

— Pourquoi les Chinois ?

— Mon père les haïssait. Alors, je m'y suis intéressé.

— Il faisait quoi, ton père ?

— Ambassadeur. Le genre surdoué dans la tête et analphabète du cœur. J'ai renoncé à la religion quand je l'ai vu se mettre à communier comme on va chez le coiffeur. Pour soigner son image.

Grégorio a manifestement besoin de parler et Bernard sait que cette écoute fait partie de son rôle. Il se borne seulement à poser, de temps à autre, la question qui relance la mécanique des souvenirs :

— Tu n'as pas eu une jeunesse heureuse ?

— Je suis né dans une famille de nobles boliviens, d'origine aragonaise : les Vallejo de Torrena, diplomates de père en fils depuis la nuit des temps. J'ai grandi dans le jardin des ambassades aux quatre coins du monde. Du plus loin que je me souvienne, je vois mon père, droit comme un I sur un cheval qui marche au pas espagnol, ou bien dans une salle d'armes maniant l'épée, ou encore dans une église, au premier rang des fidèles, chantant des cantiques en pensant à autre chose. Voilà les images qui hantent ma mémoire.

— Tu l'accompagnais ?

— Quand je ne pouvais pas faire autrement. Sinon, je préférais rester dans ma chambre pour coudre des robes aux poupées de ma sœur !

— Et alors ?

— Mon père n'a jamais compris mon dégoût pour les chevaux, les armes et la religion. Ce n'était pas un homme avec lequel on s'explique. Quand j'ai eu dix-huit ans — il était alors en poste à Paris —, j'ai passé mon bac au lycée Saint-Louis. Le jour où j'ai été reçu, avec mention bien, il m'a convoqué dans son bureau. Je m'attendais à ce qu'il me félicite. Illusion ! Il s'est contenté de me demander : « Et maintenant, que comptes-tu faire ? »

— Il espérait te voir entrer dans la carrière, je suppose ?

— C'est clair ! Je lui ai répondu : « Je vais ouvrir

un compte bancaire où tu pourras faire virer la part d'héritage que m'a laissée maman. Ensuite, je vais me louer un studio en ville et préparer le concours d'entrée au conservatoire. Je serai comédien. »

— Il est tombé en syncope ?

— Pas du tout. Il s'est levé et m'a dit, d'une voix tout à fait calme : « Dès que ton compte sera ouvert, sois assez aimable pour envoyer un relevé d'identité bancaire à ma secrétaire qui fera ton virement. » Il m'a raccompagné jusqu'à la porte, s'est incliné imperceptiblement et, sans un geste de plus, a conclu notre entretien par ces trois mots qui résonnent encore à mes oreilles : « Adieu, mon fils. » Depuis ce jour-là, pour moi, il est mort. Il aurait pu avoir un mot, un geste qui m'aurait laissé entendre qu'il m'aimait... Rien ! Je n'ai pas encore compris pourquoi choisir un métier qu'il n'appréciait pas faisait de moi un paria.

— Vous vous êtes revus ?

— Jamais. De ce jour-là, je n'ai plus mis les pieds dans une église, même à Florence et à Venise, ce qui implique, tu en conviendras, une certaine obstination !

Bernard rit, ému par la tranquille dérision de ce garçon que la nature a doté des dons les plus contrastés et qui, ce soir, éprouve le besoin de se raconter. Rien d'étonnant, avec le voisinage de la mort qui rôde deux chambres plus loin.

— Tu as été reçu au conservatoire ?

— Non. Je me suis très vite aperçu que je n'étais pas doué pour la comédie et je me suis rabattu sur les Arts déco. Toutefois, j'avais gardé beaucoup d'amis dans le monde du spectacle, où j'ai rencontré, peu de temps après, l'homme qui allait changer ma vie. C'était un Italien de cinquante ans, directeur d'une troupe de ballet. Il m'a engagé comme décorateur, costumier, secrétaire... Il m'a surtout révélé mon homosexualité. Cette libération a transformé mes perspectives d'avenir, et j'ai vécu, grâce à lui, une existence de rêve. Nous avons traversé la planète en tous sens, dansé dans cinquante villes, côtoyé les plus grands artistes, jusqu'à notre arrivée à Los Angeles, au début des années quatre-vingt, où nous nous sommes retrouvés en pleine hécatombe. Sans avoir le temps de comprendre ce qui nous arrivait, nous avons plongé dans le gouffre avec les autres. D'année en année, tous mes copains sont morts et, moi, je me prépare à les suivre.

— Tu ne les suivras pas. J'ai tes derniers résultats. Ils sont stupéfiants. Ta charge virale a baissé de moitié.

— Et j'ai repris trois kilos ! Je me sens revivre. C'est la catastrophe.

— La catastrophe ? Tu dérailles ou quoi ?

Bernard a crié sa surprise. Grégorio tourne vers lui un visage triste où les yeux brillent de larmes.

— C'est trop tard, toubib. Dans ma tête, tu comprends, je suis déjà mort. On ne retire pas un cadavre du tombeau. Le miracle de Lazare ne se répète pas.

— Mais la vie vaut toujours la peine...

— Quelle peine ? Ma peine, je vais devoir l'accomplir en prison. Tu n'as pas compris que les flics guettent le ressuscité à la porte de l'hôpital ?

— Allons ! Ne dramatise pas. Nous trouverons bien une solution.

Grégorio se tourne et sort les jambes de son lit. Elles sont maigres et fripées comme celle d'un vieillard. Maintenant, il fait face à Bernard et semble plaider devant un tribunal imaginaire :

— Comprends-moi ! Depuis dix ans, mes forces déclinaient et je n'avais pas voulu prendre le moindre médicament. Sauf du Bactrim, de la Mycostatine ou des trucs du même ordre contre les infections opportunistes. En spectateur averti, j'ai suivi les progrès de ma déchéance. Grâce aux philosophes orientaux, je suis parvenu à une sorte de nirvana préventif. Préventif et amoral, je le reconnais. Avec les banquiers, j'ai organisé ma succession pour qu'il ne reste rien à personne. Rends-toi compte que mon père aurait été mon seul héritier ! J'ai distribué toute la fortune que ma mère, la sainte femme, m'avait laissée aux laboratoires de recherche contre le sida, et j'ai mangé, bu ou sniffé, selon les époques, tout ce que j'avais gagné. La fin tarde à venir et je n'ai plus un sou.

— Mon pauvre Grégo, voilà pourquoi...

— Voilà pourquoi j'ai été forcé de devenir dealer à mon tour, seul moyen de me payer les drogues que les médecins me refusaient. Toi comme les autres.

— Tu n'auras plus besoin...

— Je sais. Tu as fini par obtenir que nous soyons traités comme des êtres humains, mais, crois-moi, tu n'es pas sorti de l'auberge ! Dans ton dos, beaucoup protestent.

— Si tu savais comme je m'en fous !

— C'est tout à ton honneur. Mais, pour en revenir à moi, tu reconnaîtras que je me trouve aujourd'hui dans une situation ubuesque. Vivant contre mon gré. Est-ce que tu réalises ?

— Tu le regrettes vraiment ?

Grégorio marque un silence.

— Je me pose sans cesse la question sans trouver la bonne réponse. Honnêtement, ces sensations retrouvées de faim, de force et de vitalité m'enchantent. D'un autre côté, je suis fauché, criblé de dettes auprès de gens sans pitié et attendu par les flics qui vont me mener droit au trou — sans, pour autant, me protéger de mes créanciers. Tu imagines ce que serait ma vie en prison ? À tout prendre, je préfère le cercueil tout de suite.

Comment répondre à de telles évidences ? Sans conviction, Bernard essaie de plaisanter :

— Tu écriras tes Mémoires, ton livre sera un succès et tu seras remis à flot !

— Jusqu'ici les best-sellers sur le sujet sentaient le cadavre et beaucoup de manuscrits ont été découverts dans un suaire. D'un point de vue strictement médiatique, je crains que la vie ne soit pas aussi porteuse que la mort.

— Il faudrait militer pour une loi d'amnistie.

— Tu parles ! C'est réservé aux hommes politiques véreux et aux chevaliers d'industrie... Arrête de rêver ! Tu sais, Voltaire a écrit :

Quand on a tout perdu, quand on n'a plus d'espoir,
La vie est un opprobre et la mort un devoir !

Bernard reste coi. Que peut-on ajouter à une telle conclusion ? Il se lève, passe une main affectueuse sur le crâne de son malade et sort.

Dans le couloir à peine éclairé par les veilleuses, il marche à pas lents. Tout est silencieux. La porte des deux garçons est ouverte. Il jette un coup d'œil. Édouard s'est endormi dans son fauteuil, le front posé sur le bord du lit de Daniel, dont les mouvements respiratoires sont tout juste perceptibles, séparés par de longues pauses.

En chemin vers son bureau, il croise Mado qui lui sourit. Elle va faire une piqûre à Tania et s'éloigne sans un mot.

Il a toujours aimé se promener la nuit dans l'atmosphère feutrée des hôpitaux qui sommeillent. La porte de l'office est entrebâillée et il aperçoit une femme de service qui s'est assoupie sur une chaise. Les jambes allongées sur un tabouret, la tête appuyée contre le mur, la bouche grande ouverte, elle ronfle sans vergogne. Va-t-il la réveiller ? Elle n'a pas le droit de dormir ainsi pendant son service. Il venait se faire un café, il y renonce. Sans bruit, il bat en retraite.

Le bureau des infirmières est vide. Il entre et s'assoit à leur table. Le cahier des transmissions porte ses indications. De petites croix traduisent la mise en œuvre des prescriptions. Son système est accepté et marche bien. Qu'a voulu dire Grégorio ? Que raconte-t-on derrière son dos ?

Un récipient isotherme l'intrigue. Il l'ouvre et le

flaire. Il contient du café. Il se sert. Mado surgit et se laisse tomber sur une chaise, épuisée.

— Ne change pas de main ! Tu m'en sers une tasse ?

Elle allume une cigarette, inspirant la fumée au plus profond de ses poumons. Il sourit et obtempère, tandis qu'elle coche les colonnes du cahier.

Bernard se tait. Ses sentiments sont mitigés à l'égard de cette petite bonne femme efficace mais souvent revêche. Son visage est volontiers charmeur, mais ses yeux noirs perçants et mobiles démentent cette impression. Il sent bien qu'elle obéit sans enthousiasme et participe à ses réformes sans y souscrire vraiment.

Soufflant sur le liquide bouillant, ils boivent tous les deux en silence.

— Comment ça se passe, avec les morphiniques ? demande-t-il au bout d'un moment.

— Bien. Très bien. Mieux qu'avant en tout cas. Le service est calme. Tu as vu, tout le monde dort. Avant, il y en avait toujours un ou deux dans le couloir qui fumaient en cachette. Ils ne cessaient d'aller et venir entre leurs chambres et les toilettes, entre le couloir et le hall d'en bas...

— Donc, cette mesure fait l'unanimité ?

— Les seules qui râlent, ce sont les filles de salle, les aides-soignantes... Certaines disent que ces prescriptions sont contraires à leurs convictions.

— Quelles convictions ?

— La mère Bardin nous a prévenues qu'elle demanderait sa mutation. Elle ne veut pas continuer à travailler dans un service de drogués.

— Ils ne sont pas plus drogués qu'autrefois.

— Oui, mais maintenant, c'est nous qui leur fournissons la dope.

— Tu es de cet avis ?

Elle hésite et hausse les épaules sans répondre. Il reprend :

— Tu as une idée des gens qui apportaient de la drogue dans le service jusqu'ici ?

La question est partie toute seule, anodine, comme si la réponse allait de soi. Mado ne répond pas. Elle a levé les yeux de sa tasse et fixe Bernard. Au bout d'un moment, elle se décide, à mi-voix, comme si les mots avaient du mal à sortir :

— Les gens disent que c'était toi.

Bernard met un instant à digérer l'information.

— Quels gens ?

Elle hausse les épaules et ne répond pas. Bernard proteste :

— M'accuser, moi ? Ils sont fous ! Le petit Olivier Bressans est mort avant mon arrivée.

— Ils disent que tu devais diriger le trafic du dehors et que tu as préféré venir t'en occuper de plus près.

Bernard est anéanti.

— Et toi, tu crois ces conneries ?

— Moi, je ne crois en rien. Je fais mon boulot et moins je pense, mieux j'me porte !

Elle regarde sa montre, se lève et va préparer une seringue en précisant :

— J'ai oublié les antibiotiques du 43.

Il hoche la tête. Ce qu'il vient d'entendre est tellement inattendu et stupide qu'il ne sait comment réagir. L'infirmière va sortir quand il lui demande :

— Comment cette rumeur a-t-elle pu prendre naissance ?

Elle hausse les épaules, puis se ravise.

— Excuse-moi, mais tout ça, je m'en balance. Il y a des choses plus graves...

Elle hésite et les larmes lui montent aux yeux.

— À mon avis, Daniel ne passera pas la nuit. Édouard souffre à nouveau de ses douleurs du dos qui réapparaissent à chaque contrariété. Qu'est-ce qu'il faut faire ?

Bernard réfléchit. Il prend le cahier de prescriptions.

— Pour Daniel on ne peut plus grand-chose. Avec sa pompe à morphine, il ne souffre pas. À Édouard tu donneras un Palfium et un Temesta. Il va pouvoir se reposer. Quand il se réveillera, Daniel sera parti.

Mado hésite :

— Si tu permets, je lui donnerai son Palfium, pour qu'il ne souffre plus. Mais pour le Temesta, à mon avis, il vaut mieux attendre que tout soit fini. Tel que je le connais, il ne me pardonnerait pas de l'avoir privé de l'adieu... ultime.

— Tu as raison.

Elle se mord les lèvres pour ne pas pleurer et s'en va dans le couloir.

Encore une qu'il va falloir surveiller, pense Bernard. Elle risque de craquer. Fatigué, il décide de rentrer chez lui. La musique lui changera les idées. Il retourne vers son bureau et s'apprête à quitter les lieux quand Grégorio apparaît dans l'embrasure de la porte :

— Tu t'en vas ? Dommage...

— Pourquoi dommage ?

— J'aurais aimé te parler deux minutes encore. Tu pars toujours trop vite. On n'a jamais le temps de parler.

Sans relever l'injustice du propos, Bernard se résigne :

— Entre et ferme la porte. Asseyons-nous.

Grégorio porte son éternelle robe de chambre mordorée et tient ses philosophes chinois sous le bras. Il sort de sa poche son poing fermé qui révèle un joint allumé.

— C'est de la provocation ?

— Pas du tout, je me soigne. Tu veux une taf ?

— Non merci. Je suis guéri depuis longtemps.

— Il faut que je te fasse lire un article sur le cannabis. C'est un excellent relaxant, qui ouvre l'appétit et limite le recours aux antalgiques. En fumant, je diminue ma consommation d'opiacés, et je fais faire autant d'économies à la Sécurité sociale. C'est tout bénéf pour notre pauvre hôpital.

Bernard est décontenancé par un tel cynisme.

— Bravo, répond-il sur le même ton. Je te savais

bon citoyen. Je n'aurais jamais imaginé que ce fût à ce point.

— On en apprend tous les jours, tu vois. Faut pas critiquer les fumeurs d'herbe.

— Ne crois pas ça. J'ai lu les articles parus sur le sujet. Il s'agissait de cancérologie. Que je sache, ce n'est pas ton cas. De toute façon, pour bénéficier de ces vertus pharmacologiques, il n'est pas nécessaire de fumer des joints. Le cannabis existe en comprimés. Pour t'éviter de brûler tes draps, je peux t'en prescrire, si tu veux.

Grégorio lève les yeux au ciel.

— Ah ! les médecins, tous les mêmes ! Ma trithérapie m'impose déjà la prise quotidienne d'une pelletée de comprimés. Si tu ajoutes la prévention des infections opportunistes, c'est cinquante-cinq cach'tons que je me tape chaque jour à heure fixe. Sans compter la flotte pour protéger les reins. Et tu voudrais y ajouter du cannabis en pilules ? Tu rigoles !

Il tire une bouffée de son pétard et le montre à Bernard.

— Je n'ai pas honte d'avouer que sans le hasch, j'aurais abandonné la partie depuis longtemps. Si tu savais comme j'en ai marre ! Certains soirs, je voudrais dormir et ne plus jamais me réveiller. Écoute.

Il prend son livre et lit :

— « Arrive, ô douce nuit, ô douce amie, et que ma peine s'endorme dans tes bras légers. » Tchou-jo-su.

Bernard rétorque en riant :

— Je croyais que tu allais dire : « Arrive, ô douce Louise... »

— Ta Wolf ? C'est devenu un ange. « Vous avez pris votre Temgésic, mon petit Grégo ? — elle m'appelle Grégo, maintenant ! — Et votre Moscontin ? J'espère que vous ne l'avez pas oublié ! » Avant, c'était : « Monsieur Vallejo, je vous prie d'être poli ! »

Il hésite un instant, arbore un air futé et ajoute, suspicieux, le doigt levé :

— À croire qu'elle cherche à me droguer !

Bernard pouffe. Grégorio continue :

— Elle a changé du tout au tout. On dirait qu'elle a découvert que je suis un être humain, comme elle. Tu veux que je te dise ? Je me demande si elle n'est pas convaincue, elle aussi, que je vais survivre.

Cette phrase banale conclut provisoirement la conversation. Aucun des deux n'ose rompre un silence qui leur permet de rêver.

Une fois encore, Bernard se sent profondément ému par la détresse de ce garçon qui se confie à lui sans masque ni pudeur.

Chacun prend conscience qu'ils vivent ensemble une aventure unique dans l'histoire de la médecine. Jusque-là, les personnes touchées par le VIH savaient que leur arrêt de mort était signé. Le délai entre la contamination et l'issue fatale s'était allongé depuis les années quatre-vingt, passant de trois-quatre ans à dix-douze, rarement plus. Même ralentie, la dégradation physique progressive paraissait imparable, jusqu'au terme.

Médecins et accompagnateurs s'épuisaient en propos lénifiants, prétendant que tout le monde en est au même point et que chacun de nous peut mourir demain. « C'est vrai, avait répondu Grégorio, un jour que Bernard essayait de lui remonter le moral en lui tenant ce discours, seulement mon demain à moi, en termes de probabilités, est mille fois plus proche que le tien. C'est toute la différence ! »

Et voici que pour la première fois, en cet automne 1996, la dialectique des certitudes est en train de s'inverser. Les mourants d'hier reprennent des forces, du poids, et du courage. « Pour combien de temps ? » demandent les pessimistes, refusant d'entendre l'immense rumeur d'espoir qui monte des mouroirs. Personne ne peut répondre à cette question. Le fait est là : d'après les spécialistes, les malades qui ont vu les premiers leur état s'améliorer sous trithérapie vont toujours aussi bien, trente mois après le début de leur traitement, avec une charge virale qui a diminué ou qui est parfois devenue indétectable.

Et si la science rendait à tous ces condamnés le droit de vivre à nouveau ? Autrefois, le diagnostic de tuberculose était un arrêt de mort — jusqu'à l'arrivée des antibiotiques spécifiques, en 1945. La poliomyélite et la variole, éradiquées par les vaccins, auront disparu de la surface de la terre à la fin de ce siècle. Alors, pourquoi n'en serait-il pas bientôt de même pour ce virus d'horreur ?

Un lointain carillon d'église sonne deux fois.

— Deux heures ! s'exclame Bernard en se levant. Tu devrais aller dormir.

— Dormir ? Depuis des années, je me suis entraîné à ne plus dormir, par peur de ne pas me réveiller.

— Oui, mais moi, Grégo, tu comprends, il faut que j'y aille, sinon demain je ne serai bon à rien.

Sans tenir compte de cette réflexion, Grégorio continue :

— Reste avec moi un moment de plus, toubib, il faut que je te parle encore. Depuis ta visite de tout à l'heure, j'ai gambergé sec. Je ne peux pas demeurer ainsi à attendre patiemment les flics. Il faut que je me barre d'ici.

— Te barrer d'ici ? Pour aller où ?

— Bonne question ! Avec ton aide, je vais m'organiser.

— Tu as une idée ?

— Non, mais j'ai une sœur.

— Une sœur ?

— Parfaitement ! Elle habite Rome.

— Tu t'entends bien avec elle ?

— Je m'entendais bien. Mais quand je me suis tiré de la maison, j'ai décidé de couper les ponts, pour ne pas la mettre en porte-à-faux avec le vieux. Depuis, je lui envoie chaque année une carte postale à Noël pour lui dire que je l'aime. C'est tout.

— Elle ne te répond pas ?
— Je ne lui ai jamais donné d'adresse.
— Comment sais-tu qu'elle est en Italie ?
— Son mari est ambassadeur près le Saint-Siège. Tu n'as qu'à lire les journaux. C'est un Vénézuélien centenaire et riche comme un puits.
— Centenaire ?
— Sûrement ! Il était déjà hors d'âge quand il l'a épousée. Maintenant il a dix ans de plus. Tu imagines !
— Et elle ?
— Trente-deux ans. Belle comme la nuit, bête comme ses pieds et divinement gentille.
— Si bête que ça ?
— J'exagère. Mais elle a toujours pensé qu'elle était trop belle pour perdre son temps à faire des études. Elle ne lit que des magazines et les catalogues de grands couturiers. Comme elle parle cinq langues et qu'elle lit tout ce qui paraît sur son sujet préféré, tu imagines le budget !
— Cinq langues ! Elle n'est pas si con !
— Oh, elle ne s'est guère donné de mal. Elle parle l'espagnol et le portugais de naissance, le français, l'italien et l'anglais par immersion diplomatique. Elle a toujours refusé de parler l'allemand, à cause de Hitler.
— Mussolini ne l'a pas gênée ?
— Elle ne sait pas qui c'est ! Bref, je vais l'appeler pour qu'elle vienne me chercher. À toi d'organiser mon évasion. En contrepartie, je te donnerai le nom de celui qui fournit l'hôpital et bien d'autres lieux encore.

Bernard a du mal à croire ce qu'il vient d'entendre.
— Que dis-tu ? Tu me donneras le nom de ton fournisseur ? Celui qui dirige le réseau ?
Grégorio prend un ton supérieur :
— Parole d'homme !
— Je le connais ?

— Question rejetée, Votre Honneur... Alors, marché conclu ?

Bernard cherche quelle ruse se cache derrière cette proposition. Il faut temporiser.

— Je ne sais que te dire. Ça demande réflexion...

— Aujourd'hui, j'ai seulement besoin de ton accord de principe.

— Laisse-moi un peu de temps.

— Tu sais, Bernard, le temps, c'est ce qui me manque le plus...

XXV

Bernard a mal dormi.

Après son début de nuit à l'hôpital avec Grégorio, il est rentré hagard et s'est jeté sur son lit pour sombrer dans un sommeil agité, peuplé de fantômes qui lui reprochaient de les avoir laissés partir trop vite. Pourquoi n'a-t-il pas su les maintenir en vie jusqu'à ce fatidique été 1996 où le virus a baissé la garde pour la première fois ?

Dans le service, neuf des douze hospitalisés affichent un mieux indéniable, avec diminution de leur charge virale et reprise de poids. Du jamais vu !

Soudain, sa dernière conversation avec Grégorio lui revient en mémoire. Que lui répondre quand il sollicite sa complicité pour échapper à la police ? Comment lui faire comprendre que ses discussions avec l'inspecteur Lechêne l'ont conduit à s'interdire tout autre rôle que les soins aux malades ?

Sous l'eau brûlante de la douche, ses idées se précisent. Au fond, en aidant Grégorio à fuir, ne prendra-t-il pas sa revanche sur ces criminels qui ont poussé son frère dans l'abîme ? Ne va-t-il pas leur arracher une victime désignée, en les livrant, du même coup, à la justice ?

À condition que le fugitif tienne ses engagements et qu'il dénonce ses fournisseurs... Il y a longtemps que Bernard ne croit plus aux serments des drogués. Ne sont-ils pas toujours prêts à promettre n'importe quoi ? « Serment d'ivrogne », dit la sagesse populaire. Mais le serment d'ivrogne c'est de l'or à côté de celui d'un camé !

En admettant que le jeu en vaille la chandelle et que Lechêne accepte d'échanger la liberté de Grégorio contre la dénonciation de la bande, a-t-il le droit, lui, médecin, de s'immiscer dans cette affaire qui ne le concerne pas ?

Bernard s'habille en continuant à réfléchir. Ses actes, c'est lui qui en décide. Quand son frère et ses amis jouaient aux funambules au bord du gouffre, il a tout fait pour les sortir des pattes des malfaiteurs. Personne ne l'a aidé. Aujourd'hui, en matière de justice, il a le droit de prendre ses décisions seul. Mais...

Mais, est-ce la vengeance ou l'orgueil qui le pousse à jouer les justiciers — l'orgueil d'un fils de petit médecin de quartier qui veut sauver la mise d'un fils d'ambassadeur ? Ne cherche-t-il pas à gravir les échelons d'une fantomatique échelle sociale ?

Le téléphone le sort de sa méditation. C'est Juliette : Daniel vient de mourir. Elle a voulu donner à Édouard les médicaments prescrits, mais il les refuse. Il réclame la présence de son médecin. Grégorio aussi l'a demandé.

Bernard promet de venir au plus vite.

Dehors, il est surpris par la fraîcheur de cet automne précoce. Il lui faudra s'équiper d'un blouson plus chaud.

Il met sa moto en marche et l'image de Grégorio vient l'obséder de nouveau. Il va devoir prendre une décision. Il ne peut laisser sans réponse un garçon aussi menacé. Il se souvient de leur brève conversation de l'autre jour, quand il a appris que la prescription des morphiniques était désormais banalisée dans le service :

— Bravo pour la mise à mort ! lui a-t-il murmuré à l'oreille. Merci !

Bernard ne comprenait pas.

— Quelle mise à mort ?

— La mienne. Si la drogue est distribuée par l'hôpital, qu'est-ce que je deviens, moi ? Comment je règle mes créanciers ?

Bernard s'était mis en colère :

— Arrête, tu ne vas pas me prendre la tête avec ça, maintenant ! Que tu te cames, c'est ton droit. Je ne te juge pas. Mais tu ne vas pas me faire pleurer sur la mort de ton petit commerce !

— La mort du petit commerce, non ! Mais la mienne, oui ! Si je ne règle pas mes dettes, ils me butent, Bernard !

Bernard avait joué au cynique :

— Je te croyais prêt à mourir ?

— Oui ! Mais pas prêt à me faire buter !

Quand Bernard arrive à l'hôpital, Édouard, épuisé, s'est endormi. Il a enfin accepté de prendre les sédatifs qui lui avaient été prescrits. Le service est étrangement calme. Lorsque la mort frappe un membre de la petite communauté, les survivants restent hébétés. Puis chacun se résigne. Ils en ont tant vu partir ! Il leur faut bien continuer à vivre.

Pendant toute la journée, Grégorio va hanter le couloir, essayant d'attirer l'attention de Bernard, qui, lâchement, joue les affairés et s'abrutit de travail pour éviter de penser. Le projet d'évasion est repoussé à plus tard.

La journée s'achève par une réunion de la commission médicale consultative chargée de régler des problèmes complexes d'organisation et d'horaires. Bernard ne participe jamais à ces échanges bavards aux résultats rarement tangibles. Ce soir, il est là, attentif comme si c'était son unique préoccupation.

Puis il rentre directement chez lui, sans même

repasser par le service. Son répondeur est étrangement muet. Juliette n'a pas donné signe de vie.

Il s'immerge dans une musique infernale avec sa bande de copains déchaînés. Il finit par les jeter dehors vers minuit, après les avoir accusés de jouer comme des savates et menacés de ne jamais enregistrer leur fichu disque.

Sa colère est totalement injustifiée et il le sait. Les autres ne sont pas dupes non plus, et ils partent sans lui en tenir rigueur. Sur le pas de la porte, le petit Ahmed lui lance :

— *Cool,* Narbé ! T'es vénère à cause de ta meuf qu'est pas venue. Laisse béton et file au page, tu bosses trop !

7 heures du matin. La lumière crue du soleil qui inonde la verrière joue sur les poutrelles.

Bernard n'ose pas se réveiller. Avant même d'avoir ouvert les yeux, il sent l'obsession l'envahir de nouveau. Depuis la veille, il a franchi un grand pas. Il est déterminé à faciliter l'évasion de Grégorio. Mais cette décision l'effraie. Comment assumer pareille responsabilité ? S'il obtient le nom du dealer, il ne suffira pas de le communiquer à Lechêne. L'autre lui rira au nez et réclamera des preuves. Comment en obtenir sans risquer sa propre peau ?

Et Juliette ? Faut-il la prévenir ? Cette confidence n'est-elle pas susceptible de la mettre en danger ?

Tout en réfléchissant, il va brancher sa cafetière électrique quand quelqu'un frappe et entre. C'est elle. Il se précipite à sa rencontre et la serre dans ses bras, comme s'il la voyait pour la dernière fois, mais sans oser lui confier ses secrets. Elle se laisse aller, amoureuse, rassurée, éperdue...

Dehors, dans leur voiture banalisée en planque dans une rue adjacente, Lechêne et Perrier se regardent et pouffent de rire.

— Voilà un imprévu qui va nous prendre du temps, ricane Perrier, égrillard.

— Elle est de repos aujourd'hui, elle n'a pas à se presser. En revanche, lui risque d'être en retard.

— Il n'a pas de réunion de service...

— C'est vrai. Tout de même, ce n'est pas sérieux. Depuis qu'il a son portable, il mène une vie anarchique.

— Je me demande ce qu'il fricotait avec le Vallejo, la nuit d'avant. Ils sont restés ensemble jusqu'à point d'heure.

— Ils ont dû fumer des joints.

— Hier, il a bossé toute la journée. Après, il a joué de la musique avec sa bande de cinglés. Ce matin, il s'occupe de la petite Verdier. Quelle santé !

La porte du loft s'ouvre brusquement et Juliette ressort en courant. Elle se précipite vers sa Twingo qui démarre comme une fusée. La voiture de police ne bouge pas.

— Aujourd'hui, il a bâclé, commente Perrier. Qu'est-ce qu'on fait ?

— On attend qu'il s'en aille. Ce n'est pas le moment de faiblir. Je sens que l'issue est proche.

Lechêne s'arrête de parler en voyant un taxi stopper devant l'« usine ». Une somptueuse créature en descend, un papier à la main, qu'elle vérifie. Elle paie le chauffeur et considère avec stupeur le bâtiment désaffecté. Dans leur véhicule, les deux policiers se regardent, épatés.

— Vous avez vu ce canon ? s'exclame Perrier avec des yeux qui lui sortent de la tête.

La fille est grande et mince. Elle porte un long manteau blanc, une capeline de paille, blanche également, retenue par un foulard qui, d'où ils sont, lui cache le visage. Elle a des jambes superbes juchées sur des talons immenses. Un grand sac de voyage de cuir blanc est posé à ses pieds.

Elle pousse le portail et disparaît chez Bernard.

— Bon Dieu, je n'ai pas pris le numéro du taxi ! peste Lechêne.

— Pour quoi faire ?

— Pour savoir d'où elle vient, voyons ! Si jamais elle arrivait de Colombie avec un stock de blanche...

— Vous, *mon commandant,* vous regardez trop de films policiers !

Lechêne lui jette un regard navré.

Bernard est tout aussi surpris que Perrier par cette apparition qui s'exprime d'une voix charmante avec un accent indéfinissable :

— Je m'appelle Mariella Vallejo. Vous êtes le Dr Bernard Moreuil, je suppose ?

Bernard, suffoqué, se tait un instant. Ce salaud lui a forcé la main ! Comment reculer maintenant ? Il se jette à l'eau :

— Je sais que Grégorio vous a appelée...

— Où est-il ? Je ne le vois pas. J'ai reçu un télégramme où il me demande de venir le chercher chez vous. J'ai pris le premier avion.

— Il n'est pas ici encore, mais je vais vous raconter ce qu'il en est. Permettez-moi de vous débarrasser et de vous offrir un café.

— Volontiers. Mais dites-moi vite : il est en bonne santé, au moins ?

« Comme c'est difficile, pense-t-il, de répondre à de telles questions ! »

— Asseyez-vous. Il va... bien !

Bernard est mal à l'aise en face de cette créature de rêve qui ressemble, trait pour trait, à son frère. Il retrouve le même visage allongé, la même carnation mate, les mêmes yeux immenses et sombres. Mais, chez cette femme, tous les contours sont adoucis par des courbes harmonieuses. Il imagine ce que devait être Grégorio avec vingt ou trente kilos de plus.

Elle rejette en arrière, d'un geste des deux mains, sa chevelure épaisse, noire et lisse comme celle d'une Asiatique, mettant en valeur l'élégance et la finesse de son cou.

Bernard ne sait par quel bout commencer. A-t-il le droit de lever le secret professionnel ? Comment concilier le sauvetage projeté et la confidentialité des informations qu'il va être amené à donner ?

Affairé devant la cafetière électrique, les mains tremblantes, absorbé dans ses pensées, il renverse le paquet de café moulu. La jeune femme, qui vient de faire le tour de l'incroyable décor, s'approche et lui pose la main sur l'épaule.

— Je vous conseille d'aller prendre votre douche et de vous habiller tranquillement pendant que je m'occuperai de ces tâches ménagères. Ensuite nous parlerons.

Dans la voiture de police immobile, Lechêne est perplexe :

— D'où peut bien venir cette nana ?

Perrier manifeste une admiration envieuse :

— Il est insatiable, ce mec ! Quel tempérament !

— Tu ne penses donc jamais à autre chose ?

— Non, pourquoi ?

Chacun plongé dans un imaginaire bien à lui, ils restent silencieux un moment. Perrier réagit le premier :

— Si on demandait l'avis du commissaire ?

Lechêne se fait méprisant :

— Tu as vraiment envie que tout le monde se fiche de nous ! Si on appelle le patron à chaque fois que Moreuil tire une petite, on ne va pas en finir...

La porte de l'« usine » s'ouvre et Bernard en jaillit. Il file vers sa moto, coiffe son casque et la met en marche. Au moment de démarrer, il lance un bref regard circulaire et part comme une flèche.

Lechêne met le contact à son tour, en remarquant :

— Il nous a repérés. C'est rare qu'il se méfie ! Qu'est-ce qu'il manigance ?

Il hésite encore une seconde avant de commander :

— Toi, tu restes là. Tu ne lâches pas la fille si elle sort.

— Si elle sort, n'ayez crainte. Je l'attrape à bras-le-corps et je ne la lâche plus. Promis ! Vous pouvez me faire confiance ! J'espère seulement qu'elle n'aura pas l'idée d'appeler un taxi. Pour la course à pied, j'ai déjà donné.

— Je te fais envoyer une voiture.

— Super ! Je pourrai lui proposer de jouer les chauffeurs de maître.

Perrier descend, regarde partir son supérieur, puis cherche un endroit où se planquer. L'environnement est tellement inhospitalier qu'il a du mal à se décider. Les mains dans les poches, il marche vers le terrain vague où deux jeunes Beurs patinent dans un gymkhana de bouteilles en plastique.

Arrivé devant l'hôpital, Bernard enchaîne sa moto et vérifie, d'un coup d'œil, que la voiture des policiers est entrée derrière lui sur le parking.

Lechêne reste à bonne distance, conscient et un peu agacé d'être surveillé ainsi. Il voit le médecin grimper les marches du perron et disparaître dans le hall. L'attente recommence.

Dans le couloir du service, Bernard, nerveux, va de chambre en chambre. Cette façon de bâcler sa visite ne lui est pas habituelle.

Le pauvre Édouard attend, debout devant le lit de son ami, vêtu d'un pantalon de cuir noir et d'un simple tee-shirt, noir également. Il a rasé complètement son crâne et ses rouflaquettes. Il sursaute quand le médecin entre dans la chambre.

— Je me tire à 13 heures ? C'est toujours d'accord ?

— Bien sûr. Ton ordonnance est prête. Il te faudra prendre tes médicaments à la pharmacie du sous-sol. Ils ne seront pas vendus en ville avant plusieurs mois.

Édouard écoute à peine, mais sourit.

— C'est bien, je pourrai être aux obsèques...

Bernard reprend ses recommandations :

— Tu me promets de bien suivre tes prescriptions et de revenir me voir en consultation ? Ton rendez-vous est déjà prévu.

Édouard le regarde un moment en silence. Il a les yeux profondément enfoncés dans un visage qui est encore d'une maigreur impressionnante malgré la reprise de poids. Il se décide à répondre :

— Je viendrai, bien sûr. Je n'ai plus que toi, Bernard. Je voulais te dire aussi...

Bernard presse ses épaules.

— Ne dis rien. Nous avons tout vécu ensemble. Et nous aurons encore mille fois l'occasion de reparler de tout ça.

Édouard le serre longuement dans ses bras, puis les deux hommes se séparent sans un mot ni un regard de plus.

Bernard masque son émotion dans le sourire qu'il destine à Tania. Toute joyeuse, elle s'est mis des rouleaux dans les cheveux et ressemble à une caricature de ménagère américaine. Appuyée au chambranle de sa porte, elle joue la fille des rues :

— Ma nouvelle coiffure te plaît, beau gosse ?

Il la regarde avec un sourire admiratif et joue le jeu :

— Tu m'bottes, ma belle !

Ils pouffent ensemble.

— Tu seras encore plus belle quand tu auras retiré tes prothèses ! En tout cas, les kilos que tu as pris te vont bien.

Elle lui offre, sans doute pour la première fois, un grand sourire de bonheur. Il n'avait jamais remarqué qu'il lui manquait tant de dents. Il note dans sa mémoire qu'il faut l'envoyer en stomato. Pas gênée, elle continue :

— Je sors toujours la semaine prochaine ?

— C'est juré !

Elle lève les yeux au ciel.

— Tu sais, toubib, il y a des moments, je me demande si je ne rêve pas.

En s'éloignant, Bernard bute sur un entrant d'une quarantaine d'années.

— Vous êtes le docteur Moreuil ?

Ravi de découvrir celui qu'il cherchait, l'homme lui explique tout de go : qu'il a le sida, qu'il a été contaminé par une transfusion onze ans auparavant, que tous les traitements ont été essayés, que ses T4 continuent de descendre et qu'on lui a conseillé de venir dans ce service.

— Vous êtes mon seul espoir, docteur.

Son épouse, une petite femme boulotte aux cheveux coupés court, dévore d'un regard anxieux le médecin qui se refuse à répondre aux questions concernant l'avenir :

— Je ne peux rien vous dire pour le moment, monsieur. Il faut étudier votre dossier, faire de nouveaux examens.

Dans le couloir, Mme Bardin pousse lentement un chariot de nettoyage. Elle traîne des savates éculées sur ses orteils déformés par l'arthrose et lance un regard méprisant au nouveau venu. Bernard ne sait à qui confier ce patient encombrant quand il aperçoit Louise Wolf qui arrive à grands pas et paraît hors d'elle. Sans se soucier du couple, elle s'adresse à Bernard sur un ton furieux :

— Un cliché pulmonaire de contrôle était prévu pour M. Vallejo. Il a refusé, se prétendant trop fatigué pour aller jusqu'à la radio. Il m'a envoyé balader d'une manière intolérable. Je ne sais plus quoi faire, moi !

— Je vais le voir. Je vous laisse cet entrant qu'il faut « bilanter » ce matin. Je le reverrai demain avec ses résultats.

Bernard frappe et pousse la porte de Grégorio. Verdier est en train de le masser et salue le médecin avec son inaltérable bonne humeur :

— Ah ! docteur Moreuil, venez à mon secours ! Je ne parviens pas à le convaincre de l'utilité des massages. Il refuse de quitter son lit, alors qu'il faut réactiver sa masse musculaire, reconstituer la souplesse de ses articulations. Regardez cet air mourant.

Grégorio n'a pas l'air mourant. Il réagit brutalement :

— Assez ! Tu me gonfles ! Tire-toi, connard !

Verdier éclate de rire. Il prend Bernard à partie :

— Vous avez vu comment il me traite ? Impossible de progresser dans ces conditions !

Bernard sourit.

— Je vais le secouer, c'est promis.

— Je compte sur vous. Bon courage !

Verdier ébauche un salut de théâtre et sort. À peine la porte est-elle refermée que Grégorio se dresse sur son séant :

— Te voilà enfin ! Tu as du nouveau ?

— Tu m'as bien eu, salaud ! Ta sœur est chez moi.

Le visage du jeune homme s'illumine et il ne fait aucune allusion à la réflexion de Bernard.

— Elle est toujours aussi belle ?

— Je ne sais pas comment elle était avant, mais je peux te dire que je la trouve divine !

— Pas touche, hein ? Je ne veux pas d'histoire avec le beauf. Va falloir qu'il m'accepte quelque temps, celui-là, alors je n'ai pas intérêt à me mettre mal avec lui !

— Ne t'inquiète pas !

— Quels sont vos projets ?

— Nous avons peu parlé. J'ai prétexté mon obligation d'aller à l'hôpital. Elle m'attend pour le déjeuner. Je voulais d'abord te demander ce que je peux lui dire. Je suis lié par le secret médical, à moins que tu ne m'en libères. C'est à toi de décider.

Grégorio réfléchit un instant. Avec ses cheveux qui ont repoussé anarchiquement et ses joues mangées par une barbe de trois jours, très à la mode, il ressemble moins à Mariella que Bernard se l'était imaginé. Ce cou décharné, ces clavicules proéminentes sur un thorax où les côtes saillent trahissent la maladie. Comment mentir à la sœur ? La réponse du jeune homme est sans ambiguïté :

— Tu lui dis tout. Plus tu en diras, moins j'aurai à raconter. De toute façon, elle fait partie de ces gens simples qui n'ont qu'un seul camp. Si tu es du bon côté, tu as raison quoi que tu fasses.

— C'est la solution la meilleure.

— Parfait. Maintenant, je veux savoir quand nous partons.

— Cette nuit, je suppose. Pourquoi attendre plus ?

— Génial. Comment vas-tu t'y prendre ?

— Je ne sais pas encore. Je viens de découvrir que les flics me collent aux fesses depuis ce matin. Ils ne vont pas nous faciliter les choses. Mais j'ai ma petite idée.

— Explique-moi !

— Non ! Les modalités de départ, j'en fais mon affaire. Et pour la... monnaie d'échange, qu'en est-il ?

— Je donne rendez-vous aux autres à 4 heures, cette nuit. Ça te va ?

Bernard hoche la tête et sort après un clin d'œil complice. Grégorio se rejette en arrière. Il a du mal à y croire !

À peine refermée, la porte s'ouvre à nouveau et laisse le passage à Mme Bardin avec le plateau du déjeuner qu'elle pose sur la table-pont.

— Je ne veux rien, merci ! Je n'ai pas faim.

La femme se penche vers le malade et lui souffle dans le nez, à voix basse :

— Que tu aies faim ou pas, je m'en tape ! Tu manges ce que tu veux, et dans une demi-heure je ramasse les copies.

— Tire-toi, connasse !

— Va te faire enfiler, pédé !

Après cet échange de civilités, elle referme la porte et retourne à son chariot, le visage imperturbable.

De son tiroir, Grégorio tire une plaquette de chocolat qu'il dépiaute soigneusement.

Bernard passe la tête dans le bureau de la surveillante.

— Je descends au labo une minute et, ensuite, je vais faire trois courses. Je serai de retour vers 14 heures.

Louise Wolf lève à peine les yeux pour répondre :

— Vous avez votre portable ?

— Comme d'habitude.

— Alors, vous faites ce que vous voulez. L'important, c'est que je puisse vous joindre.

Elle sourit enfin et son regard rayonne d'une sympathie nouvelle.

— Ne vous méprenez pas, Bernard, ce n'est pas une critique, enchaîne-t-elle. J'ai simplement renoncé à calquer mon emploi du temps sur le vôtre. Nous travaillons chacun de notre côté, mais nous allons dans la même direction, c'est l'essentiel. Il m'a fallu du temps pour l'admettre, c'est tout !

Elle se retourne vers lui, visiblement en veine de confidence :

— Vous savez, jusqu'ici, l'atmosphère de ce service était malsaine, mais je n'en avais pas vraiment conscience. J'y vivais sur la défensive, toujours prête à mordre, imaginant que c'était partout pareil. Aujourd'hui je suis apaisée et c'est peut-être un peu grâce à vous.

Bernard s'approche.

— Qu'est-ce que vous me racontez là ?

Elle se dresse, faussement fâchée.

— Oh, n'en tirez pas des conclusions prématurées. Vous êtes un bon médecin mais faut pas vous gonfler pour autant et vous croire tout permis.

Elle rit et se replonge dans ses dossiers.

Bernard ne sait que dire. Cette diatribe le laisse coi. Pour la première fois depuis qu'il est revenu dans le service, il a envie de s'asseoir en face de la surveillante, simplement pour bavarder. Dès qu'il aura un moment...

Il hoche la tête et s'en va à regret. Au passage, il empoigne son blouson, s'approche de la fenêtre et regarde vers le parking. Près du portail d'entrée, dans sa voiture, Lechêne lit le journal.

Bernard vérifie qu'il n'y a rien de suspect dans le couloir. Négligeant l'ascenseur, il s'engouffre dans l'escalier et dévale les marches quatre à quatre. Au rez-de-chaussée, il franchit la porte « Passage interdit » et descend un étage de plus. Il pénètre alors dans l'univers sordide du sous-sol, violemment éclairé par des ampoules nues derrière des grillages. Il parcourt sans la moindre hésitation un labyrinthe compliqué où des tuyaux de toutes sortes dessinent un plafond surréaliste, et parvient dans un entrepôt où des magasiniers déchargent un camion de médicaments. Sans se faire remarquer, il se retrouve à l'air libre derrière le bâtiment et part en courant dans le dédale des ruelles d'une zone commerçante.

Il débouche enfin dans une avenue plus importante et entre dans un garage affichant l'enseigne Hertz. Il en ressort une demi-heure plus tard, au volant d'une 605 blanche qui fonce vers la banlieue. En chemin, il stoppe devant une boutique de traiteur et ressort les bras chargés de paquets, avant de repartir en trombe.

Aux abords de son terrain vague, il stoppe, scrutant les environs. Son « usine » est à une centaine de mètres seulement, mais l'accès en est surveillé par la voiture de police où Perrier et la fliquette somnolent en grignotant des cacahuètes.

Bernard est perplexe. Avisant un enfant dans la rue, il l'appelle, lui désigne Ahmed qui patine, et lui dit quelques mots à mi-voix. Le gamin opine et court vers le jeune Beur, auquel, à son tour, il parle à l'oreille. Comme une flèche, Ahmed part vers les bâtiments.

Cinq minutes ne sont pas écoulées qu'un garçon d'une vingtaine d'années arrive à pas traînants, le blouson chamarré, la casquette américaine à l'envers... le *look* standard des banlieues. Il s'approche de la vitre baissée.

— Salut, Narbé!

— Salut, Hocine! Tu vas bien?

— On s'pousse!

— Tu peux me rendre un service?

— Dis toujours.

— Ton gros cube est disponible?

— Ouais!

— Tu m'emmènes à l'hosto?

— Si c'est qu'ça...

— Je laisse ma caisse ici. Tu dis à tes potes qu'ils me la surveillent. Je ne veux pas qu'on y touche. Compris?

Le gars touche sa casquette d'un index explicite. Ce recours à son autorité lui plaît.

Un moment plus tard, il réapparaît sur une Mostro Ducati 900 resplendissante. Bernard n'en revient pas.

— Où tu as chouré ça, Hocine?

L'autre ne répond pas et se borne à sourire sous le casque. Bernard n'en mène pas large.

— Pourvu qu'on se fasse pas serrer par les flics!

— Faudrait d'abord qu'ils me rattrapent! Allez, monte!

Le monstre nickelé s'arrache en parcourant vingt mètres sur la roue arrière, au grand dam de Bernard qui ne s'y attendait pas.

En dix minutes, les voilà revenus sans encombre à l'arrière de l'hôpital. Il plonge derechef dans les sous-sols pour réapparaître à l'entrée principale, son sac à dos accroché à l'épaule et son casque sous le bras. D'un air dégagé, il reprend sa vieille BM et rentre tranquillement chez lui, suivi de loin par la voiture de Lechêne.

Mariella s'est changée. Elle porte un jean sur des tennis bleus et un tee-shirt collant de même tonalité qui met sa taille en valeur et moule une poitrine haut placée. Ses cheveux sont tirés en un chignon solidement arrimé sur la nuque. Même habillée de manière aussi banale, elle est d'une beauté troublante et Bernard a du mal à ne pas lui en faire la réflexion.

Il déballe le contenu de son sac à dos et installe sur la table des barquettes de victuailles, suivies d'une bouteille de beaujolais qu'elle s'empresse de déboucher sans autre commentaire. On dirait un vieux couple qui n'a plus rien à échanger.

Ils s'assoient et Bernard se décide à parler :

— Vous êtes venue en avion ?

— Oui.

— Pas question de repartir par le même moyen. Il ne faut laisser aucune trace. J'ai loué une voiture, mais, pour leurrer les flics, je vous ai retenu, par téléphone, deux places dans un vol pour Madrid à 8 heures, demain matin.

— Je ne vais pas à Madrid !

— Justement. J'espère qu'ils vous attendront au départ. Vous serez sur la route depuis cinq heures déjà, de quoi vous donner une confortable avance.

— Parce que le voyage est pour cette nuit ?

— Oui, vers 3 heures, si rien ne s'y oppose. Je vais vous expliquer ce que j'ai prévu.

Elle lève la main pour l'interrompre :

— En ce qui concerne l'avenir, je vous fais une entière confiance. Je suis beaucoup plus impatiente de connaître le passé. Comment en sommes-nous arrivés là ? Je n'ai pas vu mon frère depuis dix ans. À part quelques cartes de vœux postées des quatre coins du monde, je ne sais rien de ce qu'a été sa vie. Racontez-moi. Que signifie cet appel au secours ?

— C'est une longue et douloureuse histoire.

Debout entre les deux voitures de police rangées côte à côte, Perrier râle :

— Écoutez, Lechêne, planquer ici, c'est comme s'annoncer à coups de trompe !

— L'important est de savoir ce que fabrique Moreuil.

— Autant s'adresser aux gosses qui font du roller. L'un d'eux est venu me demander pourquoi je surveillais le « Narbé ». Vous parlez d'une discrétion !

— Regarde ! Notre présence n'est tout de même pas inutile...

La Twingo de Juliette vient stopper devant l'« usine ». La jeune femme en descend, aperçoit les policiers et leur fait un geste amical de la main avant d'entrer sans se presser.

L'attitude de la jeune infirmière irrite Lechêne, dont le sourire s'est figé.

— Tu as raison. Ce qui se passe ici, on s'en fout. C'est l'hôpital qu'il faut surveiller. Allons-y ! Sandra va ramener une de nos voitures au commissariat.

Au moment où les policiers s'éloignent, le jeune Ahmed, selon le rite, les salue du médius levé. Perrier rétorque par un bras d'honneur.

— Qu'est-ce qui te prend ? demande Lechêne, surpris par cette gesticulation qu'il n'a pas bien comprise.

— Simple échange de civilités, répond son collègue. C'est une coutume locale !

XXVI

Bernard se lève pour accueillir Juliette, qui ne cherche pas à dissimuler son étonnement. Ils s'embrassent, mais le visage de la jeune femme reste fermé. Il fait les présentations :

— Juliette, voici Mariella, la sœur de Grégorio. Mariella, Juliette Verdier, mon amie. Elle est infirmière à l'hôpital et connaît bien votre frère.

Pas un mot du côté de Juliette. Il enchaîne :

— Mariella est arrivée de Rome ce matin sans

prévenir. C'est Grégorio qui l'a appelée pour qu'elle l'aide à s'échapper de l'hôpital. Je n'ai pas voulu te parler de ce projet, parce que je ne suis pas sûr que ce soit ton intérêt d'en savoir trop.

— Et pourquoi ? Je suis trop conne ?

Cette phrase a été prononcée avec un tel poids de hargne que Bernard est obligé de se justifier :

— Écoute, ma chérie, ne te méprends pas. Je m'engage dans une aventure à hauts risques. Il va me falloir affronter des gens sans scrupules, tu le sais. Je n'ai aucune envie de te voir risquer ta peau dans une affaire qui ne te concerne en rien.

Un silence pesant suit ces explications.

Bernard, ne sachant plus que dire, se rassoit. Juliette vient aussitôt s'installer sur ses genoux et l'embrasse sur la bouche, comme pour marquer son territoire. Cette prise de possession affirmée, elle se décide à parler :

— Tu sais bien que je suis concernée par tout ce que tu fais. Je suis donc prête à participer à l'évasion de Grégorio.

Elle se retourne vers Mariella pour ajouter :

— Vous avez de la chance d'avoir un frère comme lui. C'est un garçon adorable. Je souhaite de tout mon cœur que le nouveau traitement mis en place par Bernard le sauve de sa maladie.

Bernard, reconnaissant, la serre contre lui avec tendresse. Rassurée, elle s'écarte, tire une chaise vers la table et se verse un verre de vin.

— Bon ! Alors, quel est le programme ? Vous savez que la police surveille la maison. Je suppose qu'il va falloir ruser.

Bernard sourit, heureux, au fond, de cette coopération. Il explique son plan :

— Départ cette nuit vers 3 heures, au moment où l'hôpital est le plus en sommeil.

Juliette applaudit.

— Formidable ! Mon mari est allé passer la journée chez sa mère et il ne rentre que demain. J'ai quartier libre.

Il manifeste un dernier sursaut d'inquiétude :

— Je ne sais pas encore, dans le détail, comment se dérouleront les choses, mais je n'aimerais pas te savoir prendre des risques.

— Tais-toi ! Quels risques ?

L'inspecteur Lechêne est dans son bureau et range des documents quand le téléphone sonne.

— Ici Lechêne... Ah, c'est vous, Moreuil ?

— J'ai besoin de vous voir.

— Avec plaisir.

— À la brasserie de la Gare dans vingt minutes ?

— J'y serai.

— Parfait. Vous m'excuserez de ne pas vous avoir fait entrer tout à l'heure, je préfère vous parler en privé.

L'allusion à la surveillance dont Bernard fait l'objet laisse le policier hésitant une fraction de seconde.

— C'est votre droit, répond-il d'une voix blanche.

Intrigué, il raccroche et sort sans faire de commentaires. Il aime aller dans cette brasserie bruyante et désuète où il a organisé tant de rencontres *incognito*. Cette fois il s'y précipite, mû par une curiosité inhabituelle.

Bernard l'attend déjà dans leur coin, caché derrière *Le Monde*. En première page, un gros titre : « Alain Juppé ne recueille plus que 21 % d'opinions favorables, contre 69 % de mécontents. C'est le plus mauvais score jamais réalisé par un Premier ministre de la Ve République. »

Lechêne s'assoit, après avoir serré la main du médecin.

— Alors, docteur, les affaires de l'hôpital Sainte-Apolline vont-elles mieux que celles de la France ?

— Guère !

Ils restent silencieux un moment. Sur un geste de Lechêne, le serveur leur apporte des verres de bière. Bernard a le visage fatigué et les cheveux en bataille. Il essuie ses lunettes nerveusement et se met à parler d'une voix étranglée :

— Grégorio Vallejo a rendez-vous, cette nuit, avec son fournisseur. À 4 heures du matin, je serai embusqué à l'étage et je vous appellerai pour que vous interveniez dès qu'ils seront ensemble.

— Pourquoi ne tendrions-nous pas l'embuscade nous-mêmes ? À chacun son métier !

— C'est impossible, vous le savez bien. Votre présence serait trop voyante. Avec un flic dans le service, si, comme nous le pensons, le dealer est un habitué de la maison, il se méfiera et tout sera fichu. Il faut que je serve d'appât.

— C'est juste, mais de tels risques se justifient-ils, docteur ?

— En intervenant au bon moment, vous tiendrez enfin la preuve que vous recherchez et le flagrant délit qui vous est si cher !

— Je n'aimerais pas que la presse de demain titre « Mort d'un médecin ». La police aurait bonne mine !

— À vous d'éviter cet échec. Moi, j'ai de vieux comptes à régler avec la drogue et les dealers. Les risques, je les prends.

— Expliquez-vous.

— À quoi bon ? Les dealers ont détruit mes amis. Aujourd'hui, je vais m'en payer un, c'est tout. Ne m'enlevez pas cette vengeance à portée de main.

Lechêne ébauche son sourire carnivore.

— Dites-moi, n'avez-vous pas toujours fourni de la drogue à vos copains en manque et à vos malades ?

— Gratuitement, selon leurs besoins, pour éviter des drames et à titre thérapeutique. Je ne regrette rien et revendique même ce rôle qui s'est aujourd'hui officialisé avec les produits de remplacement.

— C'était un jeu dangereux.

— La vraie médecine est toujours un jeu dangereux.

Le policier se tait. Bernard se penche vers lui.

— On dit que les pilotes d'avion et les médecins exercent des métiers comparables dans la mesure où ils tiennent dans leurs mains la vie de leurs clients. La différence, tout de même, c'est qu'en cas de faute le pilote meurt avec ses passagers. Cette nuit, je vais prendre ce risque-là. Rien de plus.

— Comme vous voudrez. Après tout, c'est vous que ça regarde.

Bernard sort de sa poche une boîte de médicaments et la lui tend.

— Voici de la Naloxone. C'est l'antagoniste de la morphine. Une sorte de... parachute. S'ils me font le coup d'Olivier Bressans, et que vous me découvriez dans les vapes, débrouillez-vous pour me faire injecter ce produit dans les veines le plus vite possible, et envoyez-moi en service de réanimation chez mon copain Vignat. J'ai écrit, sur la boîte, mon numéro de téléphone perso. Il est de garde ce soir.

Lechêne l'observe avec attention.

— Pourquoi pensez-vous qu'ils vont vous faire subir le même sort ?

— Les dealers adorent impressionner leur clientèle par des gestes symboliques de ce genre.

— C'est un pari dangereux. Mais, encore une fois, c'est votre droit.

Bernard hausse les épaules et reprend ses explications :

— À partir de 3 h 30 — pas avant, pour ne pas attirer l'attention —, vous viendrez vous planquer aux abords de l'hôpital. Je vous appellerai tous les quarts d'heure sur mon portable. Si un appel manque, c'est qu'il se sera passé quelque chose d'anormal. Dans ce cas, vous foncerez vers la chambre de Grégorio Vallejo. J'essayerai de brancher l'appareil en mouchard avant que la rencontre ait lieu, de telle sorte que vous puissiez tout entendre, mais je ne suis pas sûr d'y parvenir.

— Et si vous vous trouvez dans l'impossibilité d'appeler ?

— Vous improviserez.

Le visage de Lechêne est impénétrable. Est-il en train d'échafauder un plan différent ? Bernard ne le quitte pas des yeux. Pour le moment, le bonhomme a l'air d'accord, mais va savoir ce qu'il a en tête...

— Qui était cette femme en manteau blanc ? demande-t-il soudain.

— Ma sœur, répond Bernard, sans l'ombre d'une hésitation. Je voulais la voir une dernière fois avant de tenter le grand saut. Elle vous plaît ?

— D'où vient-elle ?

— De Rome. Son mari est en poste au Vatican.

Lechêne n'est pas dupe mais ne répond rien. Il conclut en se levant :

— J'espère que vous savez ce que vous faites et que tout ira bien. Je vous souhaite bonne chance.

Ils s'immobilisent devant la brasserie et Lechêne fait passer dans sa poignée de main une chaleur vraiment amicale. Bernard le remercie d'un sourire. Tous deux sont conscients que c'est peut-être leur dernière rencontre. C'est, en tout cas, une aventure qui va se terminer. Bien ou mal, la suite le dira.

Ils se séparent sans un mot de plus.

Bernard reprend sa moto et met le cap sur l'hôpital. Il roule à toute allure dans la circulation chargée de cette fin d'après-midi, en se souvenant de ses folles années de jeunesse. Lui et ses copains se conduisaient ainsi, grisés de vitesse, insouciants, narguant la mort, bravant les règles d'une société qu'ils ne trouvaient pas à leur mesure. Ils se croyaient invincibles, capables d'aller plus vite et plus loin que les autres, sûrs de leur force...

Le trajet terminé, il regrette presque de devoir s'arrêter. Ne vient-il pas d'accomplir son dernier voyage ? Il enchaîne sa moto et ferme le cadenas d'un geste brusque, comme s'il enclenchait un compte à rebours.

Dans sa chambre, Grégorio, le visage placide, l'attend.

— Alors ?

Bernard se sent saisi par l'angoisse et le supplie :

— Grégorio, es-tu sûr de ne rien vouloir me dire maintenant ?

— C'est impossible. Mes aveux n'auraient aucune valeur de preuve. Aux flics il faut du flag ! Sinon, ce serait ma parole contre celle des autres. Que vaut la parole d'un pauvre petit camé ? Quand je serai loin, tu découvriras toi-même ce qu'il en est, et tu joueras à ta manière. Je te fais confiance.

— Monsieur est trop bon !

Bernard admire l'énergie de ce garçon et, en même temps, il regrette son manque de confiance qui frise l'ingratitude. N'y aurait-il, entre eux, qu'un simple marché ? Il ne laisse rien deviner de sa déception.

— Comme tu veux. J'espère que tu as raison d'agir ainsi. Tu te protèges mais tu m'exposes à un maximum de dangers. Je ne suis pas persuadé que tu t'en rendes compte.

Grégorio ne l'écoute pas. Uniquement préoccupé par son sort, habitué à bluffer, sûr d'avoir les meilleures cartes en main, il ne négocie pas. Il est en train d'échapper à la mort, à la maladie, aux malfrats, à la police. Le mot « scrupule » a perdu toute signification. Il ne pense plus qu'à lui. Contrairement à ce qu'il disait quelques jours plus tôt, à la minute présente il croit au miracle de Lazare.

— Mariella aura une voiture ?

— Une 605 blanche. Je t'accompagnerai jusqu'à elle. En attendant, je serai dans mon bureau.

— Comment dois-je m'habiller ?

— Tu resteras en pyjama pour ne pas te faire remarquer. Voici comment nous allons procéder : à 2 heures, tu sonneras l'infirmière en lui demandant de me faire appeler à cause d'une douleur abdominale brutale. Tu seras crispé dans ton lit et tu lui interdiras de te toucher. Je viendrai, je t'examinerai et déciderai de t'emmener en fauteuil roulant faire un cliché. Surtout, n'emporte rien d'autre que ta robe de chambre. Compris ?

Grégorio ébauche un geste de tendresse vers sa grosse bouteille Thermos.

— Je ne vais pas l'abandonner. Je l'ai depuis tant d'années...

— Tu es censé être en crise de péritonite et aller faire une radio, pas un pique-nique.

— Tu as raison. Alors je te l'offre. Prends-en bien soin. Elle a beaucoup de valeur.

— Je te le promets.

Ils croisent les doigts. Bernard sort dans le couloir, l'attente commence, une attente où l'angoisse s'installe déjà, indicible et destructrice. Quel diable l'a poussé dans cette aventure ? Que vient-il faire dans cette histoire de truands ? Ne va-t-il pas risquer sa vie dans un mélodrame qui ne le concerne en rien ? Ne va-t-il pas remplacer Grégorio dans cette marche vers la mort ? Il se dirige à pas lents vers son bureau.

Vignat passe, les mains dans les poches, jovial.

— Salut ! Tu fais des heures sup ?

Bernard sursaute, brutalement ramené à la réalité. Il sourit pour donner le change :

— Toi aussi à ce que je vois ?

— Moi, je suis insomniaque.

— Tu n'as pas échangé ta garde, connard ?

— Non, pourquoi ? Tu veux faire un poker ?

— J'ai un malade qui ne va pas bien et j'hésite à l'envoyer en réa...

Pierre s'étonne :

— N'hésite pas. Transfère-le tout de suite plutôt que de risquer un transport nocturne.

— Moi, j'adore les opérations nocturnes.

— Tu es toujours aussi chiant.

— Toujours !

Ils topent là comme des joueurs de basket, puis se quittent. Au moment de rentrer dans son bureau,

Bernard aperçoit, sortant de l'office des infirmières, la grande rousse antipathique, Simone Aulary.

— Vous êtes de nuit? demande-t-il, étonné.

— Je remplace Mado qui est souffrante.

— Ah, bon!

— Vous restez là?

— J'aime travailler ici, le soir. N'hésitez pas à me déranger en cas de problème. D'accord?

Elle hausse les épaules et s'éloigne, laissant le médecin pensif. Cette présence hostile ne risque-t-elle pas de tout faire échouer?

Il entre dans son cabinet, décroche le téléphone et compose le numéro du loft.

— Allô?

C'est la voix de Juliette.

— Bonsoir, ma chérie.

— Où es-tu?

— À l'hosto. Tout se passe bien. Comment va Mariella?

— Elle se repose. Nous avons acheté des fringues pour Grégorio.

— Et les flics?

— Plus vus.

— Parfait. Soyez prêtes à partir de 2 heures. Mais ne vous impatientez pas, je ne sais pas combien de temps vont durer les manœuvres.

— O.K., nous le serons.

Il raccroche. À sa montre, il est 23 heures. Ce changement d'horaire est une précaution de plus, afin que la police ne fasse pas capoter l'évasion.

Il lui reste du temps pour accomplir un dernier devoir : mettre ses dossiers en ordre pour son éventuel successeur.

Au commissariat, les hommes se préparent : vérification des armes, gilets pare-balles, plan de l'hôpital... Chotard, très calme, passe de l'un à l'autre. Puis il rejoint Lechêne dans son bureau. Celui-ci raccroche le téléphone.

— C'est bien ce que je pensais : la police de l'air et des frontières m'a précisé que deux places ont été réservées pour demain matin, sur le vol de Madrid à 8 heures, au nom de Marielle et Grégoire Vallejo. Ce salaud de Moreuil se fout de nous.

Chotard est du même avis :

— Cette nuit, on va faire chou blanc. Ça ne fait pas l'ombre d'un doute. Quand le dispositif sera démonté, le Vallejo se tirera avec sa sœur. Il me déçoit, ce Moreuil. Il manque d'imagination. Il n'a même pas pensé qu'on laisserait une surveillance en place pour piéger l'oiseau avant son envol.

Lechêne est dubitatif.

— Ne croyez pas ça, patron. Moreuil est un malin. Je suis sûr qu'il nous cache quelque chose. Mais quoi ? On dirait un troc avec Vallejo. Tu me donnes le leader, je t'aide à te tirer.

Chotard fronce les sourcils, pas convaincu.

— Quoi qu'il en soit, il faut maintenir la surveillance après 4 heures.

— Sûrement.

L'inspecteur Lechêne se demande même s'il ne faudrait pas anticiper.

Simone Aulary prépare des flacons de perfusions. Il est 2 heures. L'appel d'un malade retentit. Elle regarde le tableau : 52. C'est Vallejo. Elle s'essuie les mains, part dans le couloir et ouvre la porte de la chambre. Le patient, couché en chien de fusil, gémit faiblement.

— Que se passe-t-il ?

Il répond d'une voix mourante :

— Je ne sais pas. Une douleur terrible dans le bas-ventre... J'ai d'abord cru que c'était une simple colique, mais ça ne passe pas. Au contraire, j'ai de plus en plus mal. Appelez le toubib, s'il vous plaît.

Elle entre et referme la porte derrière elle.

— On ne dérange pas un médecin comme ça. Tournez-vous. Montrez-moi.

— Non. Je vous ai dit que je voulais voir le médecin de garde.

— Pas question. Je suis parfaitement capable de vous examiner.

Grégorio ne tourne que la tête et lui lance un regard de haine.

— Appelez-le tout de suite, ou... ou je ne sais pas ce que je vous fais !

Elle grince :

— Là, mon petit, il faudrait vous lever tôt. Des freluquets comme vous qui se font menaçants, je les casse en deux ! Couchez-vous sur le dos, j'ai dit !

Grégorio bascule avec précaution, les genoux fléchis et le visage tordu de douleur. Elle écarte les draps et approche les mains de son ventre. Il choisit ce moment pour saisir sa blouse et la tirer vers lui brutalement.

— Appelez Moreuil, bordel !

Il se produit alors une scène étonnante. D'un revers rapide et puissant, l'infirmière écarte la main du malade et le gifle par deux fois. Puis elle saisit le col de sa chemise à deux mains pour pratiquer un étranglement qui le laisse suspendu à cinquante centimètres du lit, le visage affolé, la bouche ouverte, suffoquant. Elle le lâche enfin, le rejette sur son oreiller et se redresse.

— Tu as compris, petit con ? La prochaine fois que tu me touches, je te mets en morceaux. Maintenant, je vais l'appeler, ton toubib !

Elle sort en roulant des épaules, ferme la porte et rejoint l'office. Là, elle compose un numéro de téléphone.

Une voix masculine répond :

— Oui ?

— Moreuil est dans le service. Il travaille dans son bureau. Le Vallejo prétend faire une crise douloureuse abdominale et réclame le médecin. Qu'est-ce que je fais ?

— Obtempérez et tenez-moi au courant.

— Très bien.

Elle raccroche et va dans le couloir frapper à la porte de Bernard.

— Entrez ! Que se passe-t-il ?

— Je ne sais pas. Le 52 fait une espèce de crise de folie. Il prétend souffrir du ventre et il a essayé de m'étrangler. Je crois qu'il s'agit d'un délire morphinique. Avec ce que vous lui donnez et ce qu'il doit prendre en cachette, cela ne m'étonnerait pas.

— J'y vais.

— Je vous accompagne.

Ils entrent dans la chambre de Grégorio, qui a l'air effectivement très mal.

Bernard s'approche du lit, étonné de le voir jouer aussi bien la comédie.

— Allez me chercher un stéthoscope et une lampe électrique, commande-t-il à l'infirmière qui sort après lui avoir décoché un coup d'œil méprisant.

Au malade il précise à voix basse :

— Ne t'inquiète pas, tout va bien.

Avec difficulté, les deux mains sur sa gorge douloureuse, Grégorio répond, terrorisé :

— Méfie-toi, elle est dangereuse, cette conne.

— Raison de plus !

L'infirmière revient et tend à Bernard le matériel demandé. Avec la lampe il examine les pupilles de Grégorio et sa gorge. Ensuite il l'ausculte, puis lui palpe le ventre.

— Je me demande s'il ne s'agit pas d'une péritonite...

Elle éclate de rire et répond, narquoise :

— Alors ça, ça m'étonnerait !

Bernard se redresse et aboie :

— Je ne vous demande pas votre avis. Quand j'aurai besoin d'aide pour un diagnostic, je vous le ferai savoir. Pour l'instant, allez donc me chercher un fauteuil roulant, et vite !

Il se retourne vers Grégorio et continue d'une voix forte :

— On va te faire une radio de l'abdomen et des

poumons. Tu as eu tort de refuser le contrôle qui était prévu hier. Allez, mets ta robe de chambre.

Simone Aulary revient avec le fauteuil roulant et aide Bernard à y installer le pauvre Grégorio, devenu un vrai paquet de chiffons. Au moment de sortir, Bernard se reprend :

— Préparez un flacon avec vingt millions de pénicilline et cinquante milligrammes de corticoïdes.

Et il s'éloigne rapidement dans le couloir en poussant le fauteuil.

XXVII

Dès qu'ils sont enfermés dans l'ascenseur, Grégorio se redresse et chuchote :

— Fais gaffe, je te jure que c'est une cinglée, cette meuf. Elle m'a filé une paire de baffes comme je n'en ai jamais reçu. Elle est forte comme un Turc. Méfie-toi !

Bernard se veut rassurant :

— T'inquiète ! Maintenant, c'est mon affaire. Toi, dans cinq minutes, tu roules vers la liberté.

— J'espère !

Ils s'arrêtent devant le service de radiologie et, sur le haut d'une poutre, Bernard saisit un Tupperware en plastique blanc.

— Voici de quoi continuer ta trithérapie pendant une semaine. Il vaut mieux éviter les interruptions du traitement. Cette réserve donnera aux médecins italiens le temps de s'approvisionner. J'y ai mis aussi quelques calmants, pour t'éviter les conneries, et une ordonnance à ton nom, au cas où les douaniers te poseraient des questions. Faudrait tout de même pas qu'ils te prennent pour un dealer !

Grégorio n'apprécie que moyennement l'humour

de Bernard. Il lui lance un regard en biais, prend la boîte et la pose sur ses genoux.

— Il faudra un jour que je te dise merci...

— J'y compte bien !

Tous deux s'engagent sur le chemin qui a permis à Bernard, la veille, de tromper la surveillance des policiers. Grégorio s'étonne :

— Putain, tu te balades là-dedans comme si tu n'avais fait que ça toute ta vie !

— C'est un peu vrai. J'ai été interne pendant deux ans dans cet hôpital. Tu n'imagines pas les âneries que nous avons pu commettre grâce à ses sous-sols ! Personne ne nous a jamais pris.

Tout en parlant, ils sont arrivés dans le grand entrepôt, pour le moment sombre et silencieux. Le portail est fermé, mais Bernard, sans hésiter, se dirige vers le tableau électrique. Il manipule la commande d'ouverture. Le rideau de fer se lève lentement.

— Tu peux marcher ? s'inquiète-t-il.

— Et comment ! Je me sens même le courage de courir !

— Alors profites-en ! Laisse-moi ta robe de chambre, j'en aurai besoin.

Pendant que Grégorio s'exécute, Bernard se penche sous le rideau à moitié levé et examine la rue éclairée par des lampadaires. De l'autre côté de la place, un bref coup de phare indique la présence de la Peugeot.

— Voilà, ta sœur est là. Allez ! Tire-toi.

Grégorio ne bouge pas.

— Écoute, Bernard. C'est trop con. Je ne peux pas partir en te laissant comme ça. Ils vont te tuer. Ne reste pas dans ce merdier. Viens avec moi, je t'en supplie. (Il lui prend la main.) On sera heureux tous les deux à Rome...

Bernard se dégage.

— Tu es fou ! Ma vie est ici.

— Ta vie ? À la minute présente, crois-moi, elle ne vaut pas cher.

— C'est mon problème !

Grégorio change de ton pour avouer, soudain émouvant :

— Tu sais, ta vie m'importe plus que tu ne le crois...

Bernard le coupe :

— Ça suffit, Grégo. Sauve-toi. On se reverra, je te le promets.

— Ouais... dans un autre monde...

— T'inquiète ! Je ferai tout pour que ce soit dans celui-ci !

Les deux hommes échangent un dernier regard et Grégorio tente, d'une voix étranglée, de prononcer une autre phrase qu'il a sans doute préparée. Bernard l'interrompt à nouveau :

— Ne dis plus rien, va. Mariella t'attend.

Il sourit en poussant le jeune homme vers la rue et ajoute :

— Tu m'enverras des cartes postales de Rome.

— La première sera de Vintimille.

La mince silhouette s'éloigne en claudiquant.

Bernard referme le rideau roulant et retourne au pas de course pour ne pas manquer la scène suivante. Son cœur bat la chamade.

Dans l'office des infirmières, Simone Aulary prépare son flacon à perfusion. Il passe la tête.

— Ce n'est pas une péritonite, peut-être un début d'occlusion. Trop tôt pour l'affirmer. On sursoit à la perf d'antibiotiques. Il est recouché. Inutile de lui donner des médicaments pour le moment — du moins, sans m'en parler. Nous verrons comment les choses vont évoluer.

— Bien, monsieur !

La réponse a claqué, sèche et un tantinet méprisante. Bernard n'est pas dupe. Il s'efforce de répondre aimablement :

— À plus tard.

Il referme la porte et se précipite dans la chambre que Grégorio vient de quitter. Il éteint la lumière, ne laissant que l'obligatoire veilleuse, et s'installe dans le lit, tourné du côté de la fenêtre, le dos vers la porte, emmitouflé dans la robe de chambre du fugitif.

Installé comme il est, le cadran de sa montre devant les yeux, le téléphone portable bien en main, il se sent prêt. Angoissé, terrifié mais prêt.

Dans l'office, l'infirmière reste un long moment immobile, l'oreille tendue. Puis, sur la pointe des pieds, elle se dirige vers le bureau et compose un numéro de téléphone. La même voix d'homme lui répond :

— Allô ?

— C'est encore moi, chuchote-t-elle. Je ne sais pas où est passé Grégorio, mais il me semble que Moreuil est entré dans la chambre. Je ne peux pas en jurer. C'est peut-être lui qui vous attend.

— Parfait ! Nous allons pouvoir régler son compte à ce gêneur. On retrouvera Grégorio plus tard. J'avance le programme d'une heure. Vous commencez à 3 heures pile.

— O.K.

Elle raccroche.

Sous le drap, Bernard téléphone à voix basse :

— Lechêne ?

— Oui.

— Tout va bien. J'ai 2 h 45 à ma montre. Dans trois quarts d'heure, vous vous mettez en place. Compris ?

— Compris.

Deux individus vêtus de noir grimpent en silence l'escalier de l'hôpital endormi. Au dernier étage, ils ouvrent une porte qui conduit au toit en terrasse. À demi baissés, à l'aise malgré l'obscurité, ils courent entre les obstacles. En chemin, ils ramassent par terre deux rouleaux de corde, amarrent l'un d'eux à un pied de cheminée et le lancent dans le vide. La corde se balance sur la façade du bâtiment. Les deux hommes vérifient sa position et surveillent les environs. Tout est calme. Ils font de même avec la seconde corde. Leur maîtrise traduit une longue habitude.

Ils enfilent avec soin des cagoules noires.

Bernard est couché en chien de fusil, immobile, dos à la porte, dans la position favorite de Grégorio. Il a du mal à maîtriser les pulsations de son cœur. Il se souvient de toutes ces soirées où il a bataillé pour convaincre son frère et ses amis de renoncer à leurs habitudes quand ils attendaient le dealer...

Va-t-il affronter enfin celui qui sème la mort dans l'hôpital ? Va-t-il être capable de le faire payer ? Son plan simpliste fera-t-il illusion ? Ne va-t-il pas avoir le dessous ? Mourir ne lui fait pas peur. Lui qui n'est pas croyant, il lui arrive d'imaginer un monde où se retrouveraient les gens qui s'aiment et qu'un sort injuste a séparés.

Brusquement, la lumière s'allume et une voix retentit :

— Alors, docteur, on a bien dormi ?

Bernard sursaute et se retourne d'un bloc. C'est la grande Simone Aulary. Elle referme derrière elle et le considère d'un air narquois, les deux mains sur les hanches. Il s'étonne :

— Que faites-vous ici ?

— Je suis un peu en avance, ne m'en veuillez pas, mais je crois que nous avions un rendez-vous. Non ?

Bernard ne peut masquer sa surprise :

— C'est donc vous ?

— Eh oui ! C'est moi. Ça vous épate, hein ?

Puis, le plus naturellement du monde, elle va ouvrir la baie coulissante.

— Cette chambre sent le renfermé. J'aère un peu. Ça ne vous dérange pas ? Je ne voudrais pas que vous attrapiez froid !

Elle éclate d'un rire méchant et revient à sa position précédente, de telle sorte que, en lui faisant face, Bernard tourne le dos à la fenêtre ouverte. Il est assis sur le lit, jambes pendantes, la main avec le téléphone cachée sous le drap. Derrière lui, il fait nuit noire. Les lumières de la ville noyées dans des lambeaux de brume n'émettent qu'une clarté blafarde.

Le médecin est dérouté. Il subodore que cette femme n'est qu'une comparse. Il se souvient des inquiétudes de Grégorio et se dit qu'elle remplace sans doute Basile pour les travaux de force.

C'est elle qui reprend l'initiative de la conversation :

— Puisque vous vous êtes substitué à Vallejo, je suppose que vous avez aussi prévu de rembourser ses dettes.

Bernard ne répond rien. Il essaie, à tâtons, de composer le numéro de la police mais il a du mal à trouver les bonnes touches.

— Je vous trouve bien peu loquace, docteur Moreuil. D'ordinaire, vous avez plus de tonus, surtout quand il s'agit d'engueuler le petit personnel.

Pendant qu'elle parle, les deux individus cagoulés apparaissent derrière la fenêtre et se balancent dans le vide au niveau de la chambre. En un instant, ils sautent à l'intérieur, l'un après l'autre, en souplesse, et, avant même que Bernard ait compris ce qui se passe, ils sont devant lui. Le plus proche arrache sa cagoule.

— Verdier !

Bernard n'a pu s'empêcher de crier sa surprise devant le kiné, moulé dans une combinaison de vinyl mat, les cheveux ébouriffés qu'il lisse d'un geste de coquetterie familier. Il porte des gants chirurgicaux.

— Bonsoir, cher ami. Excusez cette intrusion. Je suppose que ce n'est pas moi que vous vous attendiez à rencontrer ? La vie est pleine de surprises, voyez-vous !

À côté de lui, le second personnage a l'allure

inquiétante d'un truand de cinéma. C'est un géant qui a conservé sa cagoule et tiré de sa ceinture un pistolet prolongé par un silencieux. Il ne dit pas un mot, mais l'arme braquée est éloquente.

Verdier paraît parfaitement à l'aise. Bernard essaie désespérément, à l'aveuglette, de composer le numéro de Lechêne. Il attire ainsi l'attention de Verdier, qui, d'un geste brutal, enlève le drap et découvre le portable. Avant que Bernard ait pu réagir, l'appareil lui est arraché des mains et jeté par la fenêtre.

— Comme ça, cher docteur, nous ne serons pas dérangés par vos acolytes.

Le voilà sans défense, à la merci de ses agresseurs, ridicule dans sa robe de chambre mordorée.

Le kiné abandonne soudain son air enjoué pour prendre un ton de commandement :

— Ne perdons plus de temps. Où est Grégorio ?

— En Espagne.

— Quel salaud ! Avec tout le fric qu'il me doit !

— Le plus salaud des deux n'est pas celui qu'on pense.

— Mais non, je ne suis pas un salaud. Je suis un purificateur. Je vends de la mort à des sous-êtres qui encombrent et polluent une société permissive et gangrenée.

— Avec, au passage, un substantiel profit.

— Destiné à une carrière politique qui décuplera ma puissance... de nettoyage. Grâce à cette baderne de Graveline, je parviendrai au pouvoir. Je le ferai d'abord élire député, et comme le suppléant est là en cas de malheur, eh bien, ce qui doit arriver arrivera. Vous comprenez ? Pauvre Graveline ! Nous le regretterons. Ma vraie carrière commencera enfin. Dans ce monde où tout s'achète, même les consciences, surtout les consciences, l'argent de la drogue m'élèvera au rang des puissants de la politique.

Le visage de cet homme dévoré par la plus effrayante des ambitions reste souriant et lisse. Rien ne permet de déceler le délire meurtrier qui l'habite. Bernard se rend compte combien il a été présomptueux de s'attaquer à une telle force destructrice.

Changeant encore de ton, Verdier se fait plus menaçant :

— Ça suffit ! Où est Grégorio ?

— Je vous l'ai dit.

— Il était dans ce lit il y a une heure à peine. Il ne peut donc pas se trouver déjà en Espagne.

Bernard a retrouvé quelque assurance malgré sa tenue grotesque.

— Je comprends enfin pourquoi vous le massiez avec tant de sollicitude !

— Eh oui. Il n'était pas facile à convaincre. Il fallait que j'insiste ! Alors, où est-il ?

— Je n'en sais rien. Vous n'avez qu'à le chercher !

Vert de rage, Verdier fait jaillir de sa manche une longue lame mince qu'il place sous le cou de Bernard.

— Parle ou je te tue !

— Une fois mort, je ne parlerai plus. Vous devriez savoir que les informations, ça se monnaye.

— O.K. Tu essaies de gagner du temps. Mais à malin, malin et demi ! Nous allons changer de méthode, et tu vas finir par nous dire ce que tu sais, crois-moi.

Il se retourne vers son complice.

— Emmenons-le dans la salle de gym. Là, il parlera, je te le jure. Bâillonne-le !

Pendant que le gorille range son arme et extrait de sa poche un rouleau de collant plastifié, Verdier s'adresse à l'infirmière qui assiste à la scène sans broncher :

— Vérifie que la voie est libre.

Elle entrouvre la porte et rentre la tête aussitôt.

— Votre femme est dans le couloir.

Verdier n'en croit pas ses oreilles.

— Juliette ! Qu'est-ce qu'elle fout là ?

Il se retourne, écarte son complice qui allait poser le bâillon et saisit Bernard au col.

— Alors ! Tu réponds ? Pourquoi Juliette est-elle ici ? Tu la baises aussi dans le service ?

Bernard ferme les yeux. Les événements tournent au tragique. Rien de tout cela n'était prévu. Il panique. Et dire que les flics n'interviendront que dans une heure !

Dans la nuit, les voitures à gyrophare se sont arrêtées à bonne distance de l'hôpital. Lechêne et Perrier en gilets pare-balles orientent leurs coéquipiers vers les rues adjacentes pour encercler le bâtiment. Tout est silencieux. Les ordres sont donnés par gestes. Les brigades d'intervention se mettent en place selon un cérémonial bien rodé. Ils sautent les murs du parc, se glissent sous les arbres. Ils investissent le territoire calmement, lentement.

Lentement, trop lentement, bien loin d'imaginer le drame qui se déroule au cinquième étage.

Verdier vient de prendre une décision :

— Bon ! Il faut savoir changer de route. Mon petit Bernard, même si tu ne racontes pas grand-chose, tu en sais trop, tu t'en doutes, pour que je te laisse la vie sauve. Ta carrière va s'interrompre ici. Dommage ! Tu n'étais pas mal dans ton rôle de Don Juan de province.

Pendant qu'il parle, il tend la main vers l'infirmière qui a tiré de sa poche une boîte en fer. Elle l'ouvre et s'empare d'une seringue prête à l'emploi. Dans l'autre poche, elle prend un garrot. Verdier poursuit, glacial :

— Je ne t'étonnerai pas en te proposant le shoot géant qui va t'envoyer *ad patres* sur un petit nuage. Tu connaissais bien Olivier Bressans, je crois. Ce petit con de fouineur m'avait surpris en train d'approvisionner Basile. Tu vas suivre le même chemin. Compte tenu de tes antécédents, Chotard et Graveline n'auront pas de mal à imaginer que tu as fait une simple rechute. Au pis, ils soupçonneront Vallejo. Après tout, pourquoi pas ? Le scénario est plausible. D'ailleurs, on va leur faciliter le raisonnement.

Il s'empare de la bouteille Thermos de Grégorio, en dévisse le fond et, sous l'œil ébahi de Bernard, en répand le contenu sur la table de nuit.

— Voilà pour cet imbécile de Lechêne. Puisqu'il faut lui mâcher la besogne !

Sans un mot de plus, Verdier frappe le médecin à la poitrine. Bernard bascule en arrière dans les bras du complice. Celui-ci le bâillonne d'une main et l'immobilise de l'autre en le serrant contre lui. Verdier lui bloque les jambes, tandis que la grande rousse, l'air gourmand, s'empare d'un bras qu'elle dénude et garrotte. Bernard essaie de se débattre, mais ses trois adversaires sont des athlètes trop forts pour lui. Il renonce. Dans la veine saillante l'infirmière plante son aiguille et injecte lentement le liquide mortel.

Le visage de Bernard se crispe d'abord, puis se relâche. Ses yeux chavirent, sa résistance s'effondre.

Ses assassins le réinstallent dans son lit.

— Et votre femme ? demande la rousse.

— Tu lui règles son compte, à elle aussi. Tu n'as qu'à lui dire que ce con est ici. Elle va rappliquer comme une folle. Et là...

Du tranchant de la main, il mime une frappe sèche. Elle hoche la tête avec un sourire satisfait. C'est le genre de travail qu'elle aime.

— Ensuite, tu n'auras qu'à l'installer dans le lit d'à côté, avec une bonne giclée, elle aussi. Roméo et Juliette envolés pour un monde meilleur, ça fera un tableau touchant, non ?

— Je m'en occupe.

Les deux hommes repassent par la fenêtre et, après un petit signe d'adieu de la main, disparaissent dans la nuit.

L'infirmière récupère son matériel, éteint la lumière et entrouvre prudemment la porte de la chambre : personne ! Elle sort et referme derrière elle, sans bruit, abandonnant Bernard dont la respiration ralentie se fait rauque.

XXVIII

Dans la rue, la police est prête à intervenir. Perrier, une énorme paire de jumelles à infrarouges sur le nez, scrute l'entrée de l'hôpital et les alentours. Tout est calme.

Soudain, il aperçoit un mouvement sur la façade. Il met au point : deux silhouettes noires montent vers le toit.

— Putain ! Chef, regardez !

Il tend l'appareil à Lechêne, qui découvre à son tour les deux hommes en noir grimpant rapidement à la force des bras.

— Nom de Dieu ! Brigadier, faites resserrer le bouclage et interpellez tout ce qui bouge ! Vous autres, suivez-moi.

Il part en courant avec Perrier suivi de quatre policiers. Ils traversent le hall et se jettent dans l'escalier pour grimper d'une traite jusqu'au cinquième.

— Vous autres, continuez sur le toit ! Perrier, avec moi !

Les deux hommes déboulent dans le couloir du service pour se trouver nez à nez avec l'infirmière rousse, l'air parfaitement paisible. Jouant la surprise, elle s'immobilise.

— Que faites-vous ici, messieurs ? demande-t-elle, scandalisée. Ce n'est pas l'heure des visites !

— Où est Moreuil ? coupe Lechêne.

— Le docteur ? Pourquoi ? Il vient de partir à l'instant.

D'un geste, elle montre le fond du service.

— Il a pris l'escalier de secours. À mon avis, il est allé à la radio.

— Merci !

Perrier se précipite dans la direction indiquée, pendant que Lechêne reprend son souffle.

— Voulez-vous venir boire un café ? s'enquiert-elle, le sourire avenant.

Ravi de la proposition, l'inspecteur se prépare à la suivre quand un soupçon lui traverse l'esprit.

— Vous permettez ?

Il ouvre la porte du 52. Il s'approche du lit, écarte le drap et découvre Bernard inanimé. Il ressort comme un lion.

— Salope, tu vas me payer ça ! hurle-t-il.

Elle a déjà pris ses jambes à son cou pour se jeter à son tour dans l'escalier de service.

Lechêne renonce à la poursuivre. Il y a plus urgent. Il sort de sa poche la boîte de Naloxone et entre dans l'office. Personne. Il ressort en criant et se met à courir dans le couloir à la recherche d'une personne capable de faire une piqûre intraveineuse, tandis que les portes des chambres s'ouvrent une à une, sur les visages décharnés des patients, étonnés par ce remue-ménage nocturne.

— Il n'y a donc pas d'infirmière dans ce putain d'hôpital ? aboie-t-il à la ronde.

Il tient dans ses mains, sous la forme d'une petite boîte de carton, la vie de Bernard Moreuil, qui agonise à quelques mètres de lui. L'affolement l'envahit quand, enfin, une voix féminine lui apporte le salut.

— Monsieur l'inspecteur, mais que se passe-t-il ?

Il se retourne : c'est Juliette qui sort du vestiaire. En quelques mots, il la met au courant. Elle bondit dans la salle de service en lui criant :

— Appelez Vignat ! Dépêchez-vous !

Le reste de sa phrase se perd dans une course éperdue.

Dans une petite chambre d'étudiant, le téléphone sonne. Sous l'enchevêtrement des draps, un couple s'ébat sans se soucier de cet appel. Pourtant la jeune femme s'immobilise, secouée par son partenaire qui refuse de s'interrompre.

— Pierre, tu es de garde !

C'est Mado, la petite infirmière de nuit. Elle a compris qu'il s'agissait d'une urgence.

— Font chier ! répond Vignat en continuant à s'agiter. Attends encore un peu, je t'en prie !

— Pierre, arrête !

— Non, pas tout de suite.

— Arrête !

D'un coup de reins, elle se dégage et fait face au visage furieux du médecin. Puis elle décroche le combiné et le lui tend avec autorité. Après une seconde de refus, le bon sens l'emporte.

— Ouais ! Qu'est-ce que vous voulez ?

Tandis qu'il écoute, son visage se transforme. L'expression de colère fait place à une immense surprise, puis à la panique.

— Ce n'est pas possible ! Transportez-le en réa, j'arrive !

Il se lève en criant à la jeune femme :

— Bernard est dans le coma ! Ce serait une overdose criminelle.

— Mon Dieu !

Mado bondit hors du lit et tous deux remettent leurs vêtements à la diable.

Dans le box de réanimation, Bernard est intubé, sous respirateur artificiel. Vignat, en tenue spéciale bleu pâle, règle le débit de la perfusion. Derrière la vitre, les visages sont anxieux. Lechêne, Juliette, Mado n'osent demander s'il va s'en tirer.

Vignat vient vers eux et répond à leur interrogation muette :

— Je ne sais pas où on va. Il a dû recevoir une dose formidable ! Il est costaud, mais en dépression respiratoire massive. Encore heureux que la Naloxone ait été injectée à temps. Peut-être en aurait-il fallu une plus grande quantité ? De toute façon, je lui en remets une ampoule toutes les dix minutes.

Une jeune infirmière vient le rejoindre.

— Yasmina, restez à côté de lui, recommande-t-il. Et n'hésitez pas à m'appeler au moindre doute.

Louise Wolf entre dans le hall. Face à la cage de verre où Bernard agonise, elle s'arrête près de Lechêne. Elle lui tend un document.

— L'adresse que nous avait donnée cette Aulary est sans doute fausse. J'ai téléphoné. Ça ne répond pas. Je ne sais que faire.

Lechêne prend le papier et lève une main apaisante.

— Ne vous inquiétez pas, nous allons la retrouver. Et elle finira bien par nous dire qui l'a mandatée.

Derrière eux apparaît le visage paisible de Verdier.

— Comment va-t-il ? demande-t-il de son ton le plus candide.

Juliette, surprise, se rapproche de lui et répond à voix basse :

— Mal... Vignat n'est pas sûr de le tirer d'affaire. Mais que fais-tu ici ?

— Que s'est-il passé exactement ? élude-t-il.

— On n'en sait rien. L'inspecteur l'a trouvé dans le coma. Ce qui est certain, c'est que l'infirmière de nuit a essayé d'empêcher la police d'arriver jusqu'à lui. Démasquée, elle s'est enfuie !

— Quelle histoire.

Il joue la comédie avec un naturel parfait.

Marita, attablée à la cafétéria avec Juliette, paraît bouleversée. Elle a repris du poids et s'est habillée d'un pull noir sur un simple jean. Ses cheveux sont tirés, fixés en un chignon serré. Avec son maquillage discret, elle ressemble à l'infirmière qu'elle a dû être.

— Dis-moi qu'il va s'en tirer...

Juliette hoche la tête et cherche, dans son sac, un Kleenex pour se moucher.

— Ils font ce qu'ils peuvent, mais il a reçu une quantité de drogue épouvantable.

— D'après toi, qui sont les salauds qui ont fait ça ?

— Je ne sais pas.

— Graveline ?

— Lui ? Non. C'est un patron à l'ancienne. Complètement dépassé par les événements. Il ne se pose qu'une seule question : qui va s'occuper du VIH dans le service au cas où ?...

— Il n'est pas net, ce type.

La phrase est soulignée d'une grimace amère. Juliette réagit aussitôt :

— Attends ! Perdre Bernard serait pour lui une catastrophe. En quelques mois, son service a acquis une réputation de compétence inégalée dans toute la région. D'une manière ou d'une autre, il allait en bénéficier. Rends-toi compte que sur nos douze hospitalisés, neuf sont en voie de guérison.

— Tu m'oublies ? Moi aussi, je vais beaucoup mieux. J'ai repris cinq kilos. Qui va me filer ma trithérapie maintenant ?

— Il faut parvenir à régulariser ta situation avec la Sécurité sociale.

— J'suis trop fatiguée pour faire les formalités, Juliette. Tu n'imagines pas le parcours du combattant ! Ces bureaucrates, je leur ai souhaité mille fois de se trouver à ma place !

Elle vide sa tasse de café et demande :

— Et ton mari, que pense-t-il de tout ça ?

Juliette lève les yeux au ciel.

— Mon mari et moi, tu sais, n'avons pratiquement plus le temps de nous parler. Depuis qu'il a décidé de devenir le suppléant de Graveline, nous faisons chambre à part, pour que je puisse dormir un peu. Il rentre le soir à des heures pas possibles et moi, je me lève à l'aube. Certains jours, je me demande s'il se souvient que j'existe.

Elle se lève pour retourner en réa, imitée par Marita.

— Attends. Je t'accompagne.

— Je ne sais pas s'ils vont te laisser entrer dans le box.

— Je connais Pierre. Il n'osera pas m'interdire d'aller au chevet de Bernard. Nous avons travaillé ensemble autrefois.

Les deux femmes arrivent dans le hall de réanimation. Vignat, les traits tirés, compulse des résultats de laboratoire. Il leur sourit tristement.

— Alors ? interroge Juliette.

— Il va mieux. Mais sa conscience reste à l'état zéro. On pourra sans doute bientôt débrancher la machine, mais je crains que le temps d'apnée ait été trop long pour qu'il récupère à cent pour cent. Enfin, ne perdons pas espoir.

— Et l'encéphalo ?

— Pas mauvais, mais cela ne veut rien dire. On va l'emmener au scanner tout à l'heure.

— Je peux aller l'embrasser ? demande Marita.

— Bien sûr ! Tu mets une casaque stérile et tu ne restes pas trop longtemps, promis ?

— Promis.

Elle revêt une blouse en intissé et se coiffe d'une calotte de même matière. Puis elle pénètre avec précaution dans le box où repose Bernard, toujours intubé, les yeux clos par deux bandelettes collantes. Il respire grâce à la machine qui exhale son bruit lancinant. Sur l'écran vert, le cardiogramme défile, obstinément. L'atmosphère est oppressante. Yasmina note les résultats affichés par l'appareil de monitoring.

Entre la calotte et le masque, les magnifiques yeux verts de Marita sont noyés de larmes.

Derrière elle, juste séparé par la vitre du box, le visage de Verdier apparaît. Son regard a un éclat qui fait planer sur le blessé une menace presque palpable. Yasmina s'éloigne avec son dossier pour aller le ranger et Marita reste seule avec Bernard. Elle aperçoit le kiné derrière la vitre. Il lui fait un petit signe d'amitié et l'appelle de l'index. Elle quitte le box.

— Bonjour, Marita. Comment va-t-il?

— Pas terrible. Vignat essaie, malgré tout, de paraître optimiste.

Par-dessus l'épaule de la jeune femme, Verdier examine attentivement les instruments qui entourent le lit du malade et le maintiennent en vie — instruments ô combien fragiles qu'un rien pourrait mettre en panne... Il suffirait de se débarrasser de Marita, un bref instant... La survenue de Vignat interrompt ses projets. Il l'interroge avec assurance :

— Dis donc, tu ne penses pas qu'il faudrait le masser?

— Le type de chez toi qui vient tous les matins est passé tout à l'heure. Il s'en est occupé.

Verdier ne se démonte pas :

— Tu sais combien les comateux sont fragiles et à quelle vitesse ils font des escarres. Je préfère m'en occuper moi-même. Ce sera mieux fait. Et puis, c'est un ami.

— Comme tu voudras, répond Vignat, qui pense déjà à autre chose.

Sans attendre, le kiné passe une blouse intissée et se coiffe d'une calotte quand arrive Juliette.

— Ils n'ont pas besoin de toi, là-haut? demande-t-il, agacé par sa présence.

Sans se laisser impressionner, elle passe elle aussi une blouse et le regarde, l'air provocant.

— Tu sais, même s'ils avaient besoin de moi, aujourd'hui je m'en fiche. C'est ici que je veux être.

Puis elle entre dans le box, va s'asseoir au chevet de Bernard et lui prend la main. Peu importe ce qui arrivera! Il faut bien qu'un jour on sache qui elle aime.

Verdier n'a rien répondu et son regard est resté de glace. Dans son esprit, les amours de sa femme feront l'objet d'une procédure ultérieure. Elle ne perd rien pour attendre.

Il passe de l'autre côté du lit et se met à masser

conscieusement le corps inerte de son ennemi en jetant par en dessous de brefs regards autour de lui. Yasmina vérifie le débit de la perfusion. Juliette est immobile. Personne ne parle. Le silence n'est troublé que par le souffle régulier du respirateur.

Le temps passe.

Verdier travaille avec une patience qui semble sans limite. Pas un muscle n'échappe à sa sollicitude. Personne ne peut imaginer les plans qu'il échafaude. Il n'a qu'un but, être seul avec Bernard trente secondes. Pas plus. Une toute petite demi-minute.

Arrive Vignat.

— Allez, tout le monde dehors, on va le détuber, lance-t-il. Si tout va bien, il ira passer un scan dans un moment. Yasmina, vous m'aidez !

Le ton est sans réplique. Juliette et son mari sortent au moment où Graveline apparaît dans le vestibule de la réanimation. Son visage, d'ordinaire impassible, est marqué par l'angoisse.

— Alors ?

— Il va s'en tirer, répond Juliette sans hésiter.

Son mari hausse les sourcils d'un air dubitatif et jette un rapide coup d'œil au patron mais ne dit mot. La porte derrière eux s'ouvre de nouveau et Lechêne apparaît à son tour. Il n'ose pas entrer.

— Qu'est-ce qu'il veut ce connard ? bougonne Graveline. S'il avait fait son boulot un peu mieux, nous n'en serions pas là !

Servile, le kiné approuve son patron et ricane.

Lechêne se décide à avancer, tandis que les deux hommes se détournent et s'écartent, comme s'ils avaient quelque chose d'important à discuter. L'inspecteur, faisant fi de leur manœuvre, s'approche d'eux.

— Bonjour, messieurs. Excusez-moi de vous déranger. Savez-vous où se trouve le Dr Vignat ?

— Avec Moreuil, dans le box.

Graveline a répondu sur un ton hostile qui n'a pas échappé au policier. Lechêne lui lance un regard qui n'a rien de tendre et s'éloigne pour rejoindre Juliette. Elle surveille, au travers de la vitre, les soins prodigués à l'homme qu'elle aime. Elle ne bouge pas quand il se poste à son côté. Il l'observe dans le reflet de la glace. Les larmes aux yeux, elle murmure :

— Qui a pu faire ça ?

— Je n'en sais rien encore, mais lui le sait, ajoute-t-il en désignant Bernard d'un coup de menton.

— Il va se réveiller, n'est-ce pas ?

— Je l'espère bien, et je serai là pour recueillir ses premières paroles, croyez-moi.

Furtivement, elle lui serre le bras, d'un geste rapide et confiant qui émeut l'inspecteur. Il n'a pas l'habitude qu'on lui manifeste de l'amitié.

— Dites-vous bien, ajoute-t-il, que sa vie n'a jamais été aussi menacée. À la minute présente, si, comme nous le pensons, l'assassin est dans nos murs, sachez qu'il éprouve autant de panique et de pulsions meurtrières que vous avez d'espoir.

Elle tourne vers lui un visage affolé.

— Qu'est-ce que je peux faire ?

— Ne pas le quitter des yeux.

— S'il va au scanner ?

— Accompagnez-le.

— Mon mari n'a plus de doute sur nos relations et ne me lâche pas d'une semelle.

— Ça, je n'y peux rien. C'est votre problème. Vous le réglerez plus tard.

Les yeux baissés, les mains derrière le dos, il s'éloigne. Au moment où il va sortir, il entend la voix joyeuse de Vignat qui émerge du box de Bernard :

— Youpi ! La respiration spontanée a repris et il commence à réagir aux sollicitations.

Le médecin lève les bras comme les supporters des clubs sportifs et entonne un chant de victoire :

— On va gagner, on va gagner...

— Bravo ! répond Graveline avec enthousiasme. Vignat, je vous félicite !

— Merci, monsieur. C'est surtout lui qu'il faudra féliciter ! Il lutte en ce moment, je vous prie de le croire. Il revient de loin.

Verdier suit la conversation sans se manifester. Son sourire figé a tout du rictus et son regard mobile demeure en alerte. Il surveille Vignat qui revient vers ses infirmières.

— Les radiologues l'attendent pour son scanner. Apportez le brancard, je vais l'installer avec vous.

— Attendez, je vous aide ! intervient le kiné qui entre dans le box.

À eux trois, ils posent délicatement Bernard sur le chariot et Vignat débranche le moniteur.

— Allons-y !

Ils le poussent vers le hall où un brancardier attend. Juliette le dévisage. Elle ne l'a jamais vu jusqu'ici et lui trouve l'air louche. Quand il s'empare du chariot et s'éloigne dans le couloir, elle reste à côté de lui, prête à intervenir.

Bernard respire spontanément. Aux secousses du transport il réagit par d'imperceptibles clignements des yeux. Verdier les rejoint. Il marche à côté du brancard, une main protectrice posée sur le bord du drap. Derrière, Juliette et Marita suivent, attentives.

Les portes de la radiologie s'ouvrent. Deux médecins qui attendaient se précipitent pour accueillir le malade.

— Merci, dit l'un d'eux à l'infirmier. On vous téléphone quand vous pouvez venir le rechercher.

Le brancardier fait demi-tour. Juliette le regarde partir avec un soupir de soulagement. Verdier reste en arrière, alors que les deux femmes entrent dans le hall où le radiologue vient leur serrer la main.

— Bonjour. Vous vous asseyez là deux minutes ? Nous avons peu de place à l'intérieur. Je reviendrai vous montrer les résultats.

Le brancard disparaît derrière une porte à fermeture automatique, tandis que Verdier s'éloigne.

— Bon, dit-il sur le ton le plus neutre, je remonte. À plus tard !

Il sort du service. Mais au lieu de prendre le chemin des ascenseurs, il s'enfonce dans les couloirs que Bernard et Grégorio ont empruntés la veille. Lui aussi connaît les lieux. Il se dirige vers une porte affichant « entrée interdite ». C'est le magasin où sont entreposées les boîtes de films et les bidons de révélateurs. Il y pénètre furtivement et referme derrière lui. Au fond de la pièce, une autre porte permet l'accès aux salles de radiologie. Il l'entrouvre et jette un coup d'œil. Personne. Il entre, s'immobilise et écoute. Dans la salle voisine, des manipulateurs parlent de Bernard qu'ils sont en train d'installer dans le scanner. Il patiente une minute, tendu comme un fauve. Il sourit. La victoire est à portée de sa main. Pour lui, c'est maintenant certain, Bernard ne se réveillera jamais.

De l'autre côté, plus de bruit. Il entrebâille la porte de communication et glisse un œil : Bernard est là, à deux mètres, la tête enfouie dans le tomodensitomètre. Son flacon de perfusion se balance hors de l'appareil.

Il sort de sa poche une seringue à insuline, enlève le capuchon qui protège l'aiguille et la cache dans sa main droite. Une grande giclée dans la perfusion et le taux de glycémie de Bernard s'effondrera, entraînant un coma profond dont personne ne suspectera l'origine. La fin surviendra en douceur, dans l'incompréhension générale.

Sans le moindre bruit, il entre dans la salle et referme la porte derrière lui. Les radiologues sont dans le box de contrôle, hors de sa vue. Il les entend parler. Eux ne peuvent pas le voir. Il avance d'un pas. La tubulure se balance à un mètre cinquante de lui. Encore un pas. Il n'a plus qu'à étendre le bras et il pourra injecter massivement le liquide.

Derrière la vitre imperméable aux rayons X, le manipulateur choisit les paramètres de l'examen. Son attention concentrée sur les cadrans lumineux, il procède aux derniers réglages. Au moment de mettre le contact, il lève les yeux et découvre l'ombre d'une silhouette insolite. Il se penche.

— Qui est là? Ah! c'est vous, Verdier. Je vous croyais reparti.

Le visage souriant du kiné apparaît.

— Non. Je l'ai accompagné. L'inspecteur m'a demandé de ne pas le quitter d'un pouce.

— Venez avec nous, vous le verrez mieux!

Verdier s'éloigne à regret et, la seringue cachée dans le creux de sa main, entre dans le box de contrôle.

— Vous connaissez bien Moreuil?

Le visage de Verdier affiche toute la tristesse de l'ami tourmenté quand il répond :

— C'est un garçon que j'aime beaucoup. Nous nous voyons quotidiennement chez Graveline.

— Quelle histoire!

Le spécialiste déclenche son appareil et les coupes scannographiques s'effectuent dans un sourd bourdonnement de mécanique moderne.

Toute la haine du monde passe dans le regard du kiné tandis que l'examen se déroule sans incident. Son imagination galope. Comment se retrouver de nouveau seul avec sa victime?

— Suivez-moi, dit le médecin, nous allons voir les clichés à côté.

Ils quittent la salle et Verdier ne peut s'empêcher de lancer un regard déçu vers ce corps inanimé qui fut, un bref instant, à sa portée.

Les images sortent de la développeuse et le manipulateur les aligne sur le négatoscope.

Le visage penché vers la lumière, il secoue la tête et se redresse avec un sourire.

— C'est bon! Nous les reverrons en détail avec Vignat quand tout sera sorti, mais, à mon avis, on ne trouvera rien d'anormal.

— Merci. Je remonte transmettre la bonne nouvelle.

— Vous êtes gentil. Je le fais ramener en réa dans

cinq minutes... Vous pouvez dire à Vignat que le pronostic est excellent.

— Entendu !

Verdier s'en va, symbole rassurant de l'amitié protectrice.

Graveline et Chotard sont assis dans le bureau patronal que la nouvelle secrétaire traverse, les seins en avant, l'air furibond. Elle pénètre dans son secrétariat en jetant sa blouse et claque la porte. On entend une autre porte claquer, plus fort encore.

Le professeur grimace à chaque claquement, mais ne fait aucune remarque. Il a sa mine des mauvais jours.

— Des flics en réanimation, tu imagines ! Quelle impression sur les malades !

— Dans l'état où ils sont, les pauvres, ils ne se rendent pas compte de grand-chose !

— Bien sûr. Mais leurs visiteurs, eux, que vont-ils penser ?

— Qu'ici les malades sont bien protégés !

Graveline lance à son interlocuteur un regard en biais.

— Ne te fous pas de moi, veux-tu ! Ce n'est pas le moment ! Je suis déjà assez emmerdé par cette histoire.

— Moreuil est encore plus... emmerdé, tu ne crois pas ?

Le professeur baisse les yeux.

— Je sais...

Son ton se brise soudain et son regard, si conquérant d'habitude, se fait fuyant, presque apeuré.

— Ce drame m'a retourné. J'ai l'impression d'avoir pris cent ans et de me réveiller dans un monde qui n'est plus le mien. Moi qui pensais finir ma carrière hospitalière de la manière dont je l'avais commencée, imposant mes certitudes comme mes maîtres imposaient les leurs, profitant de mon expérience ct, disons-le, de mon passé, je découvre qu'autour de moi la vie a complètement changé. La drogue, la violence, le sida, je ne voulais pas les voir. Ils m'ont sauté à la gueule. Tu comprends ça, toi.

Chotard, excédé par ces pleurnicheries, arbore un petit sourire méprisant.

— Elles sont à l'agonie, tes certitudes, mon pauvre vieux. C'est fini.

— Comment ça, c'est fini ?

— Tu ne comprends donc pas que tes idées appartiennent à une époque révolue ? Tu rêves d'être député sans te rendre compte que tu n'as aucune chance. Et après cet échec, tu perdras aussi ta mairie !

Graveline, statufié par cette opinion exprimée sur un ton de tranquille évidence, fixe celui qu'il croyait être son ami, son frère, comme s'il le voyait pour la première fois. L'autre lui assène le coup de grâce en se levant pour prendre congé :

— Vous, les médecins, sous prétexte que vous savez beaucoup de choses dans un domaine où les autres ne connaissent rien — ce qui est d'ailleurs de moins en moins vrai —, vous croyez posséder la science infuse et surtout universelle. À chaque élection, on trouve toujours un ex-grand patron certain d'arriver premier et qui ne fait pas dix pour cent des voix ! Tu cours à l'abattoir, Richard, c'est joué d'avance ! Et tu es bien le seul à ne pas en avoir pris conscience !

Pour la première fois de sa vie, le commissaire a rivé son clou au copain de classe, son rival de toujours. Il a le triomphe discret mais pas modeste ! Il ferme la porte, le sourire aux lèvres.

En blouse et calotte, Juliette se penche sur le visage de l'homme qu'elle aime. Il a les yeux fermés, les traits détendus et semble dormir. Elle lui prend la main et murmure :

— Chéri, tu m'entends ? C'est moi...

Les yeux de Bernard clignotent, s'entrouvrent et paraissent chercher dans le vague d'où provient cette voix.

— Je suis là, regarde-moi, mon amour...

Les prunelles perdues parcourent l'espace sans pouvoir se fixer, tandis que les lèvres s'agitent.

Près de la porte du box, une autre silhouette apparaît en silence, comme un fantôme des films d'autrefois. Claude Verdier, son éternel sourire figé dans une expression haineuse, considère la scène sans indulgence et ne peut résister à l'envie d'intervenir :

— Il se réveille, ton chéri ?

Juliette rougit. Elle ne l'a pas entendu arriver et ne sait que répondre. Elle est sauvée par Vignat, tout joyeux :

— Je reviens de la radio. Son scan est parfait. Aucune lésion. Il respire normalement. Il va s'en tirer. Cette fois j'en suis sûr !

Juliette confirme :

— Tu ne sais pas ? Il répond quand on l'appelle. Son regard ne se fixe pas encore mais on dirait qu'il cherche à parler...

La joie de Juliette est impossible à contenir et, malgré la présence de son mari, elle ne peut s'empêcher de manifester ses sentiments. Vignat a compris. Jaloux, il préfère se retourner et, avec un rien de cynisme, il tape sur l'épaule de Verdier :

— Vous voyez que j'avais raison, lui lance-t-il. Il ne faut jamais lâcher prise.

— Je vais le masser encore...

Vignat s'étonne :

— Je crois qu'il n'y a aucun risque d'escarre, maintenant. Vous savez, on peut le laisser tranquille.

Et Vignat s'en va vers le comptoir des infirmières en faisant, avec les doigts, le V de la victoire. Verdier hésite un instant et pénètre tout de même dans le box. Juliette n'a pas entendu sa conversation avec Vignat.

— Pousse-toi ! ordonne-t-il d'un air mauvais.

Juliette s'écarte mais ne sort pas. Debout près de la tête du lit, elle voit Marita qui entre à ce moment-là dans le hall et se hâte d'enfiler une casaque bleue pendant que Vignat lui glisse :

— Va l'embrasser, ma belle, il se réveille !

— Bravo, je suis fière de toi, lui chuchote la jeune femme en lui claquant une bise sur la joue.

Elle se dirige vers le box où le couple Verdier est réuni. Juliette, penchée vers la tête de Bernard, lui caresse le front, tandis que son mari entreprend un massage des jambes.

— Salut, les Verdier ! Pierre m'a dit que ça va mieux ! C'est vrai ?

Elle passe du côté de Juliette, qu'elle embrasse, et se penche sur le visage de Bernard. Attendrie, elle pose ses lèvres sur son front.

— Bonjour, mon grand, tu reviens parmi nous, hein ? Tu nous aurais manqué, tu sais...

Les yeux du malade répondent par un mouvement de paupières et ses lèvres ébauchent un son inarticulé. Les deux femmes se sourient, se prennent la main et restent silencieuses.

Verdier se redresse et fait le tour du lit.

— Allez, tirez-vous de là, les pleureuses, il faut que je le retourne pour lui faire les fesses, et je manque de place.

— Nous allons t'aider, risque Marita.

Verdier devient mauvais :

— Tirez-vous, j'ai dit ! Laissez-moi travailler !

— Viens, consent Juliette, que ce face-à-face insupporte.

Elles sortent et se plantent derrière la vitre. Sans peine apparente, Verdier retourne Bernard sur le ventre avec une aisance qui traduit une force physique peu commune. Il s'attaque à un massage du dos et du postérieur. Du coin de l'œil, il surveille les deux femmes, guettant le moment où elles vont s'en aller.

L'entrée de l'inspecteur Lechêne les distrait en

effet. Il est accompagné de la stagiaire qu'il leur présente :

— Voici l'agent Sandra Leibovici. En accord avec la direction de l'hôpital, elle restera en faction près du box du Dr Moreuil.

Verdier a entendu. Un éclair de panique parcourt son visage. Lechêne continue :

— Venez, Leibo, je vais vous présenter au Dr Vignat, qui dirige ce service. Il vous expliquera quelles sont les contraintes de cette surveillance.

Pour Verdier, il n'y a plus une seconde à perdre. Le dos tourné à la vitre, il sort de sa poche la seringue d'insuline et, le geste invisible depuis le hall où bruissent les bavardages, s'approche de la perfusion. Il décalotte l'aiguille et s'apprête à piquer la tubulure quand une voix retentit dans son dos.

— Tu fais quoi, là ?

C'est Marita qui s'est avancée sans bruit. Surpris, Verdier se retourne, la seringue à la main. Elle a compris ce qui se passait et s'agrippe à la manche du kiné en hurlant :

— Salaud ! Tu veux le tuer, hein ?

— Lâche-moi, bordel ! Tu débloques ! Je lui injecte un décontracturant, en accord avec Vignat. Va le lui demander, si tu ne veux pas me croire.

Elle essaie de lui arracher la seringue, mais il l'évite et la repousse vers la table de nuit.

— Fous-moi la paix, connasse. Je sais ce que j'ai à faire !

Comme il tente d'injecter à nouveau, elle avise, sur la table de nuit, une autre seringue dans son emballage transparent. Elle s'en empare vivement, arrache le papier ainsi que le protecteur de l'aiguille et crie :

— Arrête, Verdier ! Regarde !

Décontenancé, Verdier s'interrompt. L'aiguille est piquée dans le caoutchouc. Il n'a plus qu'à pousser sur le piston. La jeune femme répète, menaçante :

— Regarde, regarde...

Elle sc plante la seringue dans l'avant-bras et ressort l'aiguille maculée de sang qu'elle braque sur Verdier comme un poignard. Elle s'approche, le bras tendu, l'air mauvais.

— Tu veux un peu de mon virus ? On va partager, fumier !

Verdier lâche sa seringue et recule, fasciné par l'arme dérisoire de la jeune femme. Dérisoire mais si dangereuse qu'il renonce à faire face. Paniqué, il s'apprête à fuir quand il voit, de l'autre côté de la vitre, l'inspecteur Lechêne, impassible. Pris au piège comme un gibier entouré de chasseurs, le kiné cherche un moyen de s'échapper.

Lechêne sort de sa poche une paire de menottes et les balance devant son visage. De l'autre côté, Marita reste campée, la seringue pointée sur lui, à quelques centimètres. Verdier se rend compte que son aventure se termine là. La haine se lit sur son visage :

— Bande de pauvres cons ! Qu'est-ce que vous me reprochez ? Vous n'avez aucune preuve !

Derrière lui, une petite voix retentit :

— Si, Verdier, moi. Je vais tout leur raconter. *Je suis* la preuve !

À plat ventre, tel qu'il a été laissé, Bernard se redresse sur un coude, son visage crispé par la douleur. Marita se débarrasse de son arme. Avec Juliette, elle se précipite pour le remettre sur le dos. Elles lui remontent ses oreillers. Autour d'eux, personne ne bouge. En position demi-assise, Bernard essaie de regarder autour de lui, mais sa vision reste trouble.

Juliette, effarée, vient de comprendre. Elle bondit vers la table de nuit et ouvre le tiroir. Dedans, elle saisit les lunettes de Bernard et les lui pose sur le nez.

— Merci ! Que c'est bon ! murmure-t-il.

Maintenant, il voit plus clairement ce qui l'entoure. Il passe de l'un à l'autre et tend une main hésitante à Juliette, qui la prend aussitôt, déclenchant la colère de Verdier :

— Petite pute ! Je t'avais tirée du ruisseau où tu traînais avec lui. J'avais fait de toi une dame, mais tu n'as pas pu résister. L'attrait de la fange est plus fort que tout !

— Taisez-vous, Verdier, ça suffit ! interrompt Lechêne. Toute votre bande est sous les verrous.

— Quelle bande ? Je n'ai pas de bande !

— Mais si ! La belle Aulary, votre gorille, ainsi que vos adeptes de la musculation et du karaté. Jolie couverture, un gymnase ! Ils ont commencé à se mettre à table. Vous n'êtes pas prêt de sortir de prison, mon pauvre ami !

Il s'approche et lui passe les menottes.

— Leibo, emmenez-le. Mais prenez garde, c'est une bête dangereuse. Demandez à Perrier de vous accompagner.

L'inspecteur les regarde partir, puis se tourne vers Bernard qui revient à la vie. À moitié assis, Juliette et Marita le tenant chacune d'un côté du lit, il essaie de parler :

— C'est lui, c'est lui ! répète-t-il d'une voix étouffée.

— Je sais, répond Lechêne en entrant dans le box, suivi de Vignat qui proteste :

— Inspecteur, il faut une blouse...

Mais le policier ne l'écoute pas. Il s'approche de Bernard et sort de sa poche une enveloppe épaisse.

— Je sais tout depuis quelques minutes. Cette longue lettre a été mise dans la boîte du commissariat, sans doute ce matin à l'aube, et un planton consciencieux l'a déposée sur mon bureau. On vient de l'y découvrir. Vous imaginez qui en est l'auteur, je suppose.

Bernard sourit, hoche la tête et pousse un soupir de soulagement. Soudain son regard devient fixe, ses yeux basculent, son corps est pris de tremblements, tandis qu'un long râle jaillit de sa gorge.

— Vignat ! hurle Lechêne, paniqué.

Le médecin se précipite.

— Putain, il fait une syncope ! Yasmina, virez-moi tout ce monde et donnez-moi de quoi l'intuber. Vite!

L'infirmière refoule à la hâte les visiteurs vers le vestibule, s'empare d'un plateau dont elle déchire l'emballage et le tend à Vignat qui achève d'enfiler des gants stériles.

Juliette, Marita et Lechêne, fous d'angoisse, se plantent derrière la vitre et surveillent les gestes de Vignat, qui agit avec méthode et rapidité. Sa maîtrise est impressionnante.

Bernard est remis à plat dos. Il faut à peine quelques secondes au réanimateur pour introduire le laryngoscope et glisser une sonde dans la trachée. Il branche l'oxygène. Quelques pressions sur le ballon soulèvent le thorax. Yasmina ajuste les bandes de sparadrap qui fixent le tube à la bonne place, tandis que Vignat enclenche le respirateur artificiel. Il vérifie l'état des pupilles, puis dénude la poitrine, y colle les pastilles de l'électrocardiogramme et allume l'appareil. Sur l'écran vert, le tracé cardiaque se dessine sans anomalies.

Il se redresse enfin, rassuré par les résultats affichés sur les cadrans. L'assistance respiratoire s'avère efficace, l'oxygénation est bonne, il n'y a plus qu'à patienter. Il recommande à Yasmina de ne pas bouger et sort du box. Il se fait rassurant :

— Notre pauvre Bernard a sans doute été trop secoué par ce qui s'est passé depuis son réveil. On n'aurait jamais dû lui infliger une pareille épreuve! Le mieux est de le laisser se reposer. À mon avis, on pourra le détuber à nouveau dans peu de temps. En attendant, il faut lui foutre la paix.

— Vous permettez que je laisse un agent en faction devant la porte du box? demande Lechêne.

— J'allais vous le suggérer!

XXIX

Bernard ouvre les yeux. Il lui faut quelques secondes pour comprendre qu'il est au cinquième étage. Il a dormi dans une chambre de son service. Comme Vignat l'avait prévu, sa syncope respiratoire a cédé rapidement, et il a pu quitter la réanimation le soir même. Seule Juliette a eu le droit de lui rendre visite, avec, toutefois, interdiction absolue de lui parler de choses sérieuses.

Ce matin, la trêve est terminée. Le commissaire Chotard et l'inspecteur Lechêne se sont fait annoncer.

Sa toilette achevée, son petit déjeuner avalé, le malade de la chambre 52 (celle-là même que Grégorio a quittée l'avant-veille) attend ses visiteurs avec impatience.

À l'heure dite, les deux policiers sont là. Ils affichent le sourire intimidé des parents éloignés qui se retrouvent au chevet d'une récente accouchée. Il ne leur manque qu'un bouquet de fleurs à la main. Ils s'assoient en silence, impressionnés, malgré tout, par cet homme qui a risqué sa vie pour une tâche qui leur incombait.

Bernard prend l'initiative de rompre la glace en leur tendant une carte postale arrivée, le matin même, de Vintimille. Le commissaire la lit : « Tout va bien ! Pour toi aussi, j'espère ! » Pas de signature. Chotard hoche la tête.

— Vous savez, pour respecter votre engagement à l'égard de ce pauvre garçon, nous l'avons laissé partir et, en définitive, nous avons eu raison de vous faire confiance, mais la partie a tout de même failli mal tourner.

— L'important, c'est le résultat, non ?

Ils sont interrompus par Graveline, qui, selon son habitude, entre sans frapper. Il s'étonne de voir les policiers.

— Excusez-moi, vous êtes en conférence ?

Chotard se lève, agacé, et répond d'un ton sec qui surprend le patron :

— Nous en avons même pour un bon moment.

Le professeur perd sa superbe. Il hésite, choqué d'être congédié ainsi, mais n'ose pas protester :

— Très bien. Je reviendrai. Vous permettez ? Juste un mot à notre héros.

Il s'avance et serre la main de son assistant.

— Quel salaud, ce Verdier ! Quand je pense qu'il avait toute ma confiance !

Graveline prend les autres à témoin :

— C'est abominable, n'est-ce pas ?

Puis il se retourne vers Bernard :

— Je vous dois des remerciements et des excuses...

Chotard lui pose sur l'avant-bras une main impatiente.

— C'est ça, cher ami. Soyez gentil, vous continuerez cette conversation un peu plus tard, vous voulez bien ?

Graveline a l'air d'un enfant pris en faute. Il se retourne enfin et sort de la chambre, penaud. Chotard se rassoit.

— Je préfère que nous soyons entre nous pour parler tranquillement. D'autant que vous devez attendre nos explications avec impatience.

Bernard s'exclame :

— Comment avez-vous deviné ?

Lechêne prend la parole à son tour :

— Nous n'allons pas vous faire languir davantage. Voici les premiers résultats de notre enquête : Verdier dirigeait un réseau de dealers à partir de son gymnase et de sa prétendue école de kinésithérapie. En réalité, il s'agissait d'un véritable centre de recrutement pour les malfrats qui assuraient la distribution de la drogue — une distribution qui s'étendait bien au-delà de l'hôpital. Bon nombre des individus interpellés appartiennent à cette engeance misérable des milieux sportifs qui diffuse des anabolisants. Le dopage est une véritable plaie de notre temps ! Quant à l'héroïne, elle arrivait — et ressortait — dans des boîtes de talc ! Allez donc suspecter des gens qui manipulent cette poudre du matin au soir ! Nous aurions dû, pourtant, nous méfier car ils n'utilisaient qu'une seule marque, étrangère, provenant d'un pays où le trafic de drogue est presque légal. Interpol a été saisi de l'affaire et je crois savoir qu'ils ont déjà remonté la filière. De notre côté, nous avons procédé à un joli coup de filet sur le territoire national.

— Et le gorille qui accompagnait Verdier au moment où... ?

Chotard l'interrompt :

— Notre plus belle prise ! Mais une arrestation mouvementée. Il a mis trois gardiens au tapis avant d'être maîtrisé.

— Verdier avait-il d'autres complices dans le service ?

Bernard a posé la question avec une appréhension évidente.

Lechêne grimace :

— À qui pensez-vous donc ?

— Je me suis souvent demandé si Vignat, Wolf ou même le patron...

— Pas Mme Verdier ?

Lechêne vient d'ajouter perfidement le nom de Juliette à la liste des suspects, mais, à voir la tête de Bernard, il rectifie tout de suite :

— Je plaisante ! Ne vous inquiétez pas. Elle ne savait rien de la coupable industrie de son mari. Pas plus que Louise Wolf, qui se contentait d'obéir aveuglément à son patron sans poser de questions, espérant éviter ainsi qu'on lui en pose sur ses propres activités clandestines.

— Qui n'ont d'ailleurs rien de répréhensible !

Bernard se venge de Lechêne et de ses réflexions de mauvais goût. Celui-ci encaisse et reste coi.

— En ce qui concerne Vignat, l'affaire est plus complexe, intervient le commissaire. Sans pouvoir l'affirmer, je pense qu'il suspectait Verdier, tout en craignant que la jolie Juliette, pour laquelle il nourrit, lui aussi — vous le savez bien —, un tendre sentiment, ne fût également impliquée. En vous poussant dans la mêlée, il espérait vous voir mettre le pied dans la fourmilière et prendre tous les risques... Il aurait pu ainsi, en cas de malheur, rester seul pour consoler l'épouse éplorée. Ce n'est qu'une hypothèse !

— Vous croyez que c'est possible ?

— Qui le sait ?

— Si c'est vrai, ce serait quand même un beau salaud ?

— Un salaud qui vous a sauvé la vie ! N'en parlons plus, je n'ai aucune preuve.

Ils rient tous les trois et c'est Chotard qui reprend, la mine soudain sévère :

— En ce qui concerne Richard Graveline, la situation est autrement grave. Il n'était peut-être au courant de rien, lui non plus, mais, dans son cas, c'est une faute lourde, très lourde.

— Pourquoi ?

— Parce qu'il aurait dû se demander d'où provenait l'argent qui, *via* Verdier, finançait sa campagne électorale. Notre ambitieux candidat à la députation jouait les aveugles. Aujourd'hui, il joue les innocents. Il y a des limites ! À notre époque, on n'accepte pas un financement sans savoir d'où viennent les fonds.

— Et alors ?

Lechêne et Bernard scrutent le visage du commissaire qui semble hésiter à continuer. Sa voix est grave quand il poursuit, s'adressant au médecin :

— Ce que je vais vous confier à présent, je vous demande de le garder pour vous, d'accord ? Le secret professionnel, vous connaissez ?

Cette allusion au traditionnel rempart médical fait sourire Bernard, qui acquiesce, trop passionné pour marquer la moindre réticence.

— D'accord, bien sûr !

— De toute façon...

Chotard réfléchit une seconde, puis se décide :

— De toute façon, votre témoignage n'aurait guère d'effets.

— Ah bon ?

— L'inspecteur principal Lechêne ici présent, je veux dire le commandant Lechêne, certifierait que rien de tout cela n'a jamais été dit.

Il laisse passer un moment avant de conclure :

— En réalité, j'ai toute confiance en vous, docteur. Ce ne sont là que de vaines précautions oratoires. Revenons-en à Richard Graveline. Vous le savez sans doute, il est pour moi plus qu'un ami. Les liens qui nous unissent sont très forts et ne datent pas d'hier. Mais ce ne serait pas une raison suffisante pour lui épargner un châtiment mérité. En l'occurrence, je pense qu'il ne mérite pas le tribunal. Il a fait surtout preuve de bêtise, et s'il fallait condamner tous les imbéciles, les tribunaux seraient embouteillés pour longtemps, n'est-ce pas ?

Le commissaire, malgré l'impatience de ses interlocuteurs, prend son temps pour poursuivre. Sans doute a-t-il aussi un peu de mal à exprimer ses états d'âme.

— Je lui avais déjà conseillé d'éviter le ridicule d'un échec électoral cuisant. Mais son ambition l'empêche toujours d'entendre la voix de la raison. Tant pis pour lui ! Il est impossible de lui laisser des fonctions aussi en vue après ce qui s'est passé. Personne ne comprendrait. Il va donc devoir se faire oublier.

Nouveau silence que Bernard et Lechêne respectent. Chotard reprend, sur un ton plus ferme :

— Voici ce qui a été décidé : mon pauvre ami Richard manifestera, dans quelques jours, un problème cardiaque qui justifiera un arrêt de travail prolongé. Sur les conseils de son cardiologue, il devra démissionner de sa mairie et se mettre en congé de l'hôpital.

Bernard hausse les sourcils.

— Et s'il n'est pas d'accord ?

— Il le sera.
— Mais le cardiologue...
— Celui-là est aussi un... ami, et j'ai son aval. Tout vaut mieux qu'un scandale. Graveline en conviendra. À l'heure où nous parlons, les certificats doivent être déjà prêts. Vous comprenez à quel point je fais confiance à votre discrétion ?
Bernard s'apprête à intervenir, mais Chotard le lui interdit d'un geste et adopte un ton presque sentencieux :
— Laissez-moi terminer. J'espère, docteur Moreuil, que vous accepterez d'assurer l'intérim à la tête de ce service, jusqu'à ce qu'une nomination définitive vienne vous confirmer dans vos fonctions. Votre jeune âge justifiera que la décision officielle tarde un peu, mais mon soutien garantira votre promotion.
Bernard a du mal à croire ce qu'il entend.
— Le patron...
— ... se consacrera à la taille de ses rosiers. Les variétés sont innombrables...
— Et ses relations avec Lucien Neuwirth ?
Chotard baisse les yeux.
— La vérité, c'est que Graveline et Neuwirth ne se connaissent pas. Ils ne se sont même jamais parlé. Richard n'a obtenu, au téléphone, qu'un attaché parlementaire.
Bernard est suffoqué. Chotard ajoute en se levant :
— Moi, j'ai appelé le sénateur ce matin. Nous avons des relations communes. Je lui ai raconté l'histoire à demi-mot et nous avons évoqué vos méthodes de travail. Il est enchanté de votre future collaboration dans la mise au point du rapport final sur le traitement de la douleur. Il attend que vous preniez contact avec lui.
Satisfait de ce coup de théâtre, il conclut :
— Il ne me reste plus qu'à vous souhaiter un prompt rétablissement et à espérer que, bientôt, personne ne parlera plus de cette lamentable

affaire. Sous votre autorité, je suis sûr que tout se passera bien.

Il tend la main à Bernard et, pour la première fois, lui offre un vrai sourire amical. Au moment de sortir, il se ravise et murmure :

— S'il vous arrivait, par malheur, de récolter quelque contravention — imméritée, j'entends —, n'hésitez pas, docteur, à me l'adresser. Je la soumettrai à l'indulgence de mes services.

Lechêne vient aussi serrer la main de Bernard. Il a l'œil qui pétille.

— Le jour du concert de vos gars, n'oubliez pas de m'envoyer une invitation. Je serais curieux de les entendre !

Ils éclatent encore de rire et les deux policiers sortent dans le couloir où il y a foule.

Alors que Graveline s'apprête à entrer, Chotard, en le croisant, lui glisse à l'oreille :

— Je vous attends dans votre bureau, professeur.

— Maintenant ?

— Oui. Maintenant. Il faut que nous... bavardions.

— J'arrive dans un instant. Vous m'accordez une minute ?

Le temps de ce bref échange, le petit Mohamed, plus vif que les autres, se faufile dans la chambre de Bernard et pose sur son lit un bouquet de fleurs des champs.

— C'est de la part des potes, Narbé. Magne-toi de guérir, tu nous manques !

Et il se sauve avant que Bernard n'ait eu le temps de le remercier.

Graveline lui succède. Moins sûr de lui qu'à l'ordinaire, il en bafouillerait presque :

— Mon cher Moreuil, grâce à votre courage, à votre obstination... Vous n'imaginez pas combien je vous suis reconnaissant. J'ai pris des décisions importantes. Certes, ce n'est pas le moment...

Il jette un coup d'œil derrière lui. Dans le couloir, infirmières et filles de salle réunies l'observent et leur silence est moins respectueux qu'à l'habitude. Louise Wolf est là aussi, et le regard qu'elle porte sur son patron est dépourvu d'aménité. Conscient de ce jugement implicite, Graveline, déstabilisé, cherche à s'expliquer :

— J'ai décidé d'abandonner mes projets... disons politiques. Je resterai maire, si mes administrés veulent encore de moi. Sinon, je ne leur en tiendrai pas rigueur. De toute façon, je me consacrerai uniquement à l'hôpital, à mon service. Vous m'avez montré une nouvelle façon de pratiquer la médecine.

Manifestement, cet homme n'a pas la moindre idée de ce qui va lui arriver. Bernard en a la gorge serrée. Il échange avec la surveillante un regard lourd de sens. Cette fois, elle a vraiment choisi son camp.

Le patron se ressaisit, gonfle sa poitrine et considère ses ongles avant d'ajouter :

— Je vais reprendre contact avec Lucien Neuwirth. Nous collaborerons avec lui pour devenir un service de pointe et mettre au point, ensemble, un certain nombre de protocoles.

Il s'interrompt, ne sachant plus trop quoi dire. Il prend entre ses deux mains celle, hésitante, de Bernard et la serre affectueusement.

Au moment où il va partir, une jeune fille en blouse apparaît dans l'embrasure de la porte. Elle a un visage ingrat, encadré par deux tresses rigoureuses et une paire de lunettes rondes qui accentue l'éclat de ses petits yeux gris. Son corsage à col rond masque une poitrine plate.

— Je vous présente Edmée, dit-il, ma nouvelle secrétaire.

Se penchant, il ajoute, à voix basse et avec un pauvre sourire :

— Vous voyez, j'essaie de m'arrêter.

DU MÊME AUTEUR

De l'autre côté du bistouri, roman, Belfond, 1981.

L'Antirégime, ou Lettre à mes frères Trosgros, essai, Orban, 1982.

La Santé et le Vêtement, essai, Pierre Marcel Favre, Lausanne, 1983.

Le Guide de la santé en vacances, essai, Orban, 1984.

Le Malingot, roman, Belfond, 1985. « Prix Littré » décerné par le Groupement des écrivains médecins.

Les Princes du sang, roman, Fayard, 1992.

Docteur Hellen, roman, Fayard, 1994.

Rage de flic, roman. Prix du Quai-des-Orfèvres, Fayard, 1995.

Victoire ou la Douleur des femmes, roman, Fayard, 1996.

Le Festival de la galère, Fayard, Collection Les enfants du fleuve, 1997.

Gilbert Schlogel dans Le Livre de Poche :

Les Princes du sang n° 9768

Cette passionnante saga romanesque nous fait revivre, à travers cinq praticiens d'une même lignée, l'histoire de la chirurgie depuis le XVIIIe ciècle. Simples « barbiers » sous Louis XVI, novateurs intrépides durant les guerres de l'Empire, notables respectés à la fin du XIXe siècle, ils ont vu naître l'anesthésie, la radiologie, les antibiotiques, les greffes d'organes. D'artistes, ils sont devenus des techniciens de haut niveau. Soumis aux tempêtes de l'histoire et de la passion, ils ont rendez-vous chaque jour avec leur combat contre la mort.

Docteur Hellen n° 13914

Dans *Les Princes du sang,* Gilbert Schlogel nous faisait découvrir, à travers cinq générations de chirurgiens, l'histoire de cet « art » devenu, au fil des découvertes et bien souvent des guerres, une science. Nous revivons ici, sur les pas d'Hellen de La Verle, les défis de la chirurgie depuis une dizaine d'années. À travers l'aventure de cette jeune femme séduisante, audacieuse et exigeante, nous traversons les drames poignants de l'action humanitaire, nous mesurons les fantastiques défis de la technologie scientifique, qu'il s'agisse de la procréation médicale assistée ou de la « chirurgie à ventre fermé », une méthode née en France et qui a conquis le monde. Lui-même chirurgien pendant trente-cinq ans, Gilbert Schlogel, mieux que quiconque, pouvait nous faire explorer l'univers de la chirurgie moderne. Mais pour le faire de façon aussi vivante, à travers des personnages vrais et humains, il fallait également son authentique talent de romancier.

Victoire ou la douleur des femmes n° 14734

En 1939, Victoire Dambreville, jeune Normande de vingt ans, est emmenée de force par sa mère chez une « faiseuse d'anges ». L'avortement échoue, et Victoire connaîtra, dans le Paris de l'Occupation, la honte de sa condition de fille-mère. Devenue gynécologue, elle consacre sa vie à lutter pour le droit des femmes à la contraception et à l'avortement, affrontant l'hostilité de nombre de ses confrères, risquant même l'emprisonnement. De la fondation du Planning familial à la légalisation de la pilule et de l'IVG, revivent autour d'elle trois générations de femmes éprises de liberté. À travers leurs combats, leurs amours, leurs drames, c'est toute l'évolution des mentalités que retrace, de façon très documentée et avec un exceptionnel talent de conteur, le romancier des *Princes du sang*.